Le remords des innocents

Adam Baron

Le remords des innocents

Traduit de l'anglais par Pascal Loubet

Flammarion
NOIR

Collection dirigée par Andrea H. Japp

Titre original : *Shut eye*

ISBN : 2-08-068377-2

Pour mon père, Charles Baron

Le moment de ne plus répondre
Me force à rester
Ni bonjour ni adieu
Ni moyen de partir

Nick Drake

Remerciements

Ce livre a été écrit grâce à l'aide de Jason Maron, Marcus Baro, Beverley Cousins, Naomi Delap, du Dr William Drake, Lisanne Radice et Andrew Watts. Le reste de ma famille m'a soutenu et encouragé, tout comme Lucy Barker, Jane Gregory, Alan Samson, Vicky Tennant et une fille que j'ai connue sur une plage du Portugal. Mes plus sincères remerciements à chacun d'entre eux.

Tel que je vois les choses, ça se passe comme ça.

Teddy étire ses jambes et suit les hôtesses qui descendent de l'avion. Il prend ses bagages en blaguant avec son copilote sur le paiement des heures supplémentaires et se dirige vers le couloir bleu. Il demande à Mike s'il veut s'en jeter un avant de rentrer, mais le vol a pris du retard et Mike décline. Ce qui n'étonne pas Teddy : Mike est du genre père de famille. À une époque, Teddy ne voulait qu'une chose : sortir de l'aéroport et rentrer. Mais pas ce soir. Il quitte son copilote d'une tape sur l'épaule, adresse un petit signe aux hôtesses et gagne le bar.

Teddy aurait pu aller s'asseoir dans le salon première classe, mais, pour une raison inconnue, il opte pour le bar espresso *ouvert à tout le monde. On n'y sert pas que du café, mais aussi de bons cocktails. Il ôte sa casquette, commande un scotch-soda et repense aux caipirinias qu'il a bues trois nuits plus tôt à Rio. Il balaie du regard l'aéroport blanc comme un bloc opératoire et examine son reflet dans le miroir du bar en passant une main dans ses cheveux blonds, encore abondants, mais grisonnants. Ça va. Il est l'image même d'un pilote de ligne. Il grimace pour tenter de réduire les rides qui froissent ses paupières, sourit de la futilité de son geste et se détend.*

Dans le miroir, Teddy remarque un jeune type à casquette de base-ball assis trois tabourets plus loin. L'espace d'un instant, Teddy est gêné que l'autre ait surpris sa mimique, puis le type lui fait un grand sourire, comme pour dire : ne t'inquiète pas, ça m'arrive à moi aussi. Teddy sourit à son tour et avale une longue gorgée de son scotch-soda. Il bâille. Reprend un autre verre. Quand il relève la tête un peu plus tard, il remarque que le type à casquette le fixe.

Teddy et lui bavardent pendant une demi-heure environ, principalement du métier de Teddy, car le jeune type semble plutôt réticent. Intéressé, mais réticent. Teddy parvient tout juste à tirer de lui qu'il rentre à l'instant d'une semaine à Paris et que l'ami censé passer le prendre est en retard, de plus de deux heures, à présent : il va devoir prendre le train. Teddy lui demande s'il habite Londres. C'est le cas. Comme c'est à dix minutes de Canonbury, où vit Teddy, celui-ci lui propose de le raccompagner. Le type hausse les épaules avec un « Oui, pourquoi pas ? » qui ne semble pas débordant de reconnaissance. Du reste, la bière que Teddy lui a offerte ne l'a pas non plus rempli d'enthousiasme.

Teddy termine son deuxième scotch-soda et se lève. Le jeune type l'imite. Le barman regarde les deux hommes s'en aller vers 22 h 30, Teddy en recoiffant sa casquette, l'autre en passant sur son épaule un sac en cuir noir de taille moyenne. Le barman est certain de l'heure, car c'est celle où son collègue prend son service de nuit. Il se souvient du sac, parce qu'il lui a plu et qu'il voudrait le même, mais c'est trop cher pour lui. Il déclarera à la police que c'était la première fois qu'il voyait les deux hommes, mais, oui, il arrivait souvent que des membres d'équipage s'arrêtent à son bar et proposent aux passagers laissés pour compte de les raccompagner, si vous voyez ce que je veux dire.

Tout en conduisant, Teddy fait la conversation, glissant discrètement que sa femme est en voyage d'affaires et qu'il déteste rentrer dans une maison vide après un long vol. Le type hoche la tête de temps à autre, fait oui, sûrement, et répond par un pourquoi pas quand Teddy lui propose de venir faire un sort à une caisse de champagne gagnée à une loterie. Avec un petit rire nerveux, Teddy déclare que c'est génial. C'est la première fois qu'il invite un inconnu chez lui, et il ne sait pas très bien si c'est la chose à faire et ce qui va se passer. Il entre dans la cour de son immeuble, la traverse et contourne le bâtiment en appuyant sur le bouton de la télécommande. Une porte se soulève lentement devant le capot. Il érafle l'aile de sa Rover en se garant et accuse en riant sa femme d'avoir garé sa Golf décapotable en empiétant sur sa place.

Teddy parle beaucoup, à présent, de tout et de rien. Il pense à son frère. Suivi de l'homme à la casquette de base-ball, il monte jusqu'au spacieux appartement moderne et meublé avec goût qu'il partage avec une épouse qui se gare si égoïstement et avec qui le frôlement d'ailes de voitures est devenu l'incident le plus intime de l'existence qui est dorénavant la leur depuis presque six mois. Il se retourne vers son compagnon.

— Alors ! dit-il en se frottant les mains avec enthousiasme. Champagne !

Il va chercher une bouteille dans le réfrigérateur.

Lorsque la femme de Teddy rentra le lendemain matin, quatre heures plus tôt que prévu, elle la retrouva, à peine entamée, près d'un verre à moitié vide et d'un autre encore plein, posée sur le bord du jacuzzi à l'américaine qu'ils avaient fait installer dans la salle de bains en céramique blanche. Le champagne était éventé. Dans la chambre conjugale, où elle était allée après avoir appelé son mari, elle trouva une autre bouteille. Et Teddy.

Teddy allongé sur le lit, nu. La moitié supérieure de la bouteille dépassait de son ventre comme la cheminée d'un paquebot. Le reste était éparpillé en éclats sur son torse. Le visage de son mari avait été pulvérisé et un long éclat de verre était enfoncé dans le trou béant et déchiqueté qui remplaçait désormais sa bouche et son nez. Teddy était mort. Très. Mrs Morgan hurla, courut dans le salon et appela la police, qui envoya deux flics quelques minutes plus tard.

Les deux policiers trouvèrent une femme manifestement en état de choc et le corps d'un homme décédé de la veille, couvert de débris de verre. Plus tard, à la morgue, un autre policier découvrit d'autres morceaux de verre ainsi qu'un peu du sperme et du sang de la victime, très profondément enfoncés dans son rectum. S'il est clair que des conclusions de ce genre doivent être entourées de précautions, il était cependant fort probable que c'est le sperme qui y avait été introduit en premier.

PREMIÈRE PARTIE

1

Je ne sais vraiment pas comment je me suis mis à la boxe. Je n'en avais jamais fait étant gosse, ni à l'université ni dans la police. Par hasard, il y a un an ou deux, j'étais allé me renseigner dans une salle de gym située sous un pub derrière la gare de King's Cross, dont je connaissais la directrice. Elle avait répondu à mes questions et une semaine plus tard, je revenais me mettre à la musculation et m'entraîner. Au bout de quelques séances, la directrice m'avait convaincu de tenter un combat, et cela m'avait emballé. Je ne vois qu'une seule raison à mon intérêt pour ce sport : quand on se retrouve en face d'un homme dont l'unique objectif est de vous rétamer le plus rapidement possible, on a tendance à reléguer tous les autres problèmes dans un coin de la tête qu'on essaie désespérément de protéger. Même si cela ne dure qu'une heure.

La salle de gym que je fréquente n'est pas professionnelle. Plus exactement, aucun professionnel ne s'y entraîne. C'est plutôt un club de fitness qui attire un tas de jeunes qui bavent à la télé devant Eubank ou Benn et le genre de voiture qu'ils conduisent, et qui veulent savoir s'ils ont les tripes eux aussi. Si tel est le cas, ils le quittent pour une salle plus importante, sinon, soit ils renoncent, soit ils continuent pour le plaisir. Sal s'en moque. Elle a repris l'affaire quand son mari s'est fait tuer. Je crois que pour elle, c'est surtout une manière de rester proche de lui. Elle sait qu'elle n'est pas une pro et, de toute façon, elle a d'autres sources de revenus.

J'aime autant ce club que j'apprécie Sal. Presque tous les mercredis soirs, si rien d'autre ne me retient, j'y vais. Parfois même, je m'y rends deux soirs en semaine. Je m'échauffe, je m'entraîne au sac. Ensuite, je rentre, ou je traîne un peu autour d'une bière avec Sal et d'autres mecs. Mon métier en met quelques-uns mal à l'aise, tout comme le fait que j'aie été flic, mais ils respectent Sal, et comme elle m'a à la bonne, ils me respectent. Ou du moins, ils font semblant. Mais je suis certain qu'un ou deux m'apprécient sincèrement.

Des tas de personnalités des médias fréquentent des salles pour s'entraîner au « boxing ». Ils suivent exactement le même entraînement qu'un boxeur, sans jamais livrer un seul combat. Un excellent moyen de rester en forme. Sal ne laisserait jamais faire ce genre de chose chez elle. Pas parce qu'elle pense que quiconque suit un entraînement de boxeur doit combattre sur un ring, mais parce qu'elle ne veut pas attirer les personnalités des médias.

Je garai ma voiture devant le quai de livraison en face du George et la verrouillai avant de traverser la rue. Généralement, je viens ici à pied ou en vélo, mais comme il avait plu toute la journée et que l'automne commençait à virer à l'enfer urbain hivernal, j'avais opté pour la Mazda. Il était 19 h 15. En dépit des lampadaires, il faisait très sombre. J'étais en retard et Sal avait déjà commencé le circuit d'entraînement, faisant subir à une quinzaine de types ce qu'on prenait pour un véritable martyre la première fois et ne semblait jamais vraiment devoir s'améliorer ensuite. Je décidai de sauter l'entraînement, pour passer directement à la musculation.

Je m'étirai, soulevai de la fonte pendant une demiheure dans la petite salle un peu encombrée et brillamment éclairée, puis je m'entraînai avec Mountain Pete, un énorme Noir assez statique, mais qui compense avec une sacrée allonge et des poings énormes. Nous valsâmes pendant un round et demi, puis je réussis à passer sous sa garde une ou deux fois et il se couvrit avant de perdre légèrement son calme. Je l'acculai dans le coin en esquivant et contournant quand il attaquait. Je réussis à riposter à son jab. À la fin du troisième round, nous arrêtâmes et descendîmes du ring. Pete dégoulinait de sueur.

— Tu deviens bon, Rucker, me dit-il en haletant et en secouant la tête. Putain, quand je pense qu'il y a pas si longtemps, je faisais valser ton petit cul blanc comme un yo-yo. Va falloir qu'on remette ça.

Son visage disparut derrière une petite serviette blanche.

— Te donne pas trop de mal, Pete, sinon tu vas nous inonder.

— Va te faire foutre, petit con ! dit la serviette.

J'éclatai de rire et partis retrouver Sal.

Elle était dans la salle de musculation et apprenait à trois nouveaux, presque des gamins, à se servir des appareils. J'attendis qu'elle ait fini sa démonstration au développé-couché. Sal a passé la quarantaine, elle est plus grande que la moyenne des femmes et possède une jolie silhouette sportive et des cheveux noirs bouclés qu'elle garde attachés à la salle. Elle a le menton et le nez volontaires, qu'elle prétend toujours trop gros, et de grands yeux bruns et doux qui démentent parfois ses allures de nana à qui on ne la fait pas. Une légère couperose commence à gagner ses joues et trahit une solide amitié avec le whisky. C'est le genre de femme qui ne se maquille pas trop, mais capable de passer de l'impitoyable entraîneur de boxe à la femme moderne et séduisante avec un simple chemisier en soie et un rien de rouge.

Consciente que je l'observais, elle laissa les nouveaux, gagna une table dans un coin pour y récupérer la photo que je lui avais donnée une semaine auparavant. Celle d'un homme. Mon nom et mon numéro figuraient au dos. Je la passais autour de moi depuis une quinzaine, dans le cadre de mon enquête pour retrouver l'assassin d'Edward Morgan, une tâche déroutante qui me faisait d'autant plus goûter la simplicité régnant dans la salle de gym. Elle secoua la tête en me rejoignant.

— Non, dit-elle après un regard. J'ai cru que ça me disait quelque chose quand tu me l'as donnée, mais elle n'est pas assez claire, on ne voit pas suffisamment le visage. (Elle fixa encore la photo comme pour essayer d'en tirer un souvenir familier et secoua de nouveau la tête.) Non. J'aurais bien voulu te rendre service, Bill. J'ai fait circuler les autres exemplaires que tu m'as donnés, mais si j'étais toi, je serais pas trop optimiste.

— Je le suis pas. Mais ça ne mange pas de pain. C'est le genre de truc qu'on regrette, si on le fait pas.

— Ouais. Mais les gens qui viennent ici sont pas du genre bavard, dans le meilleur des cas.

— Je sais.

— Bon courage quand même, Bill. Il faut le pincer, celui-là, ça oui.

Elle retourna poser la photo sur la table. Les trois mômes l'attendaient près du rameur.

— Merci quand même, Sal.

— De rien, l'écrabouilleur, dit-elle avec un clin d'œil.

Je souris de sa petite blague et retournai dans la salle d'entraînement.

Si Sal m'appelle l'écrabouilleur, cela n'a rien à voir avec la boxe, malgré les apparences. Iron Mike, Smokin' Jo Frazier, Billy Rucker l'écrabouilleur. Un écrabouilleur, dans le vieil argot de l'East End, c'est un type qui s'habille de manière à attirer les jeunes femmes impressionnables. Elle me surnomme comme ça depuis que deux petits jeunes de la salle m'ont vu entrer dans une boîte très chic et ont trouvé que j'avais un peu l'air d'un mac. J'ai eu beau leur dire que je menais une enquête et qu'il faut se fondre dans les endroits où on essaie de s'infiltrer, rien n'y a fait : j'étais un écrabouilleur.

— On vous aurait laissé entrer, de toute façon, avait dit Tommy.

Eux étaient restés dehors. À mon avis, avec leurs chemises bleues à jabot et leurs nœuds papillons qui pendouillaient, ils avaient largement plus l'air de macs que moi.

Cette enquête-là s'était bien déroulée. Je recherchais une fugueuse de Sheffield. Elle avait déniché un boulot dans un établissement où il n'est pas nécessaire de porter un haut pour servir à table. Je l'avais convaincue d'appeler sa famille, qui, rassurée, m'avait fait plus riche de cinq cents livres. L'affaire sur laquelle j'étais maintenant s'annonçait moins radieuse. Pour tout dire, elle n'allait nulle part. Je n'avais aucun indice, pas la moindre idée de l'endroit où en trouver et ce jour-là, après avoir erré dans la moitié nord de Londres, je m'acheminais vers le renoncement. Mon seul indice était l'agrandissement d'une photo floue et grenue représentant un homme de profil. Pas grand-chose. Dix inspecteurs du commissariat d'Islington s'étaient cassé le cul pendant six mois pour n'aboutir nulle part et j'avais dû trimer comme un malade pendant deux semaines et demie pour les y rejoindre.

Cette affaire m'avait laissé dépité, mais également épuisé et à bout de ressources. C'était la plus grosse qu'on m'ait confiée depuis que j'avais quitté la police et chaque jour rapprochait un pauvre type d'une mort épouvantable. Cette période de l'année est mortelle, de toute façon : un ciel d'un gris de plomb, des jours qui raccourcissent, des bâtiments moches et sales, et une bruine perpétuelle. Comme je n'avais pas envie de remonter sur le ring, je restai à regarder un jeune de seize ans, Sanjay, qui ne venait que depuis un mois environ, mais que Sal trouvait prometteur.

Sanjay était un beau mec, souple, avec des muscles qui

sinuaient sous sa peau lisse couleur caramel, et une grâce naturelle et insolente qui faisait plaisir à voir. Il avait la tablette de chocolat, le genre d'abdominaux qu'on ne peut plus acquérir même en s'entraînant, passé trente ans. Ah, la jeunesse. Et il était rapide, en plus, des poings comme des jambes. Malgré tout, Sal secouait la tête en le regardant, et faisait la moue, les bras croisés.

— Le problème, expliqua-t-elle en fixant le gamin qui démolissait un autre Indien du même âge, c'est The Prince. Ça, ils le voient et c'est ce qui leur donne envie de s'y mettre, et tant mieux, mais ils essaient tous de boxer comme lui. Regarde-moi ça. (Elle désigna Sanjay et secoua de nouveau la tête avec l'air las d'un brocanteur de Brick Lane avec qui on essaie de marchander.) Et la garde que je lui ai enseignée ? Et qu'est-ce que c'est que ce coup ? N'importe quel boxeur convenable le rétamerait en moins de deux. (Sanjay laissait un peu de répit à son adversaire, bras ballants, sourire aux lèvres en l'esquivant.) Bon Dieu, s'exclama Sal. Dans cinq minutes, il va me faire le poirier !

Je me mis à rire.

— Quand même, The Prince, il est bon, Sal.

— Bon ? C'est un foutu génie, oui ! C'est ça, le truc. S'il l'était pas, il se ferait déchausser les dents, à boxer comme ça.

— Et s'il était pas si cool, les gamins viendraient pas chez toi.

— Je sais. Les Indiens ne viennent que depuis un an et demi. C'est franchement plus sympa que de bosser dans l'épicerie de leur père, hein ?

Sal monta sur le ring et commença à beugler. Sanjay resta interdit, comme un gosse qu'on dispute parce qu'il a foutu le feu à la cuisine alors qu'il voulait seulement aider sa mère. Oui, c'était plus sympa que de bosser dans l'épicerie de son père, mais pas de beaucoup, me dis-je en allant me changer.

Sur le chemin des vestiaires, je croisai les trois nouveaux qui observaient le ring. C'étaient des Noirs, quatorze ou quinze ans, qui n'avaient pas à se soucier de leur ligne et de leur tonus musculaire. L'un d'eux tenait un truc orange vif, un blouson ou un petit sac de couchage, en tout cas, quelque chose qui lui était trop précieux pour qu'il le quitte des yeux. Il me regarda et je crus qu'il allait m'adresser la parole. Il semblait un peu effrayé. Je me demandai un instant pourquoi, avant de me souvenir que c'était une étrange occupation que de monter sur une petite scène devant une vingtaine d'autres types pour essayer de frapper quelqu'un et l'empêcher de vous défoncer. Le tout sans avoir l'air idiot. Je lui jetai un regard compréhensif, mais il se détourna aussitôt. Je sortis mes affaires du casier et allai prendre ma douche.

Je quittai la salle au moment où deux des jeunes Noirs enjambaient les cordes avec Sal. Ils n'étaient pas bien passionnants à regarder et tout le monde resta dans son coin, absorbé dans ses exercices. Sur le seuil, je me retournai pour faire un signe à Pete qui sautait à la corde, dans l'espoir d'enseigner à ses gros pieds plats les rudiments de la vitesse.

— À la prochaine, l'écrabouilleur ! cria-t-il en s'emmêlant la corde dans les cuisses.

Je fis un petit signe à Sal sur le ring et elle me salua tout en montrant aux deux jeunes comment se positionner et commencer le combat. Le gamin qui avait l'air effrayé me jeta un coup d'œil tandis que Sal lui parlait. Il paraissait plus angoissé que jamais.

Dehors, la température avait nettement chuté et bien qu'ils ne fassent que cinq millimètres, mes cheveux se plaignirent d'avoir été mal séchés. Il allait bientôt falloir penser à la casquette, me dis-je. La vieille Mazda marron finit par démarrer, mais, Dieu sait pourquoi, refusa de me conduire chez moi et préféra m'emmener au Old Ludensian, un bar de St John Street, près de Smithfield, où je vais de temps en temps. J'y restai une heure et demie, assis au bar à discuter avec des habitués. Après avoir pris trois ou quatre verres et flirté avec la serveuse comme d'habitude, je rentrai.

Nicky, qui tient l'Old Ludensian, m'avait proposé de finir la nuit au Titanic, mais je déclinai. Je n'avais pas mérité le droit de faire les quatre cents coups et ces derniers temps, il semble que je n'aime que les vraies récompenses. Je n'aurais pas pu m'empêcher de penser à un type au grand sourire qui n'aurait plus jamais l'occasion d'ouvrir la bouche. Et puis Nicky est probablement le mec le plus charmeur et le plus séduisant que je connaisse et, quand je passe la soirée avec lui, je finis généralement par pianoter sur un comptoir pendant qu'il baratine une fille canon. Non, merci, pas ce soir.

— Alors bientôt, hein, Billy ? dit Nicky en me raccompagnant à la porte et en me serrant la main. On se voit pas souvent.

— Je viendrais plus si tu me laissais payer mes consommations, dis-je. Ça finit par me gêner.

— Pas question, après ce que tu as fait pour moi.

— OK, Nicky. À bientôt. Probablement quand je me serai sorti de cette merde, d'une manière ou d'une autre.

— Tarde pas, Billy, tarde pas, dit-il en me donnant une tape sur le dos.

Il faisait allusion à la fois où, avec l'aide de Pete, j'avais réussi à convaincre un monsieur de le laisser en vie. Le monsieur en question était membre d'une association de l'East End spécialisée dans la sécurité. Si Nicky avait toujours refusé de lui donner ce qu'il demandait quand il passait dans son bar, il s'était montré nettement plus généreux avec son épouse. J'avais mené les négociations pendant que Pete lui montrait quels dégâts la crosse d'un fusil à canon scié peut occasionner à un crâne. Je lui avais assuré que Pete ne se servirait pas de la crosse la prochaine fois, et le problème avait été résolu. Pete fait partie d'une autre association du même genre qui opère dans Westbourne Park. Nicky en avait été soulagé et éperdu de reconnaissance, et, depuis lors, ni Pete ni moi n'avons le droit de dépenser ne serait-ce qu'un penny à son bar. L'incident avait tant ébranlé Nicky qu'il ne coucha plus avec une femme mariée pendant au moins une semaine.

Je ranimai ma fabuleuse voiture et cette fois, elle me ramena à mon appartement, situé au-dessus d'une ancienne imprimerie derrière Exmouth Market, à Clerkenwell. Pas de messages. Je pris une douche, me servis un whiskey et l'emportai au lit, bercé par l'une des douces chansons de Nick Drake.

À 2 heures et quart, le téléphone me réveilla et je laissai le répondeur prendre l'appel. La pièce semblait vide, sans musique. La chaîne s'était éteinte toute seule. Une grosse voix furieuse déclara qu'elle savait que j'étais là et m'ordonna de décrocher. Elle était fort insistante. Pourquoi pas ? J'obéis. La voix me déclara que si je désirais trouver l'homme de la photographie que je montrais comme un prêtre catholique qui exhibe partout un bout de la foutue brosse à dents de Jésus ou Dieu sait quoi, il fallait que j'aille dès que possible devant l'entrée d'un dépôt de fret à mi-chemin de York Way. J'attendrais là-bas et surtout je n'oublierais pas d'apporter un peu d'argent – cinq cents suffiraient. Pas question de descendre en dessous. La voix répéta qu'il fallait que j'y aille maintenant, sans quoi ce ne serait pas la peine, puis j'eus droit à la tonalité.

Je me redressai et allumai la lampe de chevet.

Je me passai les mains sur le crâne et bâillai en essayant de me réveiller assez pour prendre une décision. Je réfléchis. Traîner du côté de York Way au beau milieu de la nuit avec les poches pleines de fric et attendre un type qui devait avoir, au lieu d'un renseignement, un très grand couteau dans sa poche, c'est un truc que je ne conseillerais à personne. Le mec avait probablement vu mon nom au dos de la photo et conclu que je ferais une proie facile. York Way n'est pas ce qu'on peut appeler un endroit sain où se promener quelle que soit l'heure, et encore moins à 2 heures du matin quand quelqu'un vous y guette. Mais après tout... C'était mon premier semblant de piste et maintenant, j'étais bien réveillé. Faire quelque chose, même si c'était vraiment très imprudent.

Il me fallut deux minutes pour sauter dans un jean et un sweat-shirt, chausser mes Red Wings et empoigner mon blouson. Mon portefeuille traînait sur la table de la cuisine. Qu'il y reste.

Les rues étaient désertes et je frissonnai en me glissant sur le siège déchiré de la Mazda. Je m'attendais à une rébellion de la voiture, mais, par chance, elle démarra du premier coup.

Par chance ?

2

D'habitude, j'évite les affaires sur lesquelles la police s'échine déjà. Le plus souvent, je passe mon temps à rechercher des fugueurs, adolescents ou plus jeunes, moindre priorité pour mes ex-collègues de la Met, la Police de Londres, mais très élevée pour les familles qu'ils ont quittées. Sur la plupart des autres affaires, la Met me coiffe au poteau. Les policiers ont plus de ressources et de facilités pour surveiller, infiltrer et arrêter. Mais on les voit comme le nez au milieu de la figure quand ils essaient de passer inaperçus dans les bars, boîtes et casinos, avec leurs costumes minables ou leurs blousons de cuir nazes – et cela m'arrange. Les bars et les boîtes sont le genre d'endroits où je retrouve mes adolescents. Leurs mirages les attirent vers Londres. La Grande Ville, pourvoyeuse de sensations et d'anonymat. Je n'ai pas l'air d'un flic, pas même d'un ex-flic, et, ayant passé les quatorze premières années de ma vie à Toronto, je sais ne pas parler comme eux. Je peux entrer quelque part sans que la moitié du personnel de cuisine fiche le camp par la porte de service avant même que j'aie bu une gorgée de mon Canadian Club. Et puis, grâce à un vieux salaud que je n'ai pas vu depuis douze ans, je sais ce que c'est d'être un môme et de détester la vie qu'on mène, à un tel point que n'importe où, *n'importe où*, est préférable au foyer familial. Je m'en sors assez bien, mais je laisse les gros boulots à mes anciens employeurs.

Cependant, le message que j'avais trouvé sur mon répondeur un beau matin de la mi-octobre m'avait intrigué. Je venais d'ouvrir le petit bureau chichement meublé que je possède dans un centre d'affaires derrière Highbury Fields. La voix un peu snob d'un homme entre deux âges, un certain Sir Peter Morgan, me priait de le rappeler dès qu'il me serait possible. La voix était inquiète et beaucoup trop tendue, comme si son propriétaire craignait les mots qu'elle prononçait et la retenait comme un pitbull en laisse.

Le nom avait éveillé mon attention. Il en avait été beaucoup question aux informations récemment, bien qu'il ait été mis sur la touche ces deux dernières semaines par l'état des cuisses de Sarah Ferguson et la santé déclinante du président russe. Mais j'ai une bonne mémoire des noms et, quand bien même, j'aurais eu du mal à oublier celui-ci. Sir Peter Morgan était un député conservateur, ministre des Finances du *shadow cabinet*. C'était un eurosceptique de la première heure et un membre de longue date du 1922 Committee. Il était régulièrement l'invité de ces émissions de débat politique qu'on éteint immédiatement pendant qu'on découpe le rôti du dimanche. Son nom m'était encore plus familier, car son frère cadet, Edward, pilote de ligne, avait récemment été sauvagement assassiné dans l'appartement qu'il partageait avec sa femme épousée six ans plus tôt, par un(e) ou plusieurs inconnu(e)s à l'aide d'une bouteille de champagne brisée. Je notai le numéro qu'il m'avait donné et m'assis une seconde, indécis.

Je m'occupai d'abord des trois autres messages. L'un était de Joe Nineteen, un de mes indics réguliers, concernant des enfants en fugue, et un autre d'une femme dont j'avais retrouvé le fils six mois plus tôt : de toute évidence, il fallait que je recommence. Le dernier provenait de Sharon. Je téléphonai à Joe pour lui dire que son tuyau de la veille était impec et que je passerais le voir sous peu. La dame – une certaine Mrs Lewes – n'étant pas chez elle, je laissai un message l'assurant de mon aide et lui précisant que je la contacterais dès que j'en saurais plus. Je ne rappelai pas Sharon, puisque j'avais convenu de dîner avec elle. Je restai un instant pensif avant de joindre le député.

Une secrétaire me mit en attente. J'allais raccrocher et rappeler pour laisser un message quand Sir Peter prit la communication.

— Mr Rucker ?

— Lui-même. Je vous rappelle comme convenu.

— Merci. Je... (Il chercha ses mots.) Je voulais savoir si vous étiez libre aujourd'hui pour déjeuner. On m'a récemment recommandé vos services et je souhaiterais discuter avec vous d'une éventuelle affaire.

Sa voix était moins retenue que sur son message. Le pitbull n'était plus en laisse : il était sage comme un caniche.

— Puis-je vous demander qui me recommande ?

Je faisais mon petit sondage clientèle habituel.

— Je préférerais vous le confier en personne, si cela ne vous ennuie pas, Mr Rucker. Pourrions-nous nous retrouver à 13 heures aujourd'hui ? Savez-vous où se trouve le Portman Club ?

J'attendis une seconde. Je n'aime pas parler à des gens qui donnent des ordres sous le couvert de questions, et dont le ton laisse supposer qu'ils attendent qu'on cède à leurs caprices.

— Sir Peter, dis-je. Si l'affaire dont vous souhaitez m'entretenir est bien celle à laquelle je pense, je ne crois pas pouvoir vous être utile. Je ne suis pas une grosse agence, je n'ai pas d'employés. Je travaille généralement sur les disparitions d'adolescents.

— Je le sais. Cependant, il paraît que vous êtes excellent dans votre domaine.

— Cela ne change rien. Je ne veux pas vous faire perdre votre temps. (Ni perdre le mien, songeai-je.) Il serait superflu de vous importuner à votre club.

— Quoi qu'il en soit, Mr Rucker, je souhaiterais vous rencontrer. Je paierai vos honoraires, quelle que soit l'issue de notre entrevue, et je puis vous assurer que vous serez ravi de votre déjeuner.

— Je...

— Je vous en prie, Mr Rucker. Cela m'épargnera la peine de vous traquer. Si vous avez votre idée sur ce dont je veux vous parler, vous me comprendrez sans doute.

L'ancien ministre se tut brusquement. Sa voix était de nouveau tenue en laisse et menaçait de la briser. Je réfléchis brièvement et laissai échapper intérieurement un soupir.

— Crème brûlée ? demandai-je.

— Pardon ?

— Au menu. De votre club.

— Oh, bien sûr. La meilleure qu'on trouve à l'ouest de Paris, dit-il avec un rire forcé.

— Très bien.

Il eut à nouveau ce même rire contraint.

— Merci. Je ne voudrais pas me montrer condescendant, mais le club exige que les visiteurs portent une veste.

— J'en achèterai une en chemin.

— Et une cravate.

— Très bien. Un pantalon, aussi ?

Je raccrochai après avoir noté l'adresse.

Elle était parfaite. La mienne est aussi bonne, mais je n'ai pas de lampe à souder pour que le dessus soit parfaitement croustillant sans ramollir l'intérieur. Je me débrouille avec le gril.

J'avais passé quelques coups de fil, jeté un coup d'œil au dossier du fugueur, Dominic Lewes, et décidé que je m'occuperais de lui ce soir ou demain. Après quelques tasses dans le café qui dessert le centre d'affaires, j'étais retourné chez moi enfiler le costume Paul Smith acheté pour le mariage de mon frère et que je n'ai jamais eu l'occasion de porter. Une vieille Ralph Lauren parmi mes quelque soixante-dix cravates, que je collectionne sans presque les porter, avait eu ma faveur.

Nous étions assis l'un en face de l'autre dans la salle à manger du Portman Club, une vaste pièce à haut plafond, décorée des inévitables lambris, peintures de batailles navales et énormes lustres. Sir Peter Morgan était un homme de haute taille, dans les quarante-huit ans, élégant dans le genre conservateur. D'abondants cheveux gris lui donneraient un air distingué d'ici à quelques années. Il avait le front haut, un visage étroit, des yeux d'un bleu perçant et un nez qui semblait à peine un peu trop petit par rapport au reste lui donnant un air juvénile. Il portait ses lunettes de lecture en sautoir pendues à une délicate chaîne en argent.

La conversation fut courtoise. Je lui demandai comment il convenait de s'adresser à lui et il me déclara que Sir Peter était encore le plus adéquat. Il n'aimait pas qu'on l'appelle Mr Morgan, mais il ne se plaignait jamais quand les gens commettaient l'erreur, jugeant cela mesquin. Il me parla un peu de son travail, et moi du mien. À un moment, je crus qu'il allait aborder la politique, mais, par bonheur, il s'en abstint. Bref, nous nous acheminions vers « le début d'une très belle amitié », comme dirait l'autre. Il salua une vieille connaissance d'un signe de tête et je remarquai son nœud de cravate parfait sur sa chemise à rayures bleues Hilditch & Key amidonnée, assortie à la pochette discrète de son impeccable costume à fines rayures. Il ne manifesta guère sa peine pour la mort récente de son frère en dehors d'une certaine réticence à aller plus loin dans la conversation que les politesses habituelles avec les gens qui passaient près de la table. Ses manières et son attitude étaient celles d'un homme habitué à se maîtriser. Il faisait penser à un oncle qui vous invite à déjeuner durant votre dernière année à Cambridge dans le but de vous dissuader de partir vivre en communauté à Goa, vous recommander un tailleur et vous demander dans quelle firme de la City vous souhaiteriez entrer une fois achevées vos études.

Quand la serveuse vint desservir, Sir Peter lui déclara que nous prendrions notre café à l'étage. Je le suivis jusqu'à un imposant escalier circulaire à épais tapis rouge et tringles de bronze. Les murs étaient recouverts de peintures à l'huile représentant d'austères vieux messieurs dont l'expression semblait indiquer que, contrairement à moi, ils n'avaient pas du tout trouvé la crème brûlée à leur goût. Nous passâmes sous leurs regards le long d'un large couloir pour gagner une lourde porte en chêne ciré que Sir Peter poussa pour pénétrer dans une vaste pièce bourrée de fauteuils vides pour la plupart, et de tables basses libéralement couvertes de journaux. *Libéralement*, oui : le *Telegraph*, le *Times* ou le *Financial Times*. Traversant les rayons de soleil mouchetés de poussière qui se déversaient par une fenêtre en arc de cercle, Sir Peter m'entraîna dans le coin opposé et nous nous assîmes face à face, l'un et l'autre enchâssés dans du cuir vert.

Sir Peter se tortilla dans son siège, mal à l'aise, cherchant par où commencer. J'attendis pendant qu'il buvait son café et que montait vers nous la rumeur des voitures sur Piccadilly. Il portait des boutons de manchette en passementerie de la même couleur que ceux que j'avais trouvés dans un costume Gieves & Hawkes acheté sur Portobello Road l'année précédente.

— Mr Rucker, commença-t-il enfin. Cela m'est très difficile. C'est la première fois que je recours aux services d'un détective privé. Je...

Il se tut et fixa la fenêtre.

— Vous voulez que je retrouve la personne qui a tué votre frère, dis-je.

On n'allait pas y passer la journée non plus.

— Oui. C'est aussi simple à dire que cela, j'imagine. Oui. C'est ce que je désire.

Il me regarda, soulagé que la glace soit rompue. Il semblait effrayé, aussi, effrayé de revenir sur ces événements, de les revoir.

— Dans ce cas, je crains que nous ayons perdu notre temps, dis-je. À l'exclusion de la crème brûlée. Vous êtes au courant des ressources déjà mobilisées par la police sur cette affaire ? Surtout en ce moment.

— Je sais que la police fait ce qu'elle peut.

— Il se trouve que je connais l'un des inspecteurs chargés de l'affaire. C'est un très bon. Ils trouveront l'auteur de ces meurtres. (Sir Peter sembla effrayé de ce que je disais. Je continuai malgré tout.) La presse ne s'est pas beaucoup préoccupée du premier. En tout cas, la télé n'en a pas parlé. Un chauffeur routier retrouvé mort sur la couchette de sa cabine. Poignardé avec un tesson de bouteille de bière et délesté de tout son argent liquide. Des jeunes, probablement, des drogués qui ont parfois besoin de cinquante billets et sont prêts à tuer quelqu'un sans trop d'états d'âme. Et sans peine. Pas d'indice d'acte sexuel, un simple vol qui aurait mal tourné. (Je me penchai pour récupérer ma tasse. Sir Peter demeurait figé, les yeux fixés sur moi.) Le deuxième a fait les gros titres. Un tapin de Brixton, à peine quatorze ans, encore lycéen. Il préparait ses examens. L'acte sexuel était évident dans ce cas, bien qu'il soit impossible de déterminer à ce stade de l'enquête si l'un des quatre différents spermes relevés à plusieurs endroits sur le cadavre provenait de l'assassin. C'est de nouveau une bouteille, de Lucozade, il me semble, qui a servi à transpercer le ventre de la victime.

Des morceaux de verre ont été retrouvés dans le rectum, profondément lacéré.

Sir Peter changea de position et me fixa de l'air du monsieur habitué à être traité avec un peu plus de déférence.

— Vous semblez savoir de quoi vous parlez, dit-il froidement.

— Je lis les journaux. J'ai également appelé l'inspecteur Gold après notre conversation téléphonique. Le policier qui m'a recommandé à vous. Nous sommes de la même promo et il m'a donné les détails. Le *modus operandi* était similaire au meurtre de l'autoroute, un lien a été établi et une enquête menée sur les antécédents du routier. Il était homosexuel, ou du moins bisexuel. Marié avec trois enfants. Le légiste souligne qu'il n'avait eu aucun contact sexuel la nuit de sa mort, mais la police a retrouvé plusieurs hommes qui ont déclaré avoir couché avec lui, parfois dans son camion. Curieux. Quand un policier a dû lui relater ces faits, la femme du routier a été encore plus effondrée qu'en apprenant que son mari avait été tué.

Je me rencognai dans mon fauteuil, attendant une réaction, mais Sir Peter ne pipa mot. Je bus une longue gorgée de café avant qu'il ne refroidisse. Je déteste le café froid.

— La police n'aime pas les serial killers, continuai-je. Même si ce ne sont que des déréglés de l'oignon, comme ils nomment les homosexuels qui en sont les victimes. De nombreux effectifs sont mobilisés. Doublés depuis le meurtre de votre frère. On y serait arrivé de toute façon, mais le fait que vous soyez un homme politique en vue a accéléré les choses. Ma participation ne serait qu'une goutte d'eau dans l'océan, en comparaison.

Je me détendis et croisai les mains. La serveuse vint remplir ma tasse. J'aurais dû m'en douter, dans un endroit pareil. Alors qu'elle servait Sir Peter, une sorte de culpabilité m'envahit. Merde, je manquais de compassion. Quelque chose, sa réserve, peut-être, ou simplement sa situation de politicien puissant, réduit à celle d'un demandeur en deuil, me donnait envie d'être brutal avec lui. Gagné : son expression s'était faite plus grave. Il sourit faiblement à la serveuse et attendit qu'elle soit partie servir un vieux bonhomme fripé qui ressemblait à Winston Churchill.

— Ce n'est pas que je doute de la police, Mr Rucker, dit-il avec une légère impatience. J'ai visité la salle des opérations, j'ai vu ce qu'elle faisait.

— Alors vous devez savoir combien je serais inutile. Des tas de flics interrogent déjà tout le monde un peu partout. La police a des médecins, des tests ADN. C'est grâce à cela que ce type, si c'est un homme, sera pris. Malheureusement, il faut attendre qu'il recommence, peut-être deux ou trois fois, mais il commettra tôt ou tard une erreur. Aucun n'y échappe.

— Oh, mais je sais parfaitement tout cela, Mr Rucker. (L'irritation et l'impatience étaient maintenant teintées d'une nuance impérieuse.) Voyez-vous, de mon point de vue, peu importe ce que fait la police. Edward était mon frère. Ce qui compte, c'est ce que *moi*, je fais. Je ne peux pas me contenter d'attendre, je veux agir.

Il leva les mains et, soudain, je lus dans ses yeux une supplication et une sincérité que je discernais pour la première fois.

— Je comprends bien, monsieur. Cela étant, si m'engager n'est qu'une manière de soulager votre conscience, d'essayer d'agir, vous savez également que c'est inutile parce que vous n'êtes pas en faute. Poursuivre un tueur n'est pas de votre ressort. Vous êtes un politicien, pas un policier. Par ailleurs, je refuse de consacrer du temps à une quête perdue sous prétexte que vous êtes désemparé. Je compatis, mais je suis navré, je ne peux rien faire.

Je me levai, prêt à m'en aller, mais le député laissa échapper un long soupir et pinça les lèvres comme pour endiguer un flot d'émotions.

— Mr Rucker. (Le ton était ferme, la voix peut-être un peu trop forte. Cela m'arrêta. Je me rassis, résigné à l'écouter jusqu'au bout. Je m'enfonçai dans mon fauteuil. Il croisait les mains, me fixant par-dessus ses doigts. Je l'imaginai à une table dans un studio de télévision, attendant que s'apaisent les huées du public.) Mr Rucker. Ce n'est pas tout. Il y a autre chose. Les policiers m'ont écouté quand j'en ai parlé... par déférence. Ils ne m'ont pas cru. (Il hésita.) Mr Rucker, j'ai appris ce qui était arrivé à mon frère. Je connais les détails. On m'a dit qu'il y avait des preuves d'actes sexuels. Avec un homme. Mon frère avait été sodomisé avant d'être tué. J'en suis parfaitement conscient. Mais, Mr Rucker, dit-il en me fixant droit dans les yeux. Quelque chose ne va pas. Edward n'était pas homosexuel.

Il avait baissé la voix. Redevenu maître de lui, il me fixait avec attention, de ses yeux bleus non plus suppliants, mais mesurés et précis, froids comme une maison vide. Je perdis soudain toute compassion. C'est donc ça qui le tracasse, me dis-je. Comme la femme du chauffeur routier.

— Sir Peter, commençai-je. C'est peut-être difficile pour vous...

— Je sais ce que vous allez me dire, Mr Rucker. Que je ne suis qu'un vieux tory coincé qui ne peut pas supporter qu'on lui apprenne que son frère était homosexuel, qui refuse d'accepter des preuves aussi patentes. Vous vous trompez.

— Je n'ai pas dit...

Il me coupa et se pencha vers moi.

— Vous n'êtes pas homosexuel, dit-il. (C'était moins une question que les prémices d'un raisonnement logique.) Vous ne l'êtes pas, n'est-ce pas ?

Je le regardai, surpris, essayant de comprendre où il voulait en venir.

— Non, mais...

— Et mon frère non plus. Il n'aurait pas couché avec un homme. Il n'était pas homosexuel.

Je ne répondis pas. Il n'avait plus qu'à achever, ensuite, je le remercierais pour le déjeuner et je prendrais congé.

— Vous vous demandez pourquoi j'en suis si sûr ? demanda-t-il en me fixant, sentant mon irritation. (Je haussai les épaules.) Je le sais, Mr Rucker, parce que je le suis, moi.

Le député se renfonça dans son fauteuil avec un sourire triste. La pièce était brusquement devenue silencieuse, seulement troublée par le tic-tac d'une horloge que je n'avais pas remarquée jusque-là. Sir Peter sembla perdu dans ses pensées un instant, contemplant des choses que lui seul voyait, et qui semblaient lui apporter un plaisir ou de douloureux regrets.

— Savez-vous, Mr Rucker, que vous n'êtes que la troisième personne à qui je confie cela ? Je ne le souhaitais pas, mais puisque Edward a été tué, en faire un mystère me semble inepte, maintenant. Trouver son assassin est bien plus crucial. (Il me sourit.) C'est incroyable comme c'est facile à dire. Quand je l'ai avoué à ma femme, c'était monstrueux. Avant d'aborder le sujet avec Edward, j'étais dans tous mes états. J'avais presque quarante ans et j'étais terrifié de la façon dont il réagirait. Je n'ai rien pu avaler pendant une semaine.

Il rit tristement et attendit. J'étais coincé.

— Comment l'a-t-il pris ? me surpris-je à demander.

— Oh, merveilleusement bien. Il m'a dit qu'il attendait que j'en parle depuis notre adolescence. Il était soulagé que je le fasse enfin.

— Cela devait représenter beaucoup pour vous.

— En effet. Ma femme s'est montrée moins généreuse, c'était bien compréhensible. Nous menions déjà des existences parallèles, mais elle avait peur d'un *coming out*, comme on dit aujourd'hui... L'humiliation, sans doute. Elle est ravie d'être une épouse de ministre, voyez-vous, même s'il est dans l'opposition, comme elle dit. (Il hésita, et j'attendis qu'il reprenne.) Diana m'a demandé de ne plus jamais en parler. À personne. Mais j'ai décidé de le dire à Edward. Une fois qu'il l'a su, j'ai pu me confier à lui, être un peu vrai. Nous en avons souvent discuté et cela a allégé mon fardeau de savoir que quelqu'un me comprenait et ne le dévoilerait à personne. Je ne sais pourquoi, mais, après cela, je n'ai plus éprouvé le besoin de prendre tous les risques que je prenais avant.

Il s'interrompit un instant au passage de la serveuse, nature fort diligente, ou membre du KGB. Durant cette brève interruption, l'ancien ministre put reprendre sa réserve habituelle.

— Le fait est, reprit-il après son départ, que je sais qu'il n'était pas homosexuel. Nous avions abordé la question et cela ne lui avait jamais traversé l'esprit. Il ne me mentait pas, il n'avait aucune raison. Mes préférences sexuelles ne lui posaient pas de problème et il en aurait été de même pour lui. Edward était beaucoup plus ouvert et détendu que moi sur tout ce qui constitue la vie.

— Et vous trouvez curieux qu'il ait été tué par un serial killer qui s'attaque aux homosexuels ?

— En effet. Même si c'est le même homme sur lequel la police se focalise en persistant à croire que mon frère était homosexuel, et que ce crime correspond à un schéma net et précis.

Je hochai la tête avec réticence. La police aime le net et le précis. Elle va même jusqu'à donner un coup de main aux faits qui sortent de cette définition. Moi aussi, j'avais fait le ménage, à mon époque.

— Vous leur avez dit qu'Edward n'était pas gay ?

— Oui, mais je n'ai pas dit comment je le savais. Ils ont poliment écouté, sans en tenir compte. Ils pensent que je veux atténuer le scandale.

Moi aussi, j'avais commencé par là. Du reste, cette hypothèse ne m'avait pas tout à fait abandonné.

— Vous voulez donc engager quelqu'un qui explore les pistes que la police néglige d'après vous ?

— C'est cela.

— Et vous ne voulez pas d'une grosse agence, parce qu'elle ferait exactement la même chose que la police. En plus de ne pas être discrète.

— Oui. J'ai dit à l'inspecteur Gold que je voulais engager quelqu'un capable de m'aider. Je ne m'attendais pas à ce que vous m'opposiez une telle résistance. L'inspecteur Gold a tenté de me dissuader. C'est lorsqu'il a senti ma détermination et compris que je chercherais dans l'annuaire s'il ne me recommandait personne qu'il m'a donné votre nom. Peut-être vais-je jeter de l'argent par les fenêtres, mais tant qu'il restera une possibilité, je continuerai. L'inspecteur Gold m'a dit que vous demandiez un forfait pour retrouver les fugueurs, mais que vous accepteriez peut-être d'être payé à la journée.

— C'est à envisager.

Je réfléchis à la question.

Cela pouvait valoir la peine, peut-être pourrais-je trouver une piste, si improbable que soit cette possibilité. En tout cas, cela ne ferait sûrement pas de mal à mon compte bancaire d'essayer et je pourrais toujours poursuivre mes autres enquêtes en même temps. Et puis, c'était un défi, un vrai boulot. Je ne savais pas quoi faire, j'étais encore sous le choc de la révélation qu'il venait de me balancer. Non, plutôt qu'il se soit confié à moi, ici, dans ce club de gentlemen poussiéreux où ce genre de confidence devient incongru. Je me surpris à affirmer que je ferais de mon mieux jusqu'à ce que je trouve quelque chose ou que j'aie épuisé toutes les pistes. J'insistai à nouveau sur la perte d'argent pour lui et de temps pour moi, mais cela sembla lui plaire. Nous nous accordâmes sur les termes et nous levâmes.

— Mr Rucker, dit Sir Peter en me prenant la main. Je vous remercie. Je vous fais confiance : tout ce que je vous ai dit restera entre nous. (Il semblait mal à l'aise.) Ma femme, vous comprenez.

Je lui assurai qu'il n'avait pas lieu de s'inquiéter. Il me remercia d'un hochement de tête. Puis il reprit ses allures de vieil oncle et entreprit de me raconter un peu l'histoire du club en me raccompagnant dans le large escalier qui semblait encore plus impressionnant quand on le descendait. Il me montra le portrait du fondateur, celui de l'un de ses grands-pères, et m'expliqua que la devise signifiait : diligence et discrétion.

Au bas de l'escalier, nous croisâmes la serveuse armée d'une cafetière pleine. Elle semblait déçue de nous voir partir.

3

Le trajet du retour me prit une demi-heure de plus que l'aller. Dorénavant, je laisserais ma voiture chez moi et je prendrais le bus. Ou j'irais à pied, c'était à peu près aussi rapide. Sur Highbury Grove, j'apercevais à travers les arbres dépouillés du parc les derniers joueurs de tennis disputant bravement leurs matchs sur les courts rouge pâle. J'entrai dans la cour des Lindaeur Buildings, et une fois passé la guérite du vigile, je me garai non loin de l'entrée. Comme souvent, l'immense et imposant bâtiment des années trente me faisait penser à un paquebot. Je fermai la voiture et, dédaignant l'ascenseur, montai les quatre étages en courant.

Mon bureau baignait dans la lumière aveuglante du soleil qui se déversait par les larges fenêtres. Je descendis le store à mi-hauteur, plongeant la pièce dans une ambiance quasi tropicale. Mon répondeur m'annonça qu'il était 14 h 36 et que j'avais un message. Andy Gold voulait savoir si j'avais accepté d'aider le député et me demandait si je voulais en discuter. Je le rappelai au commissariat et convins de le retrouver à l'Albion à 16 heures. Il avait l'air stressé. Dans le fond, j'entendais un fracas de machines à écrire et de sonneries de téléphone, et une voix de femme furieuse clamant l'innocence de son petit garçon. On l'avait accusé à tort la première fois, l'entendis-je dire, et maintenant, on essayait de recommencer. Je souris intérieurement en repensant à toutes ces journées que j'avais passées dans cette salle, accablé comme devait l'être en ce moment Andy. Je lui conseillai de ne pas se surmener et raccrochai avant qu'il ait eu le temps de répondre.

Au Portman Club, j'avais pris quelques notes sur mon petit carnet que je ressortis pour en griffonner d'autres. Je venais d'être engagé par un député conservateur plus fortuné que raisonnable (reproche que méritent bon nombre d'entre eux) pour découvrir qui avait tué son frère. Selon lui, la police n'explorait pas toutes les pistes. Le meurtre semblait l'œuvre d'un serial killer éprouvant un certain dégoût – ou un goût très étrange – pour les homosexuels. Mais le député, convaincu que son frère ne pouvait avoir eu le moindre contact avec un homosexuel, s'étonnait que le tueur ait pris son frère pour cible. Pas la police. Je devais envisager deux possibilités : soit son frère avait été tué par quelqu'un d'autre, soit le serial killer ne se contentait pas de cibler les homosexuels. C'était assez simple. Je dressai la liste des tâches qui m'attendaient, puis je filai au café.

Tenu par Ally, une séduisante et très intelligente jeune Italienne, et son petit copain, Mike, un Anglais, l'établissement est deux fois plus grand que mon bureau, avec quatre petites tables et plus de plantes que l'endroit ne peut en accueillir. C'est dans une cuisine minuscule qu'ils préparent sandwichs, plats chauds et espressos pour les occupants des bureaux, et ils livrent également dans les commerces voisins. Ils travaillent bien plus que moi, mais réussissent toujours à rester de bonne humeur avec leurs clients et entre eux – ce qui n'est pas une mince affaire, étant donné qu'ils partagent aussi le même appartement. Le café est très commode, étant situé à dix mètres, et je laisse souvent sur ma porte un mot disant aux clients de m'y attendre en cas de retard. Comme j'aime bien Ally et

Mike, je n'ai jamais apporté ici la deuxième machine à café que j'ai chez moi. J'aime à les savoir là, et cela ne me coûte pas grand-chose de les aider à y rester. Et puis, à Noël dernier, ils m'ont offert une mug rien que pour moi. Plus grande que les autres et ornée de la photo de Kojak. Ils ne m'ont jamais dit si c'était une allusion à mon métier ou à ma calvitie naissante.

J'avais justement Kojak à la main en m'approchant du comptoir. Mike faisait la plonge en cuisine pendant qu'Ally débarrassait une table après le coup de feu du déjeuner.

— Tu es allé voir ton banquier, Bill ? me cria Mike en voyant mon costume.

— Non, le ministre des Finances du *shadow cabinet*, en fait, répondis-je.

— Mince. Ton découvert doit être encore pire que le mien, mon vieux !

Ally déposa les assiettes sales et me sourit avant d'aller me servir un café.

Ally a le genre de sourire qui vous fait souhaiter une mort brutale et calamiteuse à son petit copain, ou du moins, vous le rend moins sympathique. Ajoutez-y des cheveux noirs bouclés incroyablement brillants et d'immenses yeux profonds et noirs comme des olives. Elle me rendit Kojak et cocha mon ardoise. Je pris prudemment la tasse par le haut et allai m'asseoir à la table qu'elle venait de nettoyer.

J'avais une heure à tuer avant de retrouver Andy Gold. Je la passai en sirotant le café et en regardant l'éternelle sucette de Kojak, en pensant à mes sept ans passés comme inspecteur dans la police d'Islington. Au début, j'avais adoré ce boulot, et à mesure que je gravissais les échelons, mon intérêt se renouvelait. Mais un jour, j'eus l'impression de me heurter constamment à un manque de ressources pour affronter le genre de criminels qui m'intéressaient et un manque de temps pour mener correctement la moindre enquête. Lentement, je parvins à la conclusion que je n'étais pas employé pour résoudre des affaires et arrêter des criminels, mais comme rouage d'une mécanique politique qui repeignait les murs pour dissimuler les graffitis. En période d'élections, les conseillers paniquaient, et une fois quelques mots murmurés à qui de droit lors d'un cocktail, on nous lançait dans une vaine opération contre vagabonds ou prostituées. Et de nettoyer un quartier, Harlesden, par exemple, d'arrêter tout un tas d'individus sans importance, libérés après une nuit de garde à vue pour aller s'installer ailleurs. Du coup, nos indics énervés devenaient introuvables dès qu'on avait besoin de renseignements sur quelque chose de vraiment important. Jamais il n'était question de traiter le mal à la racine : pourquoi les sans-abri ou les putes occupaient tel ou tel arpent du bon Dieu ? Parce que des dealers leur vendaient du crack enveloppé dans des emballages de bonbons, qu'elles se payaient en trimant jour et nuit. Tout ce petit monde disparaissait un jour ou deux avant de revenir, adossé à une vitrine ou un lampadaire, chewing-gum entre les dents et sourire aux lèvres sur notre passage. Les ados continuaient à se vendre et la roue de tourner. Au bout de sept ans, j'étais devenu cynique et je m'ennuyais.

Mais j'aurais pu continuer. J'approchais à peine la trentaine et, à l'époque, ces frustrations se manifestaient dans un penchant pour la bouteille et pour le speed. J'aurais pu continuer pendant des années, tout comme Andy Gold, de plus en plus malheureux, coincé entre un crédit et l'espoir d'une promotion, chaque jour de moins en moins motivé. C'est mon frère Luke qui m'a sorti de tout ça. Je lui dois mon nouveau statut de détective privé indépendant, heureux et équilibré, avec bureau à moi et voiture de fonction. Je lui dois même tellement plus que si j'essaie de trouver le moyen de m'acquitter de ma dette, j'en deviens fou.

Luke a risqué sa vie pour moi. Un homme que j'avais tenté d'arrêter voulait ma mort et Luke avait appris que ce type me cherchait. Sachant pourtant combien c'était dangereux, il avait traversé la ville pour me prévenir. Parce que nous nous ressemblons, et parce que Luke conduisait ma voiture, le type l'avait pris pour moi et avait tenté de le tuer. On peut même dire qu'il y est parvenu. Luke a risqué sa vie pour moi et j'ai compris que je ne pouvais plus continuer cette vie qui n'avait jamais représenté grand-chose et ne valait certainement pas le sacrifice de Luke. Qu'il passe le reste de *sa* vie – si on peut appeler ça comme ça – sur un lit d'hôpital, ne pouvant rien bouger d'autre que ses paupières, alimenté par un tube en plastique, prisonnier à l'intérieur de lui-même, dans une cellule dont, m'assurait-on, il ne sortirait jamais. Pas dans ce monde, en tout cas.

Je terminai mon café et suivis de l'index les motifs floraux de la nappe en plastique. Je sombrais à nouveau dans la culpabilité et l'impuissance, accablé par l'image du corps inerte de Luke dans l'épave de ma voiture. Puis je me ressaisis. Il était 15 h 45. Je balayai ces idées noires, me levai et demandai à Ally deux parts de son fabuleux tiramisu à emporter chez moi.

Elle me les coupa et les déposa soigneusement dans une boîte en carton.

— Et si tu pouvais aussi me donner la recette, Ally, ce serait parfait.

— Jamais ! rigola-t-elle. (Cela faisait des années que je la tannais pour avoir la recette.) Tu ne m'en achèterais plus si tu savais le préparer.

— Mais non, c'est pour vendre la recette !

— Et qui est la petite veinarde ?

— Pardon ?

— Quelle femme va avoir le privilège de goûter mon tiramisu après le merveilleux dîner que tu lui auras préparé ? demanda-t-elle.

— Tu devrais être détective. C'est peut-être simplement parce que j'en garde une pour plus tard en cas de petite faim.

— Non, tu fais trop de sport. Il y a forcément une deuxième personne.

— OK, avouai-je. Tu m'as coincé. Ce n'est que Sharon.

— Que Sharon, répéta-t-elle d'un air entendu. Mmmh.

Sans relever, je pris le sac.

— En fait, tu ne ferais pas du tout un bon détective. Tes méthodes d'interrogatoire sont bien trop intimidantes.

Nous éclatâmes de rire et je partis en saluant Mike, toujours dans la vaisselle jusqu'au cou.

Quand on passe ses journées à rechercher des disparus dans des squats et sous des porches de Camden, King's Cross, Dalston et Hackney, à se faire insulter, cracher dessus et menacer, franchir le seuil de l'Albion, à Barnsbury, vous donne l'impression d'entrer au paradis. C'est un vieux refuge couvert de lierre, avec parquets, canapés et harnachements de cavalerie, le tout absolument pas kitsch. Et sans juke-box. Aussitôt transporté au cœur d'une calme campagne, on s'attendrait presque à y voir surgir Miss Marple. Je cherchai Andy du regard, commandai un Perrier et pris place à une petite table moulurée, l'œil sur la porte.

Andy Gold arriva dix minutes après moi, à 16 h 20, encore accablé par sa journée. J'étais déjà servi : il prit au bar une bière et un double whiskey, sec, sans glace, qu'il vida avant de venir me rejoindre. Il avait l'autre main prise par son attaché-case.

Andy ne fait qu'un mètre soixante-treize et il n'a intégré la Met qu'un an après l'abaissement de la taille minimum. Ses cheveux bruns sont si gras qu'ils tiennent tout seuls en arrière et c'est le genre barbe de deux jours cinq minutes après le rasage. Tout comme pour moi, sa mère était juive et son père anglais, mais il fait plus sémite, avec son teint olivâtre, son nez prononcé et ses épais sourcils broussailleux qui trahissent une constante anxiété. Nous avons le même âge, à quelques mois près, mais dans ses mauvais jours, on lui donnerait facilement dix ans de plus. Ce soir, c'était un mauvais jour.

Andy s'assit et but une longue gorgée de bière, l'air au bout du rouleau, costume froissé comme jamais et les yeux comme deux œufs durs noyés dans le ketchup. Il desserra sa cravate, se pencha en avant, baissa la tête et se gratta le crâne à deux mains. Puis il se redressa et bâilla. Panorama sur luette et caries. Et encore une gorgée de bière. Pendant ce temps-là, moi, j'attendais.

— Alors, dit-il finalement. Le député pense pas que son frère était homo.

— Non.

Je sortis ostensiblement de ma poche arrière deux billets de cinquante livres que je glissai sans un mot dans sa poche de veste. Andy hocha discrètement la tête. Puis il posa son attaché-case sur ses genoux et l'ouvrit. Il en sortit une enveloppe en kraft qu'il posa devant moi sur la table.

— Tu ne l'as jamais vue, dit-il alors que je l'ouvrais.

4

Une fois rapidement caramélisées à la poêle, je plaçai les saucisses dans la cocotte en fonte Le Creuset que Sharon m'avait offerte à Noël dernier. J'avais acheté les saucisses chez Molise's, sur Farrington Road, avec deux boîtes de tomates italiennes, celles sans ajout de vinaigre ou de sucre, et dont l'odeur fait penser à la Toscane, même si on n'y est jamais allé. J'ajoutai les tomates aux saucisses, une bonne dose d'huile d'olive extra-vierge, six gousses d'ail écrasées, un peu de vin blanc, un trait de Lea & Perrins, deux petits piments indiens séchés et une cuillerée à soupe de miel et mis le tout à mijoter une heure. Puis je préparai de la polenta, la mélangeai avec deux poireaux blanchis et coupés en dés et mis le tout au four. Après quoi, je m'assis sur le canapé et parcourus les photocopies du dossier qu'Andy Gold avait eu l'amabilité de me communiquer.

C'était clair : pour ses collègues et lui, le massacre d'Edward – Teddy – Morgan faisait partie de la série de meurtres d'homosexuels dont la presse populaire faisait ses délices depuis six mois. Les détails du cas de Teddy y figuraient avec ceux des deux autres victimes.

John Evans avait été tué dans la cabine de son camion, garé sur une aire de repos de l'A1, à la sortie de Stamford. Selon la police, son agresseur était probablement un auto-stoppeur auquel il avait fait des propositions et qui avait réagi un peu plus violemment qu'avec l'habituel oui ou non. Deux graves contusions sur le haut du crâne prouvaient qu'Evans avait été assommé avec les cinq kilos de son propre démonte-pneu. Evans avait été grièvement blessé avec un tesson de bouteille, au ventre et à la poitrine, victime de lacérations internes suffisamment profondes pour provoquer un arrêt cardiaque avant qu'il ait le temps de décéder d'hémorragie. Dans la cabine, aucun fragment de verre identique à ceux retrouvés sur son cadavre : l'agression était donc largement préméditée, car l'agresseur avait manifestement déjà son arme avant de monter dans le camion. Pourquoi un tesson de bouteille au lieu d'un couteau, nul ne le savait. De nos jours, se procurer un couteau efficace est tout aussi facile que se procurer une bouteille de bière. D'ailleurs, si les agresseurs étaient des ados, c'était encore plus facile.

Pour le mobile, le rapport précisait qu'un simple vol avec violence était difficile à envisager. S'il était exact qu'on avait volé une centaine de livres à John Evans, l'absence de blessures sur les mains et les bras indiquait qu'il ne s'était pas défendu, comme l'aurait voulu la logique, pour empêcher son agresseur de le poignarder à mort. Il était donc inconscient ou du moins totalement sans défense *avant* de recevoir ses blessures mortelles au ventre. Un cambrioleur aurait normalement pris ce qu'il cherchait après avoir neutralisé sa victime, puis serait parti en la laissant inconsciente. Il aurait évité de le tuer dans la mesure du possible, et, en l'occurrence, il semblait qu'il aurait très bien pu s'en passer.

Mais ce n'était pas le cas.

La police avait fait un appel à témoins, affiché la photo de la victime dans les stations-service et aires de repos de l'A1, puis elle avait interrogé amis et collègues d'Evans. Personne ne leur avait donné la moindre information utile. Pour la police, c'était donc un meurtre perpétré par un junkie qui avait perdu la tête et, si l'affaire suivait toujours son cours, on avait conclu que le meurtrier serait coincé tôt ou tard pour une autre raison. À ce stade de l'enquête, aucun lien avec l'homosexualité n'avait été établi.

Je tournai la page.

Un jeune homme à la peau caramel et au grand sourire goguenard me fixait sur l'agrandissement A4 d'une photo de studio. Je distinguai tout juste une chemise bleue et une cravate de lycéen à rayures rouges et vertes. Je regardai le cliché un instant, n'ayant pas trop envie de tourner la page. Puis je posai la photo à côté de moi.

James Wadlock se prostituait, probablement pour le compte d'un gang de Brixton appelé la 22 Crew. Cette bande de petits voyous qui traîne dans un café de Railton Road devient progressivement une efficace équipe de putes et macs qui étend son territoire aussi loin que les Yardies les laissent faire et qu'ils leur abandonnent une part suffisamment importante du gâteau. Pour un tapin de Londres et de ses environs, James était un peu plus vieux que la moyenne. Il avait quatorze ans.

James Wadlock était issu d'un « milieu défavorisé ». Privé de père, il vivait avec sa mère, une droguée qui l'avait probablement initié à sa propre profession, souhaitant qu'à son âge il commence à s'assumer financièrement. Selon son dossier scolaire, c'était un enfant calme et étonnamment doué qui, lorsqu'il venait en cours, était toujours attentif et aimait poser des questions. Cependant, facilement influencé par des garçons plus âgés, il tentait le plus souvent de dissimuler son intelligence derrière des fanfaronnades, comme beaucoup de jeunes Noirs, précisait le professeur. Et de jeunes Blancs, ajoutai-je mentalement. Je vois ça constamment. La brutalité avec laquelle les garçons de quatorze, quinze ans répriment l'enfant qui est en eux, comme s'ils en détestaient la naïveté. Naïveté qui n'a fait que nourrir des espoirs ne pouvant mener, ils le savent, qu'à la frustration et la déception. Je me rappelai avoir moi-même défié mon père de se battre avec moi, un jour où il avait donné des coups de ceinture à Luke pour un retard de dix minutes. Il m'avait botté les fesses. Ce désir de virilité exacerbée est parfois mauvais et dangereux, mais il passe, généralement. Si le gamin vit assez longtemps pour le dépasser.

James était resté conscient presque jusqu'au bout. Son corps avait été retrouvé au sous-sol d'une HLM condamnée en cours de démolition. D'après la police, il avait été sodomisé debout et, dans le même temps ou juste après, on lui avait fracassé le crâne sur le mur contre lequel il était plaqué. Il avait eu le nez cassé et des écailles de peinture avaient été retrouvées sur sa peau et dans sa bouche. Du nonoxynol, produit chimique utilisé pour lubrifier certaines marques de préservatifs, avait été retrouvé dans son rectum, ainsi que plusieurs types de sperme, tout comme dans son estomac. Cela indiquait que James n'était pas vraiment conscient des risques du sida, et que c'était son agresseur qui avait demandé à mettre un préservatif, afin d'éviter d'être trahi par un test ADN. Le préservatif n'avait pas été retrouvé.

D'après ses entailles aux poignets et aux mains, il avait tenté de se défendre contre la bouteille de Lucozade qu'on lui enfonçait dans la poitrine, le visage et la gorge, et qui avait fini plantée dans son ventre. Le nombre de blessures indiquait qu'il lui avait fallu un certain temps pour mourir, mais il était impossible de déterminer combien il en avait reçu avant le coup fatal. Là aussi, ni l'autre moitié de la bouteille ni la capsule n'avaient été retrouvées. On avait volé James tout comme Evans. Il était évident qu'il avait eu au moins quatre autres clients ce soir-là, mais ses poches étaient vides quand on l'avait découvert. Cependant, la police ne pouvait être certaine que c'était son agresseur qui l'avait volé. Bien des gens sont capables de détrousser un cadavre, même celui d'un gamin de quatorze ans gisant dans un sous-sol sinistre au milieu d'une mare de sang. Et certains, songeai-je en allant baisser le feu sous la cocotte, sont policiers.

La photo d'Edward Morgan aurait pu sortir tout droit d'une brochure de British Airways. Teddy était bronzé, la quarantaine, mâchoire carrée et yeux bleus. Je ne lui trouvai aucune ressemblance avec son aîné. Il avait l'air du genre d'homme capable de vous faire atterrir sans encombre même avec un moteur en carafe, ou de vous rassurer durant des turbulences avec une petite blague sur les montagnes russes. Dents parfaitement blanches, comme j'en ai toujours rêvé. Cela faisait bizarre de voir en ce type robuste et sûr de lui une victime, un être affaibli et cruellement humilié. Assassiné. Ce visage ouvert et franc avait-il l'air gay ? Allez savoir.

En lisant ce qui lui était arrivé, j'essayai de voir la scène comme s'il s'agissait d'une séquence de film. Je lus les dépositions des copilotes, des hôtesses, du barman de l'aéroport et le rapport de police sur le lieu du crime. Puis la déposition de sa femme, qui avait découvert le cadavre et affirmait ne s'être jamais douté que son mari puisse avoir une vie homosexuelle. Des images de mort flottèrent dans mon esprit comme les spectres de papillons épinglés. J'en étais au rapport d'autopsie quand on sonna.

J'étais vraiment heureux de voir Sharon, aussi ravi que surpris qu'elle fût si resplendissante, une bouteille de Rosso di Montalcino à la main. Nous nous embrassâmes, je pris la bouteille et elle me suivit dans la cuisine, vers l'odeur sur laquelle elle me félicitait déjà.

J'avais fait un rapide ménage et l'appartement n'avait pas trop mauvaise allure. Cet ancien studio photo est pourvu de stores noirs, d'une petite cuisine américaine et d'un parquet que je n'ai pas encore eu le temps de poncer. Sharon m'a souvent promis de venir m'aider à l'arranger, et, pour l'instant, elle m'a offert pour mon anniversaire une litho encadrée de Salgado, unique objet qui rompe la pureté des murs à peu près blancs. Chaque fois qu'elle vient, elle me répète qu'on dirait que je viens juste d'emménager. Et j'ai droit à une avalanche de termes comme rangements, placards, éclairage indirect et Ikea.

Je lui servis un verre de vin et mis mes brocolis à chauffer. Pendant que nous bavardions sur le canapé, je ne pouvais m'empêcher de penser à la manière dont nous nous étions connus et à ce qui nous liait. Pourquoi nous dînons ensemble environ une fois par mois et allons au cinéma ou au théâtre de temps en temps. Pourquoi c'est parfois la seule personne à qui je peux, ou veux, parler. Pourquoi je passe une éternité à lui chercher un cadeau de Noël. Pourquoi, de temps en temps, à une date précise, peut-être, elle m'appelle au milieu de la nuit et me demande d'une voix brisée de venir chez elle.

Au départ, je ne m'entendais pas particulièrement bien avec Sharon, mais, au cours des dernières années, cela a changé. Sharon était la fiancée de mon frère Luke. D'ailleurs, elle l'est toujours, dans les faits. Elle n'a en tout cas pas rompu avec lui. Cela fait presque quatre ans qu'il a été blessé et, si j'y pense, je sais que Sharon fréquente sûrement quelqu'un depuis. Mais quand nous nous voyons, elle est assez discrète pour ne rien dire. Je la considère encore comme la petite amie de Luke, mais je comprendrais si elle débarquait un jour chez moi avec un type un peu mal à l'aise qu'elle voudrait me présenter. Ce serait peut-être gênant, mais je comprendrais.

Luke et moi partagions un appartement à l'époque où il avait connu Sharon, et à peine avait-il commencé à me parler d'elle que j'avais senti que c'était une relation privilégiée. Luke travaillait dans un bar de Camden High Street et cherchait à devenir l'étoile montante de la scène anglaise. Sharon était venue prendre un café. Luke m'avait dit qu'en la voyant, il avait tout simplement su que c'était *elle*, et qu'il était tellement dans ses petits souliers qu'il avait renversé le cappuccino sur la table. Mais pas assez angoissé pour ne pas réussir à bavarder et lui demander son prénom. Sharon, étudiante en droit. Sharon, gênée à cause de son prénom, s'était empressée de lui assurer qu'elle n'était pas le genre talons aiguilles et que ses parents s'étaient inspirés de la Bible : la Rose de Sharon. Dans ce cas, avait répondu Luke, il vous va bien. Alors qu'elle partait, il lui avait suggéré de revenir et s'était inscrit sur le planning de la semaine suivante à toutes les heures d'ouverture pour être sûr de ne pas la manquer. Il n'aurait pas dû se donner tant de peine : elle était revenue dès le lendemain.

Lors de notre première rencontre, j'étais très sceptique. Je doutais fortement que toutes les louanges dont m'avait bassiné mon petit frère énamouré soient vraies. Je ne vénérais pas les femmes comme lui. Je lui avais demandé ce qu'elle avait de si particulier et il avait passé des heures à essayer de me l'expliquer. Non seulement elle était d'une beauté à couper le souffle, disait-il, mais elle irradiait en permanence une chaleur, une sorte d'énergie simple et fascinante qui lui donnait l'impression d'être un gamin. Son tempérament d'acier l'ensorcela un soir que nous dînions à l'appartement et qu'elle nous expliquait ce qu'elle voulait faire de sa vie, que la plupart des gens étudiaient le droit pour gagner de l'argent ou parce qu'ils n'avaient pas d'autre idée. J'avais d'abord trouvé sa théorie un rien prétentieuse, mais quand Sharon nous avait exposé comment elle voulait changer les choses et utiliser le droit pour aider les gens, j'avais été impressionné. Elle m'avait demandé si j'éprouvais la même chose dans mon métier de policier – que j'étais encore à l'époque. Je me rappelle m'être senti mal à l'aise sous son regard grave, incapable de rivaliser avec sa ferveur mais lui répondant que oui, j'éprouvais la même chose. J'avais été surpris et heureux de voir que je lui disais la vérité. À l'époque.

Luke et Sharon commencèrent bientôt à se fréquenter

sérieusement et l'opinion qu'il avait d'elle ne s'infléchit jamais. Il était d'accord avec presque tout ce qu'elle disait et je le voyais tenter de changer pour arriver à sa hauteur. Cela me surprenait : Luke s'était toujours montré instable et volage pour tout, surtout les femmes. Mais même si Sharon avait deux ou trois ans de moins que lui, elle semblait l'aider à mûrir. Il se prenait davantage au sérieux. Il travaillait nettement plus son jeu d'acteur, suivait des cours du soir à l'Actor's Centre, envoyait partout des CV, et je dois admettre que cela commençait à prendre tournure pour lui. Il avait décroché un rôle intéressant au Kings Head, puis quelques petits rôles dans le West End et à la télé. Luke avait toujours écrit des poèmes, qu'il ne montrait à personne, pas même à moi, et Sharon le convainquit, non seulement de la laisser les lire, mais de les retravailler et de les envoyer à des magazines. Ce qu'il fit. Ses textes commencèrent à paraître dans *Rialto*, *Stand Magazine* et une fois dans *Poetry Review*. Luke s'était mis à tout aborder comme Sharon, avec une confiance calme et déterminée, impressionnante, mais que je trouvais un peu forcée, et même incohérente pour lui. Il devint plus grave, plus posé, et il me semblait parfois ne plus le reconnaître.

Quand Luke et Sharon m'annoncèrent leur projet de mariage, je restai très mitigé. Luke avait vingt-six ans, Sharon vingt-trois : je les trouvais trop jeunes pour cela. Je me disais que Luke vieillissait peut-être trop vite, qu'il avait totalement écarté l'enfant qui était en lui afin de suivre Sharon. Elle semblait monopoliser mon frère et, en présence de tiers, elle était incapable de se détendre totalement et donnait l'impression de ronger son frein en attendant de l'avoir à nouveau tout à elle. Cependant, je savais que c'était probablement de la jalousie. Je regrettais le sens de l'humour puéril de Luke et finalement, ce qui me tracassait, c'était la défiance de Sharon pour toute sorte de frivolité. Mon frère me manquait – tout comme les jeunes actrices qu'il avait l'habitude de me présenter. Cela m'énervait que Luke ne soit jamais d'attaque pour passer une soirée d'enfer ou qu'il fasse brusquement la tête quand je me faisais une ligne sur la table du salon. Merde, j'étais flic, bon sang. Je trouvais qu'il prenait tout trop au sérieux, défaut dont il m'avait pourtant toujours accusé jusque-là.

Pour moi, Luke ne devait pas épouser Sharon, du moins pas si vite, mais comme mes réserves n'auraient fait que provoquer une rupture entre nous, je les gardai pour moi. Je les embrassai tous les deux en leur disant que c'était une sottise et que je serais heureux d'être également leur témoin lors du divorce. Sharon me déclara avec cette troublante certitude qui était la sienne qu'ils n'en arriveraient jamais là. Elle avait raison. Ils n'étaient jamais non plus parvenus au mariage.

Après le dîner, Sharon me demanda sur quoi je travaillais en ce moment. Je lui parlai de mes fugueurs habituels, puis du député. Je lui répétai ce qu'il m'avait confié. Cela ne lui aurait pas plu, mais il ne connaissait pas Sharon. Elle n'en parlerait à personne.

— Peter Morgan est gay ? s'étonna-t-elle.

— *Sir* Peter Morgan.

— Il n'en a pas l'air, non ?

— Je ne sais pas. Je ne suis pas doué pour deviner ça. Sauf quand c'est évident, bien sûr.

— Genre le mec tout en cuir avec une moustache à la Freddie Mercury ?

— Si tu veux, oui. Mais pas forcément aussi évident. Je sais que c'est un cliché, mais il y en a qui font vraiment gay.

— Peut-être parce qu'ils veulent en avoir l'air, quoi qu'ils portent. Dans le cas contraire, jamais tu ne devinerais, même s'ils étaient en cuir. Peter Morgan préfère que ça ne se voie pas. Mais je suis quand même surprise. Je me demande comment il a voté au moment du débat sur l'âge de consentement.

— Probablement contre, surtout qu'il tient à ce qu'aucun de ses collègues ne connaisse son orientation.

— Foutu hypocrite.

— Je sais. Mais, curieusement, j'ai de la peine pour lui, en fait.

— Parce qu'il est gay ? demanda-t-elle en reposant son verre de vin. Et tory à la fois ?

— Non. Parce qu'il s'est rendu compte qu'il vit une existence faussée. Toutes les intrigues, mensonges, faux-semblants, cela lui paraît inutile, après ce qui est arrivé à son frère. Mais il est tellement dedans qu'il ne peut plus en sortir.

— C'est aussi pénible de sortir au grand jour que de s'enterrer ?

— C'est un peu ça. Il sait que ça n'a pas vraiment d'importance que les gens sachent qu'il est gay. Qu'il serait probablement plus heureux s'ils étaient au courant. Mais il ne lâchera jamais le morceau. Sa femme, sa situation. Il est coincé.

— On dirait que tu l'as apprécié, dit-elle sans cacher sa réprobation.

— Ça ne s'est pas fait tout de suite, admis-je. C'est quand il m'a confié qu'il était gay. Il fallait du courage pour le dire à un inconnu. Il a de l'affection, enfin, il en avait, pour son frère, ça se voyait.

— Michael Howard aussi. S'il en a un.

— Alors je l'aimerais peut-être aussi, dis-je. Je ne sais pas, quelque chose en lui m'a plu. Quelque chose d'intangible. Il a un côté lointain, mélancolique.

— Pas quand il passe à *Question Time*, dit Sharon en riant.

— Non, c'est vrai. Il est tout sauf mélancolique, à *Question Time.*

Je servis le tiramisu, et après que nous l'eûmes dévoré

avec la gloutonnerie qui convenait, Sharon me raconta ses dernières occupations. Ayant terminé ses études il y a deux ans, elle est désormais avocate du Centre légal pour les réfugiés et défend les demandeurs d'asile contre les demandes d'expulsion. C'est un travail difficile et démoralisant, étant donné la politique actuelle concernant les réfugiés, ces parasites pour l'État, comme les dépeint la presse. Avec six pour cent, Sharon a un taux de réussite supérieur à la moyenne. Elle passe beaucoup de temps dans d'ignobles centres de regroupement à parler à des gens terrifiés et désespérés. Ils lui racontent les prisons nigérianes, les commandos de répression turcs, ils lui montrent marques de brûlures de cigarettes ou entailles de couteau dont Sharon ne peut jamais prouver qu'ils ne se les sont pas infligées eux-mêmes. Elle voit leurs visages quand elle ne parvient pas à gagner en dernier appel, puis elle les imagine quand ils sont renvoyés dans leur pays d'origine et qu'elle n'en entend plus jamais parler.

Cependant, parfois, elle a des moments plus agréables et elle est la première à admettre que certaines personnes essaient de profiter du système. Elle me raconta l'histoire d'une femme dont le petit copain demandait l'asile sous le prétexte fallacieux de mauvais traitements et qui avait écrit à sa copine restée en Albanie tout ce qu'il fallait déclarer au mot près à l'aéroport lorsqu'elle viendrait le rejoindre. Les autorités douanières trouvèrent la lettre dans son sac, ce qui mit un terme à ses projets, tout comme à ceux du petit copain. J'observais Sharon pendant qu'elle me parlait. Son rouge avait fondu en deux minces lignes qui soulignaient ses lèvres pleines. Elle avait la manie de replacer derrière son oreille une mèche châtain obstinément rebelle. Elle avait les dents tachées par le vin et des yeux verts si clairs qu'on comprenait pourquoi les gens sans imagination lui demandaient si elle portait des lentilles teintées. Je pensai à la première fois où Luke m'en avait parlé. Il les avait décrits exactement tels qu'ils étaient et je ne l'avais pas cru, me disant qu'il était simplement aveuglé par l'amour.

Je ris de l'anecdote de Sharon et sans raison, brusquement, je lui dis que j'étais heureux qu'elle ait pu venir et que cela comptait beaucoup pour moi de la voir. Elle sourit et nous restâmes les yeux dans les yeux un bref instant sans dire un mot. Nous n'étions gênés ni l'un ni l'autre, nous nous souriions, simplement. Je ne sais pas pourquoi. Puis son sourire se teinta légèrement, imperceptiblement, de tristesse, comme du caramel qui commence à peine à brûler. Je baissai les yeux sur la table, fixant une petite tache de vin. Je vis la main de Sharon posée non loin de la mienne. Sa bague de fiançailles. J'ignorais qu'elle la portait encore. Je fixai un moment l'anneau en or tout simple, orné d'un petit diamant. J'avais prêté à Luke l'argent pour l'acheter. Il me devait encore sept cents livres, ce salaud. Je posai les deux mains sur la table, me levai sans regarder Sharon et allai faire du café.

En réalité, je n'avais pas de café. J'étais resté dix bonnes minutes à discuter avec le plus jeune fils Molise au deli en essayant vainement de me rappeler ce que je devais acheter. Je m'excusai auprès de Sharon, beaucoup trop. Elle répondit que cela lui était égal. Elle sembla un peu mal à l'aise, puis elle sourit de nouveau, gentiment. Je me détournai. Brusquement, je ne voulais plus être dans le confort douillet de mon appartement en compagnie de Sharon. Je commençais à me sentir claustrophobe.

Je frappai dans mes mains pour changer l'atmosphère, comme un magicien qui fait disparaître un faux bouquet de fleurs. J'avais eu une idée.

— Veux-tu voir le célèbre William H. Rucker, détective privé, terreur du mal et de la corruption, en pleine action ? lui demandai-je.

— Tu penses bien que oui, répondit-elle, surprise, en embrayant aussitôt sur ma bonne humeur. On va attraper un tueur ?

— Ne t'emballe pas quand même.

Le trajet jusqu'à King's Cross ne prit que cinq minutes. Je garai la Mazda et emmenai Sharon et mon Nikon d'occasion dans le café ouvert jour et nuit en bas de Pentonville Road. L'endroit était toujours aussi miteux et les tables toutes sales. La serveuse à qui nous commandâmes des *cafés au lait** ne prit pas la peine de nettoyer. Je sortis mon appareil de mon sac et le posai sur le siège à côté de moi. Me souvenant d'un épisode très gênant du début de ma carrière, je vérifiai qu'il était bien chargé. Je souris à Sharon tout en gardant un œil sur un groupe d'ados qui traînaient au coin de Pentonville Road et Calshot Street.

— Tu m'emmènes dans des endroits charmants, Bill Rucker, dit Sharon en essuyant un bout de la table en Formica avec sa serviette en papier.

Je cherchais Dominic Lewes, celui que j'avais déjà récupéré une fois. Sa mère ne demandait pas que je lui dise où il était, ce que je n'aurais pas fait : elle voulait simplement savoir s'il était en vie et dans quel état. Je ne m'attendais pas vraiment à le trouver. Huit mois avaient passé depuis que je l'avais retrouvé à cet endroit et j'avais appris au cours de ces dix dernières années qu'absolument n'importe quoi peut arriver en huit mois à un jeune fugueur de Grimsby : le froid, la faim, la mort, pour ne citer que le plus évident, et quantité de choses loin d'être prévisibles, même pour quelqu'un qui en a déjà vu beaucoup. Il y a de quoi devenir fou, quand on pense à tout ce qui peut arriver, qui arrive à cet instant même à tous ces jeunes Ulysse qui ont brisé leurs liens et sont venus échouer dans les chambres humides et les impasses puantes auxquelles Londres se résume pour eux. N'importe quoi avait pu arriver n'importe où à Dominic, mais malgré tout, cela ne coûtait rien de jeter un coup d'œil à l'endroit où je l'avais déjà vu. Et puis nous voulions du café, de toute façon.

Le café arriva et Sharon et moi le sirotâmes en bavardant tandis que je surveillais la rue du coin de l'œil.

— Quand même, une chose me chiffonne, Billy, dit-elle en posant les coudes sur la table et en se penchant vers moi. Tu ne dis jamais aux parents où sont leurs gosses. Ça, je ne comprends pas.

— C'est simple : s'ils fuguent, c'est qu'ils ont une raison. Ceux qui sont un peu malheureux ne fuguent pas. C'est ceux qui le sont vraiment beaucoup qui s'enfuient. Ils n'accepteraient pas ce qu'ils subissent ici si rester chez eux n'était pas pire. À mes débuts, j'ai trouvé une fille de douze, treize ans, et j'ai amené le père jusqu'au squat de Streatham où elle habitait. Je croyais avoir réuni une ado incomprise et une famille inquiète qui ne lui en voulait pas, l'avoir sauvée de toutes sortes de merdes. Mais tu aurais dû voir la tête de la pauvre gosse quand le cher père est arrivé. De la pure terreur. J'ai cru qu'elle allait vomir. Et celle du père. Ni soulagement ni joie. Il avait le visage fermé, dur comme du granit, et j'ai immédiatement compris à quoi je renvoyais la gosse. Il n'a rien dit, il l'a juste emmenée dans sa voiture. Bien sûr, tous les parents ne sont pas forcément comme lui, mais comment veux-tu que je sache ? Donc, je ne dis rien. Parfois, j'informe les flics, qui avertissent les services sociaux, si le gosse est très jeune et qu'il est dans la merde. Mais je ne renvoie pas un pauvre môme chez un père tyrannique ou un oncle incapable de retenir ses mains baladeuses.

Je bus une gorgée de café. Il était étonnamment bon. Dehors, une voiture s'arrêta et l'un des ados adossés au mur s'en approcha, se pencha un instant à la vitre, puis il monta. La voiture s'éloigna.

— Je ne conteste pas tes talents d'enquêteur, Mr Rucker, continua Sharon, mais si tu ne dis pas aux parents où sont leurs gosses, pourquoi ils t'engagent ? La plupart des agences n'ont pas tes scrupules, il me semble.

— Au début, ils ne m'engagent pas. Généralement, on

recourt à moi quand une agence quelconque, surtout constituée de vieux ex-flics ratés, échoue dans ses recherches, ou lorsque le gosse a fugué tellement de fois que les parents savent que cela ne servira à rien de le forcer à revenir. C'est généralement la mère qui m'engage. Souvent, elle me dit de ne contacter qu'elle, que le mari n'est pas au courant. Certaines, je te jure, sont heureuses que leur fils ou leur fille aient échappé à ce qu'elles ne peuvent pas fuir elles-mêmes. Elles ne veulent pas qu'ils reviennent, elles veulent juste savoir s'ils vont bien.

— Je vois, dit Sharon, ses longs cils baissés sur sa tasse. Je parie que tu as un manque à gagner, malgré tout.

— Oui, probablement.

À ce moment, un garçon en jeans blanc et bomber noir tourna le coin de la rue et commença à discuter avec les autres. Il avait des cheveux courts et décolorés, mais j'étais certain que c'était Dominic. Je repoussai mon café.

— Gagné, dis-je.

Je sortis de mon sac la photo que j'avais prise de lui la fois précédente. Je comparai les deux : oui, malgré les cheveux, qui n'étaient plus bruns et longs, c'était lui. J'empoignai mon Nikon.

— Wow, chuchota Sharon. De l'action !

Je mis au point sur Dominic Lewes, mais il était dans l'ombre. Même avec mon objectif, je ne pourrais l'avoir que s'il s'avançait sous le lampadaire. Je ne me faisais pas de souci. D'après son allure et la manière dont les autres le traitaient, on voyait bien qu'il venait souvent ici. Si je n'avais pas ma photo ce soir, je n'aurais qu'à revenir, rien de plus simple. Une fois de plus, j'étais fasciné que mon métier soit parfois aussi facile. Je reposai l'appareil à côté de moi et fis un grand sourire à une vieille dame qui lorgnait mon comportement suspect d'un œil inquiet. Elle se détourna.

L'œil toujours sur la rue, nous continuâmes à boire nos cafés, puis Sharon m'annonça qu'elle devait partir. Elle avait une plaidoirie à préparer pour le lendemain matin. Je payai avant qu'elle ait pu faire un geste, lui signifiant d'un regard qu'il était hors de question de se chamailler pour cela. Nous nous levions quand quelque chose lui revint et elle plongea la main dans son inséparable sac de postier. Elle sortit un mince dossier bleu.

— Je ne sais pas si tu as vu tout cela, dit-elle en me le tendant. J'ai rangé encore une fois les affaires de Luke, il y a une quinzaine de jours, et j'ai rassemblé presque tous ses poèmes. J'ai aussi trouvé où il avait caché ses notes sur le théâtre.

Je pris la chemise et fixai le carton bleu ciel. Sans l'ouvrir.

— Merci, dis-je après un instant.

Je n'aurais pas dû m'arrêter là, mais je ne savais pas quoi dire. Je restai maladroitement avec la chemise à la main, puis je la rangeai soigneusement dans mon sac avec le Nikon. Les poèmes de Luke, ses pensées secrètes concernant Sharon, moi. Sur notre père.

— Tu n'attends pas pour le prendre en photo ? s'étonna-t-elle en désignant du menton le coin de la rue où Dominic discutait toujours.

— Il fait trop sombre, dis-je. Mais maintenant, je sais où il est. Et cela me donne une autre bonne excuse pour revenir dans ce délicieux établissement.

Je saluai la serveuse et lui désignai la table pour qu'elle comprenne bien que nous ne partions pas sans payer. Sharon ouvrit la porte et nous sortîmes dans l'air frais et vif d'octobre qui sentait le kebab et les pots d'échappement.

Elle refusa que je la raccompagne et héla un taxi avant que j'aie pu essayer de la convaincre. Je lui ouvris la portière, nous nous embrassâmes, puis je la refermai une fois qu'elle fut montée avec ce manque de grâce à quoi vous contraignent les taxis londoniens. Elle baissa la vitre et me remercia, heureuse d'être sortie et d'avoir simplement passé une soirée avec moi sans ruminer le passé comme nous avons tendance à le faire. Oui, répondis-je. C'était agréable. Je voulais que nous nous arrangions pour aller voir Luke ensemble, mais alors que j'ouvrais la bouche, je vis du coin de l'œil Dominic quitter son poste pour s'éloigner. Avec un homme.

Il était plus grand que Dominic et semblait nettement plus vieux. Il portait un sac de voyage – il devait descendre du train. Je dis à Sharon que je l'appellerais, l'embrassai de nouveau à la hâte, en sentant sa main froide sur ma joue. Le taxi fit demi-tour et passa tout juste le vert pour prendre Euston Road vers Westway. Puis je suivis Dominic Lewes et l'homme auquel il allait offrir les délices de son corps de quinze ans.

5

Le lendemain matin, je me réveillai à 8 heures, me levai un quart d'heure plus tard et pris ma douche. Je n'avais bu qu'une demi-bouteille de vin et trois ou quatre gorgées de John Power's la veille et la gueule de bois m'avait épargné. Serviette autour de la taille, sans un œil à la vaisselle accumulée, je me préparai une cafetière de colombien léger et deux toasts avec du miel du Lincolnshire. Je posai la cafetière sur un carré de faïence sur la table, près du dossier contenant les poèmes de Luke, que j'avais sorti de mon sac en rentrant, mais que je n'avais pas encore ouvert. Je songeai à m'y mettre. Je fixai la chemise devant moi, à côté de mon plant d'oranger agonisant. De la poésie ? Avant 9 heures ? Plus tard.

Après avoir laissé Sharon, j'avais suivi Dominic Lewes et son ami à deux minutes de là jusqu'à un pâté de maisons victoriennes. Certaines semblaient prêtes à s'écrouler, d'autres, pourvues de boîtiers d'alarme jaunes, n'auraient pas été déplacées dans une résidence d'Highgate Village. Dominic montra à son compagnon le 23, Elm Drive, qui, ce n'était pas difficile à voir, était un squat. L'homme sembla considérer avec inquiétude le trou à rats où il s'apprêtait à pénétrer, hésitant sur le seuil en se passant nerveusement la langue sur les lèvres. Mais ses envies étaient manifestement plus pressantes que sa crainte des cafards et des moisissures, car il entra peu de temps après. Je notai le numéro en souriant intérieurement. Mes talents de détective devaient déteindre sur ma vieille Mazda : elle était garée juste devant.

Je la déplaçai un peu plus loin vers King's Cross et j'attendis en écoutant une émission de Radio 4 qui n'en valait pas la peine. Un quart d'heure plus tard, l'homme ressortait du 23, mais sans Dominic. Je le vis venir vers ma voiture et j'eus brusquement envie de lui sauter dessus en prétendant que j'étais de la brigade des mœurs, histoire de lui foutre une bonne trouille. Je me retins.

Il passa sans me remarquer et retourna sans doute retrouver une épouse et des enfants qui, vu son allure, étaient probablement de l'âge de Dominic. La cinquantaine, il était assez grand, bien habillé, mais pas du même monde que Peter Morgan. Plutôt le genre qui revient d'un voyage d'affaires de quelques jours et décide de profiter au mieux de ses dernières heures d'anonymat solitaire. Il avait l'air satisfait. Là encore, j'eus brusquement envie de lui sauter dessus et de lui démolir la gueule. Je me retins.

Je songeai à rentrer, ne sachant pas si Dominic ressortirait. Quand bien même, je n'aurais pas pu le photographier correctement. Et puis merde, je savais où il habitait, je pouvais revenir sans problème en plein jour. Et puis j'étais fatigué. Cependant, Dominic ressortit cinq minutes plus tard, alors que j'étais encore indécis. Mais il ne retourna pas à son poste : il prit à droite en sortant, puis à droite au bout de la rue, marchant à grands pas. Je descendis aussitôt de voiture et le suivis. J'eus tout juste le temps de l'apercevoir alors qu'il traversait la rue vers un bâtiment en forme de tour annonçant le début de Russell Estate. Une forêt de béton pour ne pas dire une jungle.

Près de la sortie de secours en bas du bâtiment crasseux étaient adossées deux silhouettes portant des doudounes sombres et des bonnets. Quand Dominic arriva à leur hauteur, ils s'avancèrent vers lui. Il ne fallut pas longtemps à Dominic pour les rassurer, cependant, probablement parce qu'ils l'avaient reconnu, ou sinon, grâce à un mot de passe ou le nom du dealer. Ils lui ouvrirent la porte de l'issue de secours où il s'engouffra. Je passai devant le bâtiment, mains dans les poches, puis, une fois hors de portée de regard, je fis semblant de téléphoner depuis une cabine dont le combiné avait été arraché.

Dominic ressortit dix minutes plus tard. Je le laissai tourner le coin de la rue avant de le suivre. Il regagna le 23, Elm Street. Je retournai à ma voiture.

En moins d'une demi-heure, Dominic avait levé un client, l'avait sucé ou s'était fait enculer, puis il avait acheté entre vingt et quarante livres de crack ou d'héro. Et dans le même temps, j'avais eu la preuve de ces faits et dégagé les grandes lignes de la vie de Dominic Lewes. C'était un junkie assez jeune pour vendre son cul au lieu de se livrer à des cambriolages – qu'il faisait peut-être, allez savoir. Il avait fait du chemin depuis la première fois : maintenant, il tchatchait avec les mecs du coin qui le laissaient entrer dans des endroits secrets et réservés. J'étais certain qu'il ne se droguait pas huit mois plus tôt, quand je l'avais vu, l'air esseulé et ahuri, supplier le premier venu de l'emmener chez lui. Même à moi, il l'avait demandé. Oh, oui, il avait fait un sacré chemin, et je l'avais trouvé exactement à l'endroit où il avait commencé. Je retournai à la voiture, démarrai et rentrai chez moi.

Je terminai mon petit déjeuner et passai deux ou trois coups de fil. C'était une matinée claire et ensoleillée, une dernière apparition de l'été à la mi-octobre, et j'avais hâte de m'y mettre. La caféine, sûrement. J'enfilai un costume Aquascutum sombre qui me venait de mon oncle, une chemise Pinks blanche sans cravate et de vieux souliers où je vis mon reflet en les laçant. Une main sur le menton, je regrettai d'avoir été trop paresseux pour me raser ce matin. Tant pis. Je mis le répondeur en marche, enregistrai un message précisant que je serais de nouveau joignable aux alentours du déjeuner et dévalai les escaliers.

Il était 9 heures et Exmouth Market grouillait de gens partant au bureau ou flânant devant les quatre ou cinq étalages qui donnent son nom à la rue. Des ouvriers étaient en train de dépecer l'ancienne supérette Spar qui allait devenir un restaurant de plus et un groupe de branchés aux cheveux décolorés qui ne semblaient pas encore couchés buvaient des cappuccinos devant Fred's Café en attendant probablement qu'ouvre The Face. Je passai devant eux, fis un signe à Alberto à travers la vitrine et achetai le journal à côté de chez Zak's Snacks. Alors que je repassais devant chez moi pour retrouver ma Mazda, je feuilletai la page des sports : Arsenal avait perdu la veille en recevant Forest. 2 à 0. Campbell et Thomas. Cela me donna des ailes aux talons. Quel merveilleux début de journée.

Je restai dix minutes devant le 23, Elm Drive, mais il était bien trop tôt et je renonçai. Je roulai dans les petites rues parallèles à Euston Road jusqu'à Harley Street, puis je plongeai dans les embouteillages. Un quart d'heure pour les quatre cents mètres jusqu'à Westway, que j'évite toujours, mais je n'avais vraiment pas le choix. Cela ne s'arrangea pas tellement jusqu'à Ladbroke Grove. J'écoutai *Call Nick Ross* pendant dix minutes, puis je passai à l'émission de Robert Elm sur GLR. Il était aussi drôle et intéressant que d'habitude. Mais un rien agaçant. Comme d'habitude.

J'arrivai enfin à destination. La balustrade avait été réparée depuis longtemps et les traces de pneus sur le goudron n'étaient plus qu'un souvenir. Personne n'aurait jamais pu deviner ce qui était arrivé ici, car il ne restait plus rien à voir. Ce n'était rien de plus qu'une portion quelconque de la bretelle. Mais moi, j'y voyais beaucoup de choses, et pourtant j'essayais de ne rien voir. Le trou béant dans la barrière, l'épave écrabouillée de la voiture qui avait plongé sur la rue au-dessous. La pluie, les gyrophares et la foule de pompiers et ambulanciers affairés autour de ma voiture. Je courais, je les écartais, m'approchais du corps qu'on était en train de désincarcérer, couvert de sang, le visage mort, comme absent. Son corps inerte dans leurs bras. Puis j'entendais une voix qui suppliait qu'on la laisse passer, je me tournais et je voyais Sharon se disputer avec les policiers qui voulaient l'en empêcher. Et j'étais heureux qu'ils la retiennent.

Dans le parking courte durée d'Heathrow, je vérifiai que j'avais bien tout dans mon attaché-case. Le visage enjoué de Teddy me refit son sourire. Il avait l'air toujours aussi jovial et sûr de lui. Vivant. Comme je n'avais pas précisé d'heure au barman, je parcourus de nouveau le dossier pour m'assurer que je n'avais rien omis, qu'il n'y avait pas de question que je regretterais de ne pas avoir posée. Je ne pensais pas déboucher sur grand-chose, mais au moins, je serais sûr d'avoir fait tout mon possible. Je sortis le rapport du légiste et le parcourus rapidement.

Teddy Morgan était mort d'une thrombose coronaire provoquée par de graves lacérations de l'abdomen et de la paroi stomacale ayant résulté en un profond stress cardiaque. Il avait été assommé de nombreux coups à l'aide d'une bouteille de champagne, qui avait causé de nombreux dégâts structurels au visage et s'était brisée sous le choc. Le tesson avait servi à pratiquer les blessures fatales à la zone abdominale.

Du sperme avait été retrouvé dans le rectum de Teddy et la police ne savait pas très bien comment il était arrivé là. Selon la première hypothèse, Teddy avait été sodomisé avant l'agression, mais il était possible que ce soit arrivé après qu'on l'eut roué de coups et rendu inconscient.

L'absence de taches de sang importantes directement sous son cadavre écartait la possibilité qu'on l'ait sodomisé une fois mort : le violeur aurait dû retourner le corps à plat ventre et les draps auraient été trempés de sang à l'emplacement du torse.

Des fragments de verre avaient également été retrouvés profondément enfoncés dans l'anus de Teddy. D'après le légiste, cela s'était produit en tout dernier lieu et il n'avait pu en avoir conscience. L'un des plus gros fragments correspondait à un long morceau effilé qui s'était détaché de la bouteille, probablement lorsqu'elle s'était brisée sur son crâne. D'après leur aspect, les lacérations de l'anus avaient été causées par un morceau de verre d'une forme identique et non à l'aide de la bouteille elle-même. L'utilisation de cette arme (ainsi que l'absence d'empreintes étrangères dans le reste de l'appartement) indiquait que l'assassin portait des gants, du moins à ce moment. L'autre partie du morceau de verre avait été retrouvée enfoncée dans ce qui restait du visage de Teddy.

Pour conclure, son agresseur avait enfoncé la moitié supérieure de la bouteille dans son ventre, la coinçant entre hanche et cage thoracique, et son épouse l'avait découvert dans cet état. Pour moi, c'était le geste le plus cruel et le plus cynique : une insulte envers une victime déjà humiliée, envers la personne qui découvrirait le corps, un dernier salut qui resterait gravé dans sa mémoire. Même moi, je voyais la scène, alors que je n'étais pas allé sur les lieux, et je me demandai quel esprit tordu pouvait prendre plaisir à un tel geste. Comme souvent lorsque j'étais dans la police, je me rendis soudain compte que le criminel était quelque part, parlant à des gens, riant avec eux, assis dans un bar, peut-être. Selon le rapport du psychologue de la police, d'après ce geste, l'assassin devait avoir un sens de l'humour et de l'ironie hautement développé. Il aimait plaisanter. Mais bien sûr. Ha, ha, ha.

À 10 heures passées, l'aéroport n'était pas très animé. Les vols d'affaires étaient partis et ce n'était la période ni de la semaine ni de l'année où nous autres Anglais, à bout, nous précipitons vers ces régions du Continent que nous trouvons douteuses. J'errai dans les grandes salles blanches en évitant les rares chariots chargés de bagages et cherchai le Pavilion Bar.

C'était un demi-cercle entouré de tabourets en aluminium, tous inoccupés. Je m'assis au bout à gauche et commandai un Perrier à l'unique barman, l'homme que j'étais venu voir. Il était grand, pas loin de la trentaine, avec de longs cheveux châtains légèrement dégarnis sur les côtés, le dessus étant ramené en arrière. Rasé de près, le teint clair, il avait un gros grain de beauté sur la joue gauche et des yeux d'un bleu très sombre. Ses lunettes à monture métallique n'atténuaient pas sa nonchalance affectée. Je remarquai une pointe d'accent australien. Difficile de savoir si c'était un Anglais récemment allé là-bas ou un Australien habitant ici depuis des années. Peut-être ni l'un ni l'autre. Un accent attrapé à force de travailler trop longtemps dans les aéroports. En tout cas, cela me faisait repenser à l'époque où Luke et moi avions randonné avec nos sacs à dos pendant un mois dans le Queensland, juste avant qu'il ne connaisse Sharon.

Le barman prit une petite bouteille de Perrier sur la rangée derrière lui, la fit tourner dans sa main avec un air distrait très professionnel, puis il la posa devant moi avec un verre rempli de glaçons surmontés d'une rondelle de citron. Il était très détendu, sans en faire trop, comme s'il avait une affinité naturelle avec les objets qu'il touchait tous les jours, et son allure me parut familière. J'étais pourtant sûr de ne l'avoir jamais vu. Je sortis la rondelle de mon verre, la posai dans un cendrier et versai l'eau sur les glaçons. Puis je le regardai servir un autre client. Voyant les tabourets alignés contre la paroi de bois du comptoir comme les soldats d'un peloton d'exécution, je me demandai sur lequel Teddy s'était assis. Sur lequel se trouvait l'autre homme, celui qu'il avait rencontré. Peut-être le mien. Tous ces gens qui devaient venir là quotidiennement et prendre place sur le tabouret où s'était assis quelqu'un qui mutilait des homosexuels à Londres. Sans qu'ils s'en doutent. Je bus une gorgée de Perrier et croisai le regard du barman.

Il demanda à la patronne de prendre sa place, ôta son tablier et vint me rejoindre. Il me déclara s'appeler Alex Mitchell, ce que je savais déjà, puis qu'il avait déjà raconté à la police tout ce dont il se souvenait, mais qu'il était heureux de me rendre service. Je lui donnai ma carte.

— Quand il est arrivé, expliqua-t-il, l'autre était déjà là depuis un petit bout de temps. Le pilote a pris un verre tout seul et j'ai rien eu le temps de remarquer que le type était assis avec lui et que le pilote commandait pour tous les deux. J'étais trop occupé pour entendre leur conversation. Ils sont partis au bout d'une demi-heure.

Il haussa les épaules, l'air désolé, comme pour s'excuser de m'avoir fait venir jusqu'ici pour rien. J'ouvris mon attaché-case, sortis un calepin et consultai les notes que j'avais prises. Le dossier du meurtre d'Edward me sauta aux yeux et je refermai précipitamment l'attaché-case, comme si quelque chose, ses hurlements peut-être, risquait de s'en échapper.

— Vous avez remarqué le sac du type, dis-je.

— Ouais. En cuir, en bandoulière. Je m'en souviens parce que j'en veux un pareil, comme j'ai dit à la police.

— Je sais. (Je réfléchis un instant.) Il avait l'air plein ou vide ?

— Oh, dit Alex, ça, je sais pas, vraiment. Vide. Ouais, il faisait plutôt vide. C'est important ?

— Je ne sais pas, avouai-je. Peut-être. Cela indiquerait qu'il ne revenait pas de voyage, s'il n'y avait pas grand-chose dedans. Juste le nécessaire à très court terme.

— De quoi commettre un meurtre ? demanda Alex.

— Par exemple.

Alex passa la main au-dessus du bar et se remplit un verre au pistolet à soda. Il en but une gorgée et le reposa.

— Parlez-moi de l'autre type, dis-je.

Il réfléchit un instant.

— Là, c'est dur, dit-il en plissant le front. J'ai déjà passé un bout de temps devant l'ordinateur avec les flics, mais on a tout juste réussi à sortir la casquette de base-ball, en fait. C'est sûrement pour ça qu'il en portait une. Il était Blanc. Bien bâti. Jeune.

— Beau gosse ?

— Quoi ? Je ne sais pas. Il n'avait pas l'air. Je ne sais pas.

— Aussi séduisant que Teddy – Edward Morgan ?

Il se mordit le pouce, le regard dans le vide.

— Je ne sais pas. Non. Je ne crois pas. Je ne sais pas.

— OK. Alors, continuai-je, changeant de sujet. Si vous deviez deviner, quel métier faisait-il, à votre avis ?

Alex parut surpris de la question.

— Comment voulez-vous que je sache ?

— Eh bien, par exemple, vous avez dit qu'il était costaud. Il avait un jeans, un blouson en cuir, des chaussures de sport. Il avait l'air du genre à porter ça tout le temps ? Ou bien de s'être changé en sortant d'un bureau, par exemple ?

— Non, dit le barman, qui comprenait l'idée et s'étonnait d'être capable de répondre à la question. Non, pas du genre à porter un costume. Je ne sais pas ce qui me fait dire ça, mais j'en suis sûr. Je ne le vois pas en costume. Il était assis un peu voûté, c'est sûrement pour ça.

— Alors, si vous deviez deviner, il avait l'air de faire quel job ? Manuel ? Dans le bâtiment ?

— Non. Il n'avait pas l'allure d'un ouvrier.

— Bon, plutôt le genre étudiant, alors ?

— Oh, non. Je ne saurais pas vous dire pourquoi. Il

faisait plus... sérieux. Assuré. Responsable. Il faisait... Je ne sais pas...

J'attendis.

— Continuez, dis-je. Ce n'est pas grave si votre intuition vous paraît idiote. Je veux simplement votre impression sur lui.

— Il avait l'air de quelqu'un qui a des préoccupations vraiment importantes. Des préoccupations sérieuses, pas des délires d'étudiant. Mais je ne le vois pas travailler. C'est bizarre, parce que son sac avait l'air de coûter cher, c'est pour ça que je m'en souviens...

— Bien.

— Mais je ne le vois pas avec un métier.

— Parfait. Parfait... Vous avez trouvé qu'Edward Morgan faisait gay ?

— Oh. (Il hésita un bref instant.) Eh bien, ça ne m'est même pas venu à l'esprit quand je l'ai vu. (Il se passa une main dans les cheveux.) Pas du tout. Et je ne suis pas un expert. Mais quand il s'est retrouvé assis avec l'autre et qu'ils sont partis, je me suis dit que oui. Notez, ils ne se sont pas touchés ni rien. Mais c'était assez évident.

— Et l'autre, repris-je, essayant de continuer sur la lancée. Quand vous l'avez servi la première fois, vous lui avez trouvé l'air gay ?

Il réfléchit en se mordant la lèvre.

— Je ne sais pas. Ouais, si. Ou plutôt, il avait l'air de *quelque chose*. C'est clair. Puis quand je les ai vus partir tous les deux, là, j'ai mis le doigt dessus. Ou plutôt, quand j'ai appris ce qu'il avait fait. Au pilote. Je me rappelle l'impression que j'ai ressentie en le servant, ce qu'il dégageait. Malsaine. Comme s'il savait des trucs pas très propres. Pas propres du tout.

Alex sembla perdu dans ses pensées, puis il se reprit et éclata de rire. Il haussa les épaules.

— C'est drôle, j'arrive à me rappeler tout ça, maintenant que vous me demandez. L'*impression* qu'il m'a faite, ce genre de trucs. Mais j'ai beau essayer, pas moyen de me souvenir de sa tête. Impossible de me rappeler à quoi ressemblait ce salopard.

Je lui posai encore quelques questions pas fondées sur des trésors de logique. Je ne sais pas pourquoi, mais je n'avais pas envie de partir, comme s'il en restait une que j'aurais dû lui poser. Quand il m'annonça qu'il travaillait à l'aéroport depuis deux mois, je me rendis compte que ma théorie sur son accent était fausse. C'était un Australien de la côte ouest, mais il habitait l'Angleterre depuis deux ans.

— Je pensais échapper au crime et à la violence de Perth en venant vivre chez les gentils rosbifs.

Était-il certain de n'avoir rien entendu de plus entre les deux hommes ? Il lui semblait que Teddy avait proposé à l'autre de le déposer. Mais qu'il avait payé les deux consommations, ça, c'était sûr.

Au bout d'un moment, la patronne commença à me lancer des regards exaspérés, probablement parce qu'elle était obligée de travailler un peu, ce qui devait la changer. Je lui souris suavement. Je remerciai le barman de son temps et lui demandai de m'appeler s'il se rappelait quoi que ce soit d'utile. Il baissa les yeux vers ma carte et hocha la tête. Puis il la glissa dans sa poche de chemise et retourna à son poste. Je proposai de lui payer le Perrier, mais il me répondit de ne pas m'en soucier et jeta la bouteille d'une main experte dans la poubelle. Cela agaça vraiment la patronne qui fit une moue pincée devant cette liberté que prenait un de ses employés. Je le remerciai de nouveau, souris intérieurement et retournai à ma voiture.

Le retour à Islington ne me prit que quarante minutes. Sur un Westway à présent désert, je repensai à ce que m'avait raconté le barman. Je tentai de me représenter un homme qui paraissait préoccupé. Un homme qui se tenait mal, mais qui semblait important, qui savait des choses malsaines. Rien ne me vint. Je repassai devant le même endroit, mais cette fois très vite, ne me souciant que de la caméra surveillant la circulation. Je pris Euston Road jusqu'à Angel, tournai dans Upper Street derrière un bus et m'arrêtai au bas de Cross Street dans une zone rouge.

Je fis une rapide visite à la bibliothèque. J'y avais un ami qui me laissait sortir de vieux numéros de journaux, alors que ce n'est pas vraiment autorisé. Je les rapporte toujours, souvent le jour même. C'est juste que j'aime m'asseoir à mon bureau avec, près du téléphone. J'en déposai une pleine brassée sur la banquette arrière, remontai au volant et partis sur Highbury Grove jusqu'aux Studios. Je me garai et montai dans mon bureau.

En arrivant au troisième, je trouvai Andy Gold assis dans le café devant une tasse, matant sans vergogne Ally.

Et l'air très content de lui.

6

Nous étions allés dans mon bureau. Je ne pouvais pas obliger Ally à subir davantage les regards de braise sensuels de Mr Gold et, de toute façon, le café commençait à se remplir pour le déjeuner. Andy sortit un dossier de son attaché-case. Je remarquai quelques messages sur mon répondeur, mais je n'eus pas envie de les écouter. Consulter son répondeur devant un policier, ce n'est pas une bonne idée.

Andy déposa une photo au format 13 x 18 sur mon bureau. Extraite d'une vidéo de surveillance, manifestement : prise d'en haut, définition médiocre. Ce n'était pas la reproduction de l'image entière, mais un agrandissement partiel. La date et l'heure figuraient dans le coin inférieur gauche. Elle représentait un visage d'homme, de profil. À côté, mais en partie masqué par lui, se trouvait un autre homme apparemment coiffé d'une casquette de pilote.

— C'est notre homme, dit Andy en retournant la photo vers moi.

Je la regardai de plus près. Elle n'était pas très claire, pas du tout, même, mais c'était quelqu'un. Quelqu'un de précis. Un profil qu'on pourrait reconnaître. Je demandai à Andy quand il l'avait obtenue.

— Hier soir.

Il était content. J'eus l'impression qu'il allait me dire quelque chose qui montrerait combien il était futé.

— On avait passé en revue toutes les vidéos de surveillance de l'aéroport, et on avait eu un cliché, mais pris directement de dessus. Inutile : on ne voyait même pas la couleur des cheveux. Puis on a examiné celles des étalages, mais on n'y voyait pas notre Edward, ou bien il y avait trop de monde pour le distinguer. On les a repassées image par image pendant des jours sans rien en tirer. J'ai même rapporté des bandes à la maison et tu sais que je n'aime pas faire ça. On avait renoncé depuis des semaines, mais hier, après t'avoir vu, j'ai brusquement pensé que Mr Ed était peut-être entré dans une boutique s'acheter des bonbons ou des capotes.

Il s'interrompit pour prendre une gorgée du café qu'il avait emporté et aussi, certainement, pour que j'aie le temps d'apprécier l'ampleur de ses exploits d'investigateur.

— On a donc regardé, mais bien évidemment, Edward et son ami ne se sont pas arrêtés pour faire des emplettes, ils avaient autre chose en tête. Seulement, ils sont passés tout près de la Body Shop. (Andy se pencha en avant avec un sourire.) Tu veux que je te dise comment je le sais ?

Je soupirai. Si seulement j'avais eu un bouquin. Le ton guilleret d'Andy me déprimait. Comme d'habitude, ce qui comptait pour lui, ce n'était pas d'arrêter un assassin, mais d'être celui qui l'arrêtait.

— Watkins et Dawson regardaient les bandes en accéléré pour chercher quelqu'un portant une casquette de base-ball ou Ed lui-même. Brusquement, je me suis rendu compte qu'à chaque fois que quelqu'un ouvrait la porte pour sortir ou entrer, ce qui arrivait souvent parce qu'il y avait beaucoup de monde dans le magasin, la caméra visait l'allée. Les gens qui passaient. Comme on savait à quelle heure Edward et son nouveau copain étaient partis du bar, on a repassé image par image la portion de bande correspondante et, hop ! on a trouvé Edward et son petit copain.

— Brillant, commentai-je. Tu devrais être policier.

— C'est un coup de chance, je sais, mais on a failli le manquer. On a sorti le tirage hier soir, puis on l'a agrandi. (Il posa le doigt au milieu du visage de l'homme et poussa la photo vers moi.) C'est lui, notre salopard.

Je pris le cliché et l'examinai.

— Tu l'as fait circuler ?

— C'est en train.

— Et les médias ? Tu vas le diffuser à *Crimewatch* ?

Andy se rencogna sur son siège et soupira.

— Alors ça, mon cher Bill, c'est le problème. Le grand chef, dans son infinie sagesse, trouve que le cliché n'est pas assez net.

— Il n'a pas tort.

— D'après lui, si on le passe, toutes les vieilles mémés du pays vont appeler dès qu'elles apercevront la moindre casquette de base-ball par les rideaux du salon. Il a même hésité à le filer aux flics sur le terrain.

— Pourquoi ? m'étonnai-je.

— Eh bien, il n'est pas assez net pour qu'on puisse arrêter quelqu'un. Dans la rue. C'est plutôt si tu avais déjà vu le type que tu pourrais le reconnaître. Et, Dieu sait pourquoi, mais le boss ne pense pas que nos agents frayent avec des pédales psychopathes.

— Non. Et il a peut-être raison. Alors, qu'est-ce que tu comptes faire ?

— L'utiliser comme preuve quand on attrapera cette salope, et, en attendant, on la file aux gars, mais on leur dit d'y aller mollo. Et on la passe aussi aux policiers en civil qui sont sur l'affaire. Ils vont la montrer là où il faut et qui sait ? (Il marqua une pause et grimaça un sourire.) Le patron veut bien que tu t'y colles.

Je souris au souvenir du gros Écossais à l'air perpétuellement dégoûté, toujours nimbé d'un nuage de fumée de cigare, de Glenfidich et d'Aramis.

— Il se souvient encore de moi, alors ?

— Oh, oui. Il dit qu'il a toujours eu des soupçons sur toi, surtout quand tu as démissionné. Il pense que tu ne supportais pas d'être au milieu d'autant de costauds. Que c'est une bonne idée de te donner la photo, parce que tu dois sûrement aller dans tous les bars de folles et que tu connais peut-être déjà le mec, répondit Andy Gold en riant.

— Charmant, dis-je en rangeant la photo dans une enveloppe.

Andy me déclara qu'il allait la montrer à tous les gens déjà interrogés et me tiendrait au courant des résultats. Il n'avait guère d'espoir, en fait, et son équipe se résignait déjà à attendre le prochain meurtre. Pour lui, cela n'allait pas tarder, d'après le temps écoulé entre les deux premiers. Il me laissa deux exemplaires de la photo et je le raccompagnai jusqu'à l'ascenseur. Il passa au café rapporter sa tasse et en ressortit le sourire aux lèvres, ayant oublié les meurtres aussi facilement qu'on referme son magazine dans l'avion au passage de l'hôtesse.

— Tu sais, dit-il en montant dans l'ascenseur, sans la moindre pointe d'ironie. Je crois que cette petite Italienne, je lui plais.

Revenu dans mon bureau, je passai un coup de fil à mon coursier habituel pour demander un enlèvement. Ensuite, j'appelai Carl au Repro près de chez moi pour lui expliquer que j'avais besoin d'un tirage format carte postale, à deux cents exemplaires pour commencer. Je passerais les prendre plus tard, juste avant la fermeture.

— Oh, vous voulez dire *aujourd'hui*, Mr Rucker ? répondit Carl d'un ton las.

Je lui assurai qu'il était mignon comme tout et raccrochai.

L'un des messages était de Sharon. On lui avait donné deux billets pour un spectacle de flamenco à Sadler's Wells vendredi soir et elle me proposait de venir. Quel jour étions-nous ? Mercredi. *Cool*, pas de problème. Je l'appelai à son bureau pour qu'on se mette d'accord. L'autre était de Mrs Charlotte Morgan, que j'avais appelée. Elle me laissait un numéro de bureau où je pouvais la joindre si j'avais besoin de lui parler aujourd'hui, sinon je pouvais la rappeler chez elle le soir après 19 heures. Je téléphonai à son bureau et Mrs Morgan accepta, avec une certaine réticence, de me voir le lendemain matin.

Ayant donné l'enveloppe avec la photo au coursier, je passai le reste de l'après-midi à parcourir les journaux que j'avais pris à la bibliothèque. Tandis que je lisais ce que racontait la presse sur les trois meurtres, l'image du visage de l'homme était présente dans mon esprit. Ce visage était quelque part, et il était hautement probable que son propriétaire pensait à alimenter à nouveau les colonnes des journaux.

Je commençai avec le chauffeur routier et le tapin, puis je lus tout ce qui concernait Edward Morgan. Ce que j'essayais de voir, c'était si les événements – et non la manière dont ils étaient relatés – donnaient la même impression. Je leur trouvais un air familier, comme si j'avais déjà lu un truc comme ça, mais sans me rappeler où. Probablement dans l'un de ces policiers pseudo-victoriens basés sur des faits réels qui traînaient toujours dans le commissariat. Je ne sais pas pourquoi, mais mon frère me revint en tête, comme s'il m'avait parlé un jour de quelque chose de ce genre.

Je me demandais si l'homme de la photo était aussi l'assassin de Waldock et Evans. Pour les journaux, le lien ne faisait aucun doute. La presse aime tout faire marcher par séries : une astuce de marketing. Si les journaux n'avaient pu publier les détails des massacres, ils avaient eu le droit de mentionner l'utilisation des bouteilles, dont ils avaient tous tartiné leurs pages. Les quotidiens sérieux s'étaient plutôt retenus, mais je fus de nouveau choqué par le sensationnalisme de la presse populaire. Elle racontait les faits sur un ton horrifié et outré, sous lequel pointait cependant une joyeuse gourmandise. Ces mêmes journalistes qui se demandaient comment on pouvait perpétrer des crimes aussi odieux traquaient la famille des victimes pour leur tirer les vers du nez. Dans l'un de ces torchons figurait en exclusivité une prétendue interview de la mère de James Wadlock. Il y était question des activités sordides auxquelles sa vie de misérable droguée l'avait réduite : vol, escroquerie et prostitution. Sans oublier, songeai-je, les interviews accordées à ce genre de paparazzi. Je me souvins de la première fois que j'étais tombé sur les conneries de cette presse dépourvue de la moindre humanité, en ramassant un journal à un arrêt de bus de Melbourne. L'article racontait avec des détails obscènes des meurtres atroces, un assortiment de photos s'étalant dans les premières pages. Sur le moment, j'avais trouvé cela incroyable, même là-bas. Maintenant, on voit cela tous les jours. Même ici.

À mesure que je lisais ces ignobles articles, je remarquai que si Teddy Morgan avait été tué par la même personne qu'Evans et Waldock, l'assassin avait modifié son mode d'action. Le tout était de savoir si le meurtre de Teddy était prémédité ou non. Dans un cas comme dans l'autre, il y avait une différence de taille entre le sien et les deux autres meurtres : même avec sa casquette, l'assassin avait laissé l'occasion à d'autres personnes de le voir, contrairement aux deux premières fois. Si ce n'était qu'un hasard – si le tueur se trouvait à l'aéroport et avait rencontré par pure coïncidence au bar un pilote de ligne gay lui proposant de le raccompagner – cela signifiait simplement qu'il avait commis une imprudence. Il n'avait pu résister à l'envie de commettre un meurtre, même en sachant qu'on l'avait aperçu dans un lieu public. En revanche, si l'assassin prévoyait de se rendre à l'aéroport afin de trouver une victime, là, ce n'était plus de l'imprudence : il était exagérément sûr de lui. Il se moquait d'être vu parce qu'il considérait sa casquette comme un déguisement efficace, ou qu'il n'avait pas pensé aux caméras de surveillance.

Agaçant ! Ni l'option du meurtre occasionnel ni celle de la préméditation ne me semblaient totalement crédibles. Je réfléchis à la première. Les autres crimes étaient de toute évidence prémédités : dans les deux cas, la bouteille semblait avoir été préparée à l'avance et l'assassin s'être assuré qu'il n'y avait personne alentour, ou que ce ne serait pas le genre à aller raconter aux flics les activités d'un tapin récemment tué. Si l'on songeait aux soins méticuleux qu'il avait apportés aux deux premiers meurtres, il semblait difficile de croire que l'assassin s'était trouvé à l'aéroport par hasard, avait rencontré Edward et décidé de le tuer. Et puis son sac semblait vide. Que pouvait donc bien faire à l'aéroport quelqu'un qui trimballait un sac vide ? Et comment savait-il qu'il aurait la possibilité d'utiliser une bouteille alors qu'il venait de rencontrer Teddy ? Parce que Teddy lui avait parlé du champagne qu'il avait chez lui ? Peut-être. Mais quand bien même, j'avais du mal à voir là un hasard. D'après le barman, le type à casquette était au bar depuis un moment. Pourquoi serait-il resté là, dans un aéroport, s'il n'attendait pas que quelque chose se passe ?

Je me rendis brusquement compte que je n'avais pas demandé au barman s'il avait déjà vu l'homme rôder en d'autres occasions dans les environs. Crétin que j'étais. Il ne se rappellerait probablement pas et s'il avait déjà vu le type, il en aurait informé la police. Quand bien même, j'aurais peut-être pu l'aider à se souvenir, et si tel était le cas, cela aurait prouvé que tout était prémédité : qu'il était venu là en quête d'une victime.

Pour moi, ce n'était pas un hasard, mais l'idée de la préméditation me laissait également sceptique. Pourquoi une telle imprudence délibérée ? Il existe bien des façons de tuer des inconnus sans avoir besoin de bavarder auparavant avec eux dans un bar d'aéroport bien éclairé. D'accord, un tueur d'homosexuels est bien obligé de faire la connaissance de ses victimes et c'est forcément dans un endroit public (sauf, bien sûr, s'il s'agit d'un prostitué ou d'un chauffeur routier). Peut-être que le type voulait répandre la panique, faire en sorte qu'il soit dangereux pour un homme d'en draguer un autre, de raccompagner quelqu'un ou de faire commerce de ses charmes. Mais, dans ce cas, pourquoi ne pas être allé dans un bar ou une boîte gay ? Trop évident ? Peut-être. Le personnel de vol masculin des compagnies aériennes a la réputation d'être homosexuel, mais quelles probabilités avait-il d'en croiser un dans une zone publique de l'aéroport ? Apparemment, il y en avait : d'après Alex Mitchell, quelques employés gays fréquentaient son bar. Mais il restait tout de même le problème des caméras. Et avec son uniforme, Teddy était particulièrement repérable pour d'éventuels témoins.

J'essayai d'imaginer comment je choisirais mes victimes si j'étais un tueur de pédés. Les deux premiers meurtres me semblaient cohérents, alors que je ne me serais pas baladé à l'aéroport. Trop de temps pour lever quelqu'un et de risques de me faire repérer. Sauf si j'avais de la chance dès le premier ou le deuxième coup. Ça ne valait pas la peine. Oui, mais le tueur n'était peut-être pas très futé. Ce n'est une obligation pour les serial killers qu'au cinéma. Ou bien c'est moi qui ne suis pas très futé et le meurtre de Teddy avait été très finement planifié.

En tout cas, pour l'instant, personne ne l'avait pincé.

Les différences que je venais de débusquer augmentaient les chances que Sir Peter Morgan ait raison, que le meurtre ait simplement été monté de toutes pièces pour faire croire qu'il faisait partie d'une série. Mais qui aurait manigancé cela ? Cependant, il fallait tenir compte d'un autre point si le meurtrier était le même dans les trois cas. Non seulement il avait prévu de tuer quelqu'un qu'il rencontrerait à l'aéroport, mais il avait prévu qui. Connaissant Edward Morgan, il avait décidé qu'il serait sa prochaine victime. Cette option offrait une multitude de scénarios possibles en fonction des gens que connaissait Edward et des lieux qu'il fréquentait, toutes choses que j'ignorais totalement. Pour l'instant. Défricher cette piste serait inutile pour le moment et de toute façon, j'avais déjà la tête pleine. Je décidai de laisser tout cela décanter. Je repliai les journaux, branchai le répondeur et descendis à ma voiture.

Alors que je passais devant le café, Ally m'aperçut par l'embrasure et me fit signe.

— Hé, Billy, dit-elle en riant. Ils sont sympas, tes copains !

7

Comme il me restait une demi-heure avant que mes photos ne soient tirées, je me rendis à King's Cross et me garai un peu avant le squat occupé, entre autres, par Dominic Lewes. Il faisait encore jour, mais comme cela n'allait pas durer une éternité, je tentai de trouver un moyen de hâter l'apparition de Dominic sur le pas de sa porte. Alerte à la bombe ? Un peu trop radical. Finalement, je résolus tout simplement d'aller sonner.

— Ouais ?

C'était une fille. La porte étant entrebâillée de la longueur de la chaîne, je vis seulement qu'elle n'était pas très portée sur le shampooing et l'autobronzant.

— Je cherche Dominic, dis-je.

— Qui ?

— Dom. (Rien sur son visage ne laissa paraître qu'elle connaissait quelqu'un de ce nom.) Pas très grand, précisai-je. Blond décoloré, cheveux en brosse, yeux bruns. Il habite ici.

La fille hésita une seconde. Une voix d'homme s'éleva derrière elle.

— C'est qui ?

— Quelqu'un qui cherche Mikey, dit-elle en se retournant et en quittant la porte.

Le propriétaire de la voix arriva et ôta la chaîne. C'était

un grand Noir, dans les trente ans, tee-shirt noir à col en V et jeans beige.

— Qu'est-ce que tu veux ?

— Mikey. Il est là ?

— Il l'a appelé Dominic, tout à l'heure, renchérit la fille.

— Va te faire foutre !

Et on me claqua la porte au nez tellement fort que je crus que la vitre allait sauter.

Oh, tant pis.

J'allai chercher les photos chez Carl et, tout en écoutant la radio, j'entrepris de coller au dos une petite étiquette avec mon nom et mon téléphone. Quand j'en eus fini, il était presque 20 heures et je me préparai une assiette de pâte avec du pesto rouge de chez Molise. Je fourrai une poignée de photos dans un petit sac, pris mon vélo dans le couloir et sortis.

À la salle, je suivis le parcours d'entraînement – un peu de musculation et quatre rounds avec un vieux cogneur sec comme un coup de trique nommé Archie. Il devait avoir la cinquantaine, mais le salaud était coriace et n'attendait aucune pitié. Je n'en eus donc aucune. Après ma douche, je demandai à Sal si elle pouvait m'accorder une minute.

Je restai à côté d'elle pendant qu'elle examinait la photo à la lumière de sa lampe de bureau. D'abord pensive, elle secoua la tête, irritée.

— Tu sais quoi, j'ai l'impression d'avoir vu ce mec, dit-elle. Seulement, me demande pas où, pour l'instant. (Elle fixait tellement la photo qu'elle allait me l'user.) Et il a fait quoi, celui-là ? (Je lui expliquai pourquoi la police le recherchait.) Eh bien, tu me connais, Bill, moins je vois tes copains en bleu marine, mieux je me porte, mais je vais te dire, si je me rappelle où j'ai vu ce mec, je te préviendrai tout de suite.

— Merci, Sal.

— Et je vais la faire circuler dans la salle, au cas où ça rappellerait quelque chose à un client.

— Merci, répétai-je.

Je lui fis un chèque pour mes leçons de retard.

Pas très loin de la salle se trouve un pub gay appelé The Centre. Je m'y arrêtai sur le chemin du retour et discutai un peu avec des clients. Tous avaient entendu parler des meurtres et s'intéressèrent à la photo que je leur montrai. En revanche, ce mec ne disait rien à personne, même si un type d'une soixantaine d'années fixa la photo un peu plus longtemps que nécessaire et nia le connaître avec un peu trop d'insistance. Quand je le lui fis remarquer, il me répondit qu'ayant eu une journée pénible, il n'avait surtout pas envie de penser à un serial killer. Mieux valait qu'il fasse attention, lui dis-je, sinon il n'aurait plus jamais l'occasion de penser du tout.

Je rentrai chez moi et la vaisselle accumulée me fusilla du regard comme une maîtresse furieuse. Je m'y plongeai donc et me sentis d'excellente humeur quand ce fut terminé. Allongé sur mon futon, je parcourus encore vainement les journaux. Le début d'une enquête est toujours le moment le plus frustrant : on veut établir des liens, mais on n'a rien à quoi se raccrocher. L'idée que je n'avais pas encore lu les poèmes de Luke me revint. Je me levai et allai chercher la chemise sur la table de la cuisine. Je restai à la fixer un long moment sans sortir les textes. Je ne sais pas pourquoi. La chemise était fabriquée par une société du nom d'Avery, modèle Guidex Bradford® BLEU 2113. Je continuai à la fixer et j'allais l'ouvrir quand le téléphone sonna.

C'était Nicky, qui voulait que je le rejoigne au Old Ludensian.

— Pas ce soir, lui dis-je en regardant la chemise. J'ai un truc à faire absolument.

— Absolument ? répéta-t-il en riant. Billy ! Je croyais que tu étais ton propre patron. Quand tu as reçu ton numéro de société, on ne t'a pas dit qu'il n'était plus question d'*absolument* ?

— Je crois que j'ai dû sauter ce paragraphe-là.

— Allez, viens me tenir compagnie, insista-t-il. Il n'y a personne au bar, c'est calme.

— Nicky...

— Allez, *viens* !

Je me laissai convaincre. C'était plein à craquer. Je crus qu'il y avait eu un soudain afflux de clients, mais quand je fendis la foule pour gagner enfin l'endroit où Nicky s'assoit toujours, je me rendis compte que je m'étais fait avoir. Il était avec deux amies. Des nouvelles. Hi, hi. Hi, hi. Je finis avec la blonde et un pif gros comme ça dans un appartement du côté de Fulham Road. Je ne rentrai à Exmouth Market que bien après 7 heures le lendemain matin. La blonde n'avait pas l'air trop chavirée que sa copine se soit fait Nicky alors qu'elle n'avait eu droit qu'à moi, du moins eut-elle la politesse de ne pas le montrer. Elle s'appelait Trish et elle était dans la pub.

Quand on a la gueule de bois, qu'on n'a pas dormi plus de deux heures et qu'on se sent en gros ultra-mal, le mieux est de se raser, cirer ses chaussures, passer une cravate sur une chemise d'un blanc éclatant et avoir l'air bien plus élégant que d'habitude. Après quoi, non seulement on se sent d'aplomb, mais si jamais on croise une connaissance, on sait qu'elle va vous dire que vous avez bonne mine en ce moment.

Je mis cette excellente recette en pratique avant de rejoindre mon bureau vers 10 heures. La température avait chuté par rapport à la veille et le froid me ragaillardit un peu. En fait, je ne me sentais pas si mal que cela, mais je n'étais pas assez bête pour penser m'en tirer à bon compte non plus. Je savais que je le paierais plus tard. Je me réfugiai dans le café prendre un espresso. Mike étant parti en livraison, Ally était toute seule. Elle me toisa de haut en bas en me tendant Kojak et sourit.

— Tu sais, Billy, dit-elle. C'est pas mal réussi, mais tu devrais t'acheter ce truc qui blanchit les yeux. Tu sais, qui fait disparaître les petits vaisseaux éclatés.

Je me regardai dans la glace derrière elle : une vraie toile d'araignée rouge sang.

— Dès que tu voudras quitter ce boulot, fais-moi signe, Ally, fais-moi signe.

Je fis mes comptes, payai quelques factures et rédigeai deux lettres pour rappeler à certains qu'ils m'avaient engagé en tant que professionnel et qu'en conséquence, je leur serais reconnaissant de m'envoyer mes honoraires. Je jetai à nouveau un coup d'œil au dossier d'Andy Gold et lus les notes sur Charlotte Morgan. Âgée de trente-huit ans, elle avait quatre ans de moins qu'Edward. Leur mariage durait depuis sept ans. Elle l'avait connu quand l'agence de relations publiques où elle travaillait avait décroché le contrat British Airways et décidé de dynamiser l'image du personnel navigant. Une sorte de promotion pour les pilotes. Ils s'étaient mariés après une cour de six mois seulement et avaient emménagé dans l'appartement d'Highbury où avait été retrouvé le cadavre d'Edward. Ils passaient souvent les week-ends à Pevensey, dans le Sussex, dans la propriété de famille dont Mrs Morgan avait hérité à la mort de son père l'année précédente. Selon les voisins, le couple était discret et courtois, mais ne se liait guère. Cela me fit sourire. Lorsque j'étais inspecteur-chef, combien de fois n'avais-je pas entendu cette déclaration de la bouche de gens qui ne voulaient pas être mouillés, de peur qu'on les accuse de ne pas avoir signalé à la police plus tôt les activités répréhensibles de leurs voisins. Cela ne voulait rien dire : les Morgan pouvaient très bien donner des soirées SM et sacrifier des poulets pendant des rites vaudous, les gens auraient dit la même chose. Discrets, pas très liants.

Par acquit de conscience, la police avait examiné la possibilité que Mrs Morgan soit impliquée dans le meurtre, mais l'avait écartée. Certes, elle était absente au moment du crime, ce qui aurait été très commode si d'autres indices l'avaient accusée. Mais il n'y en avait aucun. Les deux policiers venus à la suite de son appel avaient déclaré qu'elle était bouleversée et traumatisée d'avoir découvert son mari gisant mort, une bouteille de champagne enfoncée dans le ventre. L'inspecteur Drake, premier à l'interroger, certifiait aussi que son état de choc et son chagrin n'étaient pas feints. Tout désignait le tueur d'homosexuels, et lorsqu'on avait découvert du sperme sur la victime, force avait été d'admettre que Mrs Morgan n'y était pour rien.

Le sperme. Cela me fit réfléchir. L'avait-on comparé à celui trouvé sur James Wadlock ? J'appelai aussitôt Andy et réussis à le joindre. Évidemment qu'on avait procédé à l'analyse, je le prenais pour un crétin ou quoi ? Les deux échantillons étaient différents. Encore un changement : l'assassin avait été encore plus imprudent. Il avait effacé ses empreintes, mais laissé son ADN.

Mrs Charlotte Morgan n'était pas suspecte et ne se doutait absolument pas que son mari était homosexuel, ou aurait pu l'être. Elle n'avait vu personne de louche dans les environs quand elle sortait et en téléphonant à son mari de New York, elle n'avait rien remarqué de différent dans son comportement. Pour tout dire, elle ne savait rien, rien qui soit utile à la police. Mais peut-être que je serais en mesure, comme avec Alex Mitchell, de l'aider à se rappeler des faits qu'elle ne pensait même pas connaître.

J'étais censé retrouver Charlotte Morgan à midi, dans le petit café d'Agnieszka's, le club des expatriés polonais d'Exhibition Road, dans South Kensington. L'idée venait de moi, parce que cet endroit est toujours très calme, surtout le matin, et qu'il n'est qu'à cinq minutes à pied du bureau de Mrs Morgan. J'avais été surpris qu'elle sache où il se trouvait et qu'elle y soit déjà allée. C'était la première personne à qui j'en parlais qui connaissait.

Je me garai près d'Imperial College et arrivai chez Agnieszka's avec dix minutes d'avance. De l'extérieur, le club ressemble à une maison. Seule une toute petite plaque sur la grande porte noire prie les visiteurs de sonner. Ce que je fis. Le portier, un vieil homme en costume sombre et cravate, ouvrit et me fit entrer dans le hall.

— Rebonjour, rebonjour, dit-il en s'inclinant avec un large sourire édenté.

Impossible de savoir s'il se souvenait de moi ou si c'était sa manière habituelle d'accueillir les gens. L'homme eut un regard réprobateur, agacé, même, en voyant que je n'avais pas de manteau à lui confier. Je lui déclarai que je venais prendre un café et il me conduisit dans la salle à manger. Il me fit asseoir dans l'un des vastes canapés et je lui tendis ma carte, lui précisant que j'attendais une dame et que je le priais de la guider vers moi quand elle arriverait. Son grave hochement de tête m'indiqua qu'il prenait cela pour une grande responsabilité et il me laissa seul avec mes pensées.

Le café de chez Agnieszka's occupe une extrémité de la salle à manger et, tout en attendant Mrs Morgan, je laissai mon regard errer jusqu'à l'autre bout. La pièce évoque un vieux salon fané. Les plafonds sont hauts et les murs presque totalement cachés par des centaines de vieilles peintures légèrement inclinés vers le bas comme si elles cherchaient à attirer l'attention. Des tableaux dramatiques et remplis de passion, surtout les portraits de belles comtesses déchues, aux regards ardents fixant de lointains horizons perdus. Le peu de papier peint visible entre les cadres est d'un beige jaunâtre terne déchiré çà et là, qui n'a pas été changé depuis des années. Le dîner servi ici est assez bon marché et parfois fort bon, mais je n'y vais pas pour cela. J'y vais parce que les nappes sont en tissu et les couverts en argent et parce que, contrairement à ce que j'avais pu voir au Portman Club, on vous y accueille chaleureusement et non avec la raideur guindée anglaise.

La salle était vide et il n'y avait que Bartok pour me déranger. Un serveur vint me demander si je voulais je vous prie thé ou café. Je répondis que je désirais merci du café, et merci de l'eau minérale, si c'était possible. Ça l'était. Alors qu'il posait le plateau sur la table basse devant moi, la porte s'ouvrit et Mrs Morgan entra. Je me levai pour l'accueillir.

— William Rucker, dis-je en lui serrant la main.

— Charlotte, répondit la femme.

Le serveur lui ayant apporté son café et Charlotte Morgan en ayant bu une gorgée, elle croisa les mains sur ses genoux et me regarda. Son calme réservé me fit penser à Sir Peter et à ses manières si composées. Deux personnes portant en elles au quotidien un chagrin toujours présent, comme une tumeur. Je cherchai vainement un signe trahissant son état d'esprit.

— Eh bien, dit-elle.

Je croisai un instant son regard en réfléchissant à la manière de m'y prendre. Charlotte Morgan était une femme de grande taille avec d'abondants cheveux noirs et un visage ferme et hâlé que j'eus peine à imaginer plus beau encore lorsqu'elle était plus jeune. Elle avait des yeux couleur d'ambre comme ceux d'un nounours, séparés par un nez prononcé et légèrement carré qu'elle devait sûrement détester, mais qui donnait à sa beauté le caractère dont manquent les couvertures de mode. Ses longues mains fuselées restaient d'une immobilité presque surnaturelle. Les ongles étaient vernis de rouge et je remarquai qu'elle portait encore son alliance. Elle était vêtue d'un tailleur anthracite et d'un chemisier de soie crème, dont le premier bouton effleurait une mince chaîne en or. Je la remerciai avec un sourire poli de me consacrer un peu de temps.

— Puis-je vous demander qui vous a engagé ? demanda-t-elle.

Sa voix était légère et plus féminine que je ne l'aurais pensé. Je décelai cependant une autorité qui me la fit voir hurlant sur une assistante qui aurait traîné à faire quelque chose.

— Pardonnez-moi, répondis-je. Vous devez comprendre que je ne puisse vous le dire.

— Sans doute, concéda-t-elle.

Elle n'insista pas. Elle avait dû deviner que c'était Sir Peter. Je me demandai ce qu'elle en pensait.

— J'ai appelé l'inspecteur Gold après avoir eu votre message, continua-t-elle. Je voulais savoir si je pouvais vous parler. Il me l'a certifié. Vous étiez collègues.

— C'est exact, dis-je avec un sourire.

— Pourquoi avez-vous démissionné ?

Qu'est-ce qu'elle me jouait, là ? *Le Prisonnier* ?

— Je ne voulais pas finir avec du ventre, débordé de boulot et désabusé, expliquai-je en pensant à l'inspecteur-chef. En pensant à Luke.

— Vous ne couriez aucun risque de ce côté-là, je pense, dit-elle en se passant une main dans les cheveux.

Je me surpris à rougir légèrement. Flirtait-elle avec moi ? Non. Elle tentait simplement de se comporter avec naturel, d'empêcher la tragédie qui planait sur son existence de gagner du terrain. Ou bien était-ce la femme de relations publiques qui essayait de m'avoir à la bonne et de gérer la situation avec le moins d'efforts possibles ?

Je pris ma tasse et bus une gorgée. Heureusement que ce n'était pas pour le café que je venais chez Agnieszka's.

— Je souhaite simplement discuter avec vous de quelques points, si vous le voulez bien.

Il ne fallait surtout pas qu'elle me catalogue comme

une menace. J'étais comme un vieil ami à qui elle pouvait se confier.

— Allez-y.

Elle prit une profonde inspiration et se prépara. J'ouvris mon attaché-case, une vieille mallette en cuir brun dont je me plais à croire qu'elle me donne un air bohème.

— La police vous a-t-elle déjà montré ceci ? demandai-je en sortant un tirage de la photo que m'avait donnée Andy.

— Non, dit-elle en la prenant, apparemment surprise et hésitante. Non. (Elle la regarda du coin de l'œil, le front plissé, la tenant entre le pouce et l'index comme si elle était radioactive. Elle identifiait l'image et voyait Edward derrière l'homme.) J'ai parlé aux policiers hier, parvint-elle à répondre. Ils m'ont dit qu'ils viendraient chez moi, là où je suis en ce moment, ce soir. Qu'ils avaient une photo, mais, non... Non, je ne l'ai jamais vue.

Elle regarda la photo qui tremblait légèrement dans sa main. Ce devait être difficile et bouleversant pour elle de regarder le cliché de l'homme qui avait probablement tué son mari, cliché pris quelques heures seulement avant. J'aurais pourtant cru qu'Andy Gold serait allé la lui montrer aussitôt. Mais non, en fait : rien ne pressait. Il y avait très peu de chances que la femme d'Edward reconnaisse un type que son mari avait levé dans un bar d'aéroport et ramené chez lui alors qu'elle était en voyage.

Charlotte Morgan fixa la photo d'un œil vide.

— Je n'arrive pas à croire... C'est tellement...

J'attendis.

— Pardonnez-moi, Mrs Morgan, insistai-je. Pensez-vous avoir déjà vu cet homme ?

— Non. (Son expression de regret trahit sa peine et sa stupéfaction.) Cela paraît tellement bizarre de penser à mon mari. Avec un homme. Cet homme. (Elle posa la photo sur la table.) Et de penser à ce qu'il lui a fait. C'est... (Elle chercha ses mots.) C'est irréel.

Elle haussa les épaules comme si toutes ses certitudes venaient de s'effondrer.

— Vous ne vous en doutiez pas ? demandai-je doucement. Qu'Edward pouvait s'intéresser aux hommes ?

Elle se crispa.

— Non. Pas du tout.

— Jamais ?

Elle laissa échapper un soupir.

— Il nous est arrivé une fois d'en parler, je veux dire, de l'homosexualité en général, mais cela arrive un jour ou l'autre à tous les couples.

— Oui, convins-je. Mais pourquoi aviez-vous abordé le sujet ? Comment est-ce venu ?

— Quoi ? (Mrs Morgan parut un peu choquée. J'étais certain qu'Edward lui avait dit que son frère était gay. Pourquoi lui aurait-il caché, après tout ? Ils étaient mariés. Elle devait se demander pourquoi j'avais posé la question et si moi aussi j'étais au courant.) Oh, dit-elle d'un ton désinvolte. Dans la conversation, comme ça.

— Et que disait Edward ?

— Eh bien, que ce n'était pas son genre. Cela ne le gênait pas chez les autres, sans l'intéresser plus que cela.

— Et vous l'avez cru ?

— Oui. Pourquoi ?

— Je ne sais pas. Si vous le soupçonniez d'être gay, par exemple. Est-ce pour cela que vous avez abordé le sujet, parce que vous vous doutiez qu'il avait des inclinations ?

— Non !

Mrs Morgan était offusquée. Dans la police, on nous apprend qu'en pareil cas, la personne interrogée dissimule généralement quelque chose. Que me cachait Charlotte ? Je lui déclarai que j'étais désolé d'avoir à poser de telles questions, mais que c'était l'unique moyen de découvrir l'assassin de son mari.

— Voyez-vous, Mrs Morgan, expliquai-je, ce n'est pas du tout logique, sauf si votre mari était au moins bisexuel.

Sinon, il ne semble guère probable qu'il ait pu être attiré dans un piège mortel par un homme qui se proposait comme partenaire sexuel potentiel. Ou alors, c'est que les actes sexuels qui s'ensuivirent ont eu lieu sans consentement mutuel. Ce qui signifierait que l'assassin a considérablement dévié de son schéma habituel. En outre, la police a pratiquement la preuve qu'Edward est parti avec cet homme de son plein gré.

Je me radossai en tentant de prendre une expression aussi bienveillante que possible. Cela me rappela un videur de casino sommé de me passer à tabac et qui, cela se voyait, n'était pas très chaud. Il avait exactement pris cette tête-là avant de me tabasser.

Mrs Morgan réfléchit à ce que je venais de lui dire, tentant vainement de contrer les faits.

— Il devait être consentant, dit-elle finalement. Oui, sans doute, mais jamais je ne l'aurais cru. Je...

Je la coupai.

— Mrs Morgan, quelles étaient vos relations sexuelles avec votre mari à l'époque ?

Elle leva la tête vers moi. Elle pinça les lèvres et écarquilla les yeux. La police lui avait déjà posé la question, mais je voulais voir comment elle réagirait. À son expression, je devinai ce qu'elle allait répondre. Elle n'était plus offusquée, elle avait compris. Elle saisissait ma tactique et édifiait un mur entre elle et moi. Elle allait protéger son mariage. Hors de question de laisser un petit enquêteur minable à la sincérité cousue de fil blanc lui enlever aussi ses souvenirs alors qu'un psychopathe lui avait déjà pris son mari. Je vis qu'elle ne comprenait pas comment sa vie en était arrivée au stade où un parfait inconnu la questionnait dans un café, si agréable soit-il, sur la qualité de ses relations sexuelles avec son mari récemment assassiné.

— Tout se passait bien, répondit-elle d'un ton ferme, me défiant de poursuivre.

Je n'insistai pas.

Cela ne m'amusait pas de lui poser de telles questions. Elle avait assez de soucis comme cela sans devoir remuer la vase pour satisfaire le caprice d'un député tory rongé par la culpabilité. Cependant, je savais qu'elle me cachait quelque chose. C'était peut-être insignifiant et sans rapport, mais il y avait quand même anguille sous roche. Je voulais savoir de quoi il s'agissait, mais je ne pouvais pas non plus la harceler. Et cela ne m'aurait d'évidence mené nulle part. Si cette femme me cachait quelque chose, je devais le découvrir tout seul.

Je passai sur un terrain moins marécageux et lui demandai si elle connaissait les noms d'amis d'Edward qui d'après elle sortaient de l'ordinaire. Elle répondit que la plupart étaient des amis communs. À part les relations de travail. Elle ne se rappelait pas qu'Edward ait parlé plus de l'un que de l'autre, à part de ses copilotes réguliers et des hôtesses par-ci, par-là, pour l'agacer gentiment. En disant qu'elles voulaient toujours épouser des pilotes et qu'il aurait adoré en trouver une qui aurait quitté son travail et serait restée à la maison pour élever une tripotée de gosses au lieu de sillonner constamment le monde en voyages d'affaires. C'est avec un sourire sans joie qu'elle se souvenait des blagues de son mari.

— Il aurait peut-être dû, dit-elle. Il ne se serait pas fait tuer, dans ce cas, n'est-ce pas ?

À cours de questions, je la remerciai de m'avoir consacré du temps. Je lui demandai comment elle supportait cette épreuve. Elle répondit que son agence était très compréhensive et qu'elle n'avait pas à s'occuper de clients pour le moment, ce qui la soulageait énormément. Elle semblait heureuse de ne plus avoir à parler de son mari et nous bavardâmes un instant, puis elle regarda ostensiblement sa montre. Je demandai l'addition.

Mrs Morgan me pria de l'excuser. Quand elle revint des toilettes, elle s'était remaquillée. Elle était très belle et pas tellement plus âgée que moi. Je reconnus un discret soupçon d'Eau d'Issey en sortant avec elle dans le couloir. C'était le parfum que portait Trish, celle qui était dans la pub. En nous voyant apparaître, le petit portier obséquieux se mit dans tous ses états et lui apporta son imperméable en un temps record. Les mains jointes, le visage rayonnant, il nous déclara que c'était toujours un plaisir de nous voir et qu'il espérait que nous reviendrions bientôt. Je crus qu'il allait nous demander des nouvelles des gosses. Je souris intérieurement, lui glissai une pièce d'une livre et suivis Mrs Morgan dans la rue.

Le temps s'était nettement refroidi et un nuage menaçant planait comme un Zeppelin au-dessus des imposants bâtiments d'Exhibition Road. Je remerciai de nouveau Mrs Morgan et lui donnai ma carte. Nous nous serrâmes la main, elle repartit vers Kensington Gore, et moi dans la direction opposée vers ma voiture.

Je me demandai si son mari et elle étaient vraiment heureux au lit. Non, sans doute pas. Ce n'était pas simplement par pudeur qu'elle refusait d'en discuter. Peut-être qu'à l'instar de Sir Peter, elle ne voulait pas faillir à Edward en admettant qu'il y avait un échec dans sa vie, quelque chose qui pour elle était sans rapport avec le reste et ne regardait qu'elle. Peut-être même se sentait-elle coupable de la mort d'Edward, s'accusant de l'avoir amené à désirer les hommes parce qu'elle était incapable de l'exciter. En même temps, son refus d'aborder les problèmes conjugaux était une manière de balayer cette culpabilité. Peut-être même était-elle impliquée dans la mort d'Edward et voulait-elle que tout le monde pense que leur mariage était idyllique.

Ou bien ils avaient connu un bonheur sans nuages et avaient eu une merveilleuse vie amoureuse.

Seulement, une autre pensée me venait. Elle n'était pas particulièrement logique et j'en avais un peu honte, car elle était fondée sur une présomption que je ne souhaitais pas avoir. Voici : pourquoi une femme dont le mari est mort depuis moins de trois mois va-t-elle se maquiller et se mettre une goutte de parfum derrière l'oreille avant de repartir dans la direction opposée à son bureau, à midi et quart, par une grise journée de la fin octobre ? Je fis demi-tour et repartis vers Kensington Gore, col de blouson relevé et mains dans les poches. Parce qu'elle était toujours maquillée ? Pas quand elle était arrivée. Je pressai le pas. Parce qu'elle avait une réunion importante ? Elle m'avait dit ne pas voir de clients en ce moment. J'accélérai encore : je courais presque.

Quand j'arrivai sur la rue principale, j'aperçus Charlotte Morgan de l'autre côté, se dirigeant vers Knightsbridge. Presque aussitôt, elle entra dans Kensington Gardens. Je traversai et restai à une cinquantaine de mètres derrière elle, tandis qu'elle passait le long de l'étang et traversait le parc vers Bayswater Road. Je craignais qu'elle me voie, mais elle ne se retourna pas. Elle remonta Leinster Road et tourna dans une petite rue sur la droite. Je courus jusqu'au bout jeter un coup d'œil prudent au coin. Leinster Mews. J'eus tout juste le temps de voir la porte de l'une des maisonnettes s'ouvrir et Mrs Morgan s'y engouffrer.

Je retraversai Kensington Gardens en courant et ouvrit la portière de la Mazda. Contact. Rien. Encore. Pas grand-chose. Encore. Elle toussota, mais d'impatience, j'écrasai l'accélérateur et faillis noyer le moteur. J'attendis. Je me forçai à compter jusqu'à cent. Essayai de nouveau. Le moteur démarra avec l'énergie d'un homme qu'on vient de tirer de l'eau et qui réagit enfin au bouche-à-bouche. Je sortis de la petite rue, me faufilai dans les voitures au grand dam d'un taxi qui m'injuria copieusement, dépassai à toute vitesse Albert Hall, traversai le parc et gagnai Leinster Road.

Je restai assis dans la Mazda au bout de Leinster Mews, l'œil sur le numéro 8. Je préparai mon appareil photo en espérant que je ne l'avais pas manquée. J'attendis environ une heure, Nikon sur le tableau de bord, pensant qu'elle était peut-être simplement venue chercher une amie pour aller déjeuner et que j'étais vraiment un obsédé qui perdait son temps.

C'est alors que la porte s'ouvrit.

Un homme sortit. Un homme en costume avec un attaché-case. Je le pris en photo. La quarantaine, peut-être moins. Oui, un peu moins. Il avait d'abondants cheveux bruns et des lunettes à monture métallique. Je pensais qu'il allait simplement s'en aller, mais il se retourna et une femme en peignoir apparut sur le seuil et l'embrassa. Je pris une autre photo. L'homme s'attarda dans le baiser, lui mordillant la lèvre et lui tenant le visage entre ses mains comme un ballon de basket avant de faire un panier. Il eut un grand sourire plein d'assurance, qui en disait long sur le plaisir qu'il venait de prendre et savourerait à nouveau. La femme l'attira de nouveau contre elle, mais il se dégagea. Puis il tourna les talons, gagna une Jaguar bleu nuit garée au bout de la ruelle et monta dedans en jetant son attaché-case sur le siège passager. Je notai le numéro.

Je ne savais absolument pas qui était cet homme.

La femme, c'était Charlotte Morgan.

La porte de la maison se referma. Je posai mon appareil sur le siège à côté de moi. La Jaguar démarra et je la suivis sur Leinster Road. Puis sur Bayswater Road et Park Lane. Je restai à trois ou quatre voitures derrière même si je n'avais pas besoin de prendre tant de précautions, puisqu'il ne se doutait de rien. Nous descendîmes Grosvenor Place, passâmes devant Victoria puis sur Birdcage Walk. Là, la Jaguar prit Parliament Square et contourna St Stephen's Tower. Puis elle prit à droite et passa une grille et un panneau annonçant que l'entrée était interdite au public. Une barrière se leva et la Jaguar disparut. Je m'arrêtai au feu rouge et regardai la grille.

C'était celle du parking réservé aux députés.

DEUXIÈME PARTIE

8

J'appelai Andy Gold d'une cabine, mais je ne parvins pas à le joindre et personne d'autre ne pouvait vérifier un numéro minéralogique pour moi. Je ne me faisais pas trop de souci : j'étais certain de pouvoir découvrir moi-même qui était l'homme à la Jaguar. Je raccrochai et appelai le numéro que Sir Peter Morgan m'avait donné pour le joindre en journée.

Sir Peter n'était pas au Trésor, mais à Westminster. J'appelai le numéro qu'on me donna et parvins à convaincre sa secrétaire que son patron accepterait de me parler. Je convins avec Sir Peter de le retrouver à son bureau dans trente-cinq minutes. Il me proposait de venir plus tard, mais il accepta devant mon insistance. Après quoi, j'allai à l'entrée du parking.

— Excusez-moi, monsieur, dis-je au gardien avec un accent texan à couper au couteau. Vous voudriez bien me renseigner ?

— Si je peux, monsieur, répondit l'homme en posant le *Sun* et en s'approchant de la vitre.

— Ma femme et moi on n'était pas d'accord, expliquai-je. Voyez, j'étais sûr que je venais de voir le Premier Ministre entrer ici dans une Jaguar bleu foncé, mais Shirley-Anne me dit que ce n'était pas lui.

— Et je crains qu'elle ait raison, monsieur, dit le gardien. Mais peut-être que Mr Lloyd le sera un jour. Non, le Premier Ministre a toujours un chauffeur.

— Alors vous êtes sûr que ce n'était pas John Major ?

— Non, c'était Graham Lloyd, monsieur. Vous aviez le bon parti, mais pas le bon homme. De toute façon, monsieur, John Major n'est plus Premier Ministre depuis...

— Alors c'était pas celui que je croyais ? Mince. Rendez-moi service, s'il vous plaît, ajoutai-je avec un coup d'œil par-dessus mon épaule. Ne dites rien à Shirley-Anne.

Je sentais venir la gueule de bois, à présent. Elle me rattrapait comme le favori dans une course. Je glissai six pièces de vingt pence dans le parcmètre et cherchai du regard un endroit où manger un morceau. Je trouvai un café où je pris un verre de jus de fruits multivitaminé californien qui me remit un peu d'aplomb – provisoirement. Je mangeai un samosa puis un petit flan portugais avec un espresso. Londres : une centaine de pays différents entassés dans le même embouteillage. Tout en mangeant, je me demandais ce qui se tramait dans la vie de Charlotte Morgan. J'étais partagé devant mon succès : heureux que l'affaire commence à avancer, mais beaucoup moins de voir mes soupçons sordides confirmés. Cela ne me plaisait pas qu'elle soit mouillée dans la mort de son mari.

Puis une autre idée me vint. Sir Peter. Est-ce qu'on n'était pas en train de me mener en bateau ? J'allais le savoir sous peu. Je parcourus un exemplaire du *Telegraph* laissé par un client et lus que Boris Eltsine avait eu une autre crise cardiaque et qu'un homme au nom imprononçable dont je n'avais jamais entendu parler dirigeait le pays. Cela m'inquiéta. Une nation avec autant de têtes nucléaires devrait être gouvernée par quelqu'un qu'on connaît. Je payai l'addition et décidai de laisser le journal où je l'avais trouvé. Je ne voulais pas donner une fausse impression de moi à Sir Peter.

— Vous démissionnez ? s'étonna le député. (Nous étions assis dans son bureau, lui dans un discret fauteuil de dirigeant adossé au panorama de la Tamise et de St Thomas Hospital, moi en face de lui, une cheville posée sur un genou.) Mais cela ne fait que deux ou trois jours que vous êtes dessus !

Sir Peter était sous le choc et agacé. Mais je m'en fichais.

— J'aime savoir ce que je fais, répondis-je. Je n'aime pas qu'on tire les ficelles. J'en ai soupé, dans la police.

Je me radossai, mais sans pour autant prendre mes aises.

— Je ne vois pas ce que vous voulez dire !

Sir Peter pencha la tête vers moi, le reste de son corps demeurant immobile.

— Très bien, dis-je en me levant.

— Je vous en prie, dit Sir Peter en en faisant autant. Ne voulez-vous pas au moins me dire ce dont il s'agit ?

— Non, répondis-je. Je ne veux pas, parce que vous ne m'avez pas engagé pour cela, et si vous m'aviez prévenu de vos intentions, je n'aurais jamais accepté. Ce genre de choses n'est pas mon domaine. Vous comprenez ?

— Non, protesta-t-il.

— Très bien, mais je ne vous crois pas.

Cette fois, je me dirigeai vers la porte, mais Sir Peter me retint par le bras.

— Très bien, dit-il, cessant de feindre d'être peiné. Je sais de quoi vous voulez parler, mais je vous en prie, laissez-moi vous expliquer. (Je soupirai.) Je vous en prie.

— Je ne vous ai pas engagé pour espionner mes ennemis politiques. De toute façon, Graham est des nôtres. Encore que cela ne veuille plus dire grand-chose à notre époque.

— Alors pourquoi ne m'avez-vous pas parlé de lui ?

— Parce que je n'en étais pas certain. Je pensais que je

me faisais des idées, mais que si vous découvriez quelque chose, eh bien, tant pis. Je m'étonne que cela vous ait pris aussi peu de temps.

— Coup de bol. Et vous ?

— Eh bien, je les ai présentés. Durant l'une de ces réceptions diplomatiques où les ministres doivent aller bien qu'ils détestent, mais que leurs amis et leur famille adorent. Edward était en long courrier et j'ai croisé Charlotte dans un des abominables restaurants de Notting Hill. Je lui ai donc demandé si elle voulait nous accompagner, moi et ma femme, à l'ambassade du Portugal.

— Et c'est là qu'elle l'a connu ?

— Oui, il y a huit mois. Ils ont tout de suite accroché, mais je n'y ai pas pris garde. Qui ne serait pas attiré par Charlotte ? Elle est belle, elle travaille dans les RP. Séduire les gens, c'est son métier.

— Alors pourquoi les soupçonniez-vous de se voir ?

— Par coïncidence, je pense. Teddy et moi avons déjeuné ensemble un jour, six semaines environ avant qu'il soit tué. Il m'a confié que Charlotte et lui avaient des problèmes. Il ne semblait pas les considérer comme très sérieux, mais elle lui semblait un peu distante. J'ai répondu qu'un mariage atteint toujours ce stade tôt ou tard.

— Je n'en doute pas.

— Oui. Quoi qu'il en soit, il s'est trouvé qu'en rentrant au Trésor en taxi, j'ai vu Graham et Charlotte ensemble sur le Mall et les paroles d'Edward me sont revenues. Oh, ils ne faisaient rien, ils marchaient simplement. Ils avaient très bien pu se croiser par hasard, ou bien Charlotte avait appelé Graham pour des raisons professionnelles. Mais il se dégageait quelque chose. Rien de patent, mais quelque chose. Graham Lloyd est marié, vous savez.

— C'est ce que je me suis dit.

— Avec les années, j'arrive à bien déchiffrer la gestuelle des gens. J'y ai été obligé. Évidemment, c'était commode que Graham et Charlotte ne sachent pas qu'on les observait. Non que leur comportement les ait trahis en quoi que ce soit. Mais j'ai eu ce sentiment.

— Dans ce cas, quand votre frère a été assassiné, pourquoi ne pas en avoir parlé à la police.

— Si je ne vous en ai rien dit, j'allais encore moins en parler à la police. Je n'étais pas certain qu'ils aient une liaison. Si je me faisais simplement des idées, il n'était pas question qu'on le harcèle. Surtout si je n'étais pas sûr que ce soit significatif, et si les journaux s'en étaient mêlés. Mon Dieu ! Je ne pouvais rien dire, ni aux policiers ni à vous. Je voulais voir si vous arriveriez à la même conclusion.

Je soupirai. J'adore me démener pour découvrir ce dont mes clients auraient pu m'informer dès le début.

— Il semble qu'il y ait bien des choses que vous ne puissiez me dire. C'est tout, vous êtes sûr ?

— Oui, dit-il, soulagé. Et je vous prie de m'excuser, vraiment.

— Bon. Allez-vous en parler à la police, maintenant ?

— J'imagine qu'il va falloir.

— Et ça ne vous fera pas de mal, n'est-ce pas ?

— Pardon ?

— Étant donné qu'il est pro-européen et vous aussi sceptique à propos de l'Europe que Ian Paisley sur la réunification de l'Irlande...

— Non, mais enfin ! dit Sir Peter en se levant. Si vous pensez un instant que je me servirais du meurtre de mon frère pour gagner quelque avantage politique, vous ne pourriez pas vous tromper davantage. Comment osez-vous ?

— Je voulais juste voir votre réaction, avouai-je. Vous comprenez comment je peux interpréter la situation : on s'arrange pour que je prenne Lloyd sur le fait, que quelques photos récoltées par moi atterrissent au *Mail*. Ils vous soutiennent, sur l'Europe, non ?

Sir Peter s'efforça de réprimer son indignation devant mes sous-entendus.

— Si c'était le cas, j'aurais aussitôt fait part à la police de mes soupçons, vous ne pensez pas ? Elle aurait révélé la vérité tout comme vous, et je n'aurais pas eu besoin de fuites auprès des journaux, la police s'en serait bien chargée. Non ?

Il avait raison. En plus, sa colère semblait sincère. Au final, j'étais enclin à croire qu'il ne se servait pas de moi pour protéger des vilaines mains étrangères ce joyau qu'est l'Angleterre, solidement retranché derrière une mer argentée. Cependant, je décidai de ne pas lui parler des photos que je détenais.

— Eh bien, dis-je, veuillez m'excuser d'avoir mis vos intentions en doute. Mais si vous m'aviez fait part de vos soupçons, nous n'aurions pas eu cette conversation. Alors, avez-vous l'intention d'en parler à la police ?

— Oui, je crois. Pas vous ?

— Non. Vous l'avez dit, les policiers sont convaincus que le meurtre de votre frère fait partie d'une série. Pour eux, ce ne sera qu'une confirmation : évidemment, si elle n'était pas comblée par son mari, c'était logique qu'elle aille voir ailleurs. Mais ils vont remuer la mouise, juste pour le plaisir, et il y en aura bien un pour passer un coup de fil à la presse, histoire de se faire un peu de blé. Vous n'avez rien à y gagner.

— Je suis révolté que des policiers agissent ainsi, vous savez.

— Vous auriez dû dire à Mr Howard de mieux les payer, dans ce cas.

— Ils continueraient.

— Oui, probablement, admis-je. Je ne pense pas qu'avertir la police nous fasse avancer concernant l'assassin de votre frère. Même si c'était sa femme et son amant.

— Alors on laisse tomber ?

— Je vais voir. Si je trouve quoi que ce soit de plus

concret, nous avertirons la police. En attendant, nous nous épargnerons quelques scandales.

Sir Peter sembla soulagé, soit de conserver les services de votre serviteur, soit d'éviter de parler à nouveau à la police. Appréciait-il sa belle-sœur ? Oui, vraiment. Il croyait très difficilement que Charlotte ait quoi que ce soit à voir avec la mort d'Edward.

Je tendis à Sir Peter un tirage de la photo, sachant qu'Andy Gold la lui avait déjà montrée, et qu'il n'avait rien pu lui dire. Sir Peter la fixa tristement, puis la posa sur son bureau. D'après son regard, pour lui, retrouver l'assassin ne changerait pas grand-chose. Il voulait qu'on le capture, mais cela ne le rendrait pas plus heureux. Il soupira, reprit la photo et la glissa dans un tiroir.

Je me levai et le saluai. Alors qu'il me raccompagnait, une idée me vint et je m'arrêtai sur le seuil.

— C'est quel genre, Graham Lloyd, au fait ? demandai-je.

Sir Peter resta la main sur la poignée et me regarda droit dans les yeux. Son expression était calme et mesurée, un étrange mélange de gravité et de triste ironie que je n'ai jamais vu que chez les aristocrates anglais.

— Oh, Graham est un salaud, dit Sir Peter.

En revenant à ma voiture, me rappelant que je voulais parler à nouveau au barman de l'aéroport, je m'arrêtai à une cabine. Une femme harassée me répondit qu'Alex n'était pas venu aujourd'hui et qu'elle ne savait pas quand il serait là car il n'avait pas appelé pour la prévenir, ce qui ne lui ressemblait pas et puis était-ce tout, parce qu'elle avait plein de clients au bar. Je souris en pensant à la femme aux ongles manucurés en train de servir des cappuccinos en maudissant silencieusement son employé disparu. Merci, répondis-je, oui, c'est tout. Ce n'était pas vraiment important. Je raccrochai et rejoignis ma voiture quelques secondes avant une contractuelle.

Charlotte Morgan n'était pas retournée travailler de toute la journée. Elle avait peut-être fait un petit saut dehors depuis tout à l'heure, car elle n'était plus en peignoir quand elle m'ouvrit la porte de l'appartement qu'elle louait ou qu'on lui prêtait à Leinster Mews. Elle arborait les mêmes vêtements que le matin et un air désagréablement surpris.

— Oui ? demanda-t-elle. Que voulez-vous ?

— Bavarder encore un peu, répondis-je tranquillement.

— Comment avez-vous eu mon adresse ? demanda-t-elle, une main sur la hanche.

— Je vous ai suivie jusqu'ici.

— Quoi ?

— Tout à l'heure. Je vous ai suivie. (Je la laissai réfléchir à la question un instant, puis je sortis une pellicule.) Bon, vous allez me laisser entrer ou il faut que je donne ça à mon ami Giles, au *News of the World* ?

Elle nous regarda d'un air horrifié, moi et le petit rouleau de plastique. Je patientai, voyant littéralement les morceaux du puzzle se rassembler dans sa tête. Au bout d'un court instant, Charlotte Morgan se mordit la lèvre, recula et ouvrit la porte en grand.

C'était un très joli appartement. Beaucoup trop soigné et luxueusement décoré à mon goût, mais je suis le genre à ne pas comprendre qu'on puisse acheter des tonnes de trucs inutiles à la Conran Shop. Manifestement, Charlotte Morgan, elle, le comprenait très bien.

Elle s'assit avec raideur au bord d'un petit Chesterfield pendant que je retournais une chaise et m'y asseyais à califourchon face à elle. Elle semblait sur la défensive, tendue comme un chat pris au piège. Je la fixai et sentis monter en moi une vague de mépris en revoyant la manière dont Lloyd l'avait embrassée. Je me calmai : je n'avais pas encore tous les faits en main. Je lui tendis la pellicule, qu'elle prit en hésitant, surprise que je la lui donne.

— Je ne suis pas un chasseur de primes, dis-je. Je veux découvrir qui a tué votre mari. Je ne parlerai à personne de votre liaison, sauf si je pense que cela a un rapport. Pour le savoir, il faut que vous m'expliquiez. Tout. Si vous refusez, je conclurai que vous me dissimulez quelque chose et j'irai trouver la police. Vous comprenez ?

— Oui, dit-elle finalement.

— Et si je vais voir la police – et vous pouvez être certaine que j'irai –, les journaux seront au courant de tout. Donc, je recommence : aviez-vous une vie sexuelle heureuse avec votre mari ?

Silence. Je poussai un soupir agacé.

— Non, dit-elle en fixant ses genoux.

— Et vous ne l'avez dit à personne parce que vous ne vouliez pas que les gens connaissent votre vie privée ?

— Probablement. Nous n'avions pas fait l'amour depuis un certain temps, mais je ne voyais pas en quoi cela avait un rapport avec le meurtre de mon mari.

— Très bien. Pourquoi votre mari et vous ne couchiez plus ensemble ?

— Je ne voulais pas, dit-elle en relevant la tête. Pour moi, ce n'était pas important. J'aimais encore Edward. Sans doute me suis-je aperçue que cela n'avait jamais été sexuel pour moi. Edward était simplement un homme charmant et, du coup, j'ai accepté sa demande en mariage.

— Quand vous en êtes-vous rendue compte ?

— Oh... (Elle hésita.) Quand... quand j'ai rencontré...

— Quand vous avez rencontré Graham Lloyd. (Elle ouvrit la bouche, surprise.) Vous l'avez dit à Edward ?

— Non, se hâta-t-elle de répondre. Je veux dire, j'allais le faire. Graham et moi allions le faire. Il devait parler à sa femme, nous devions divorcer et nous marier. Vous comprenez ? Nous en avons toujours l'intention.

— Oui ?

— Oui. Mais c'est difficile, à présent. Graham se passerait bien de ce genre de publicité. Dieu sait ce que pourraient penser les gens. Et cela fait peu de temps qu'Edward est mort. Ce ne serait pas convenable... Je...

Mrs Morgan s'interrompit et se mit à pleurer. Elle se cacha gentiment le visage dans les mains et pleura silencieusement, un long moment. Comme on s'acquitte de quelque chose, d'une corvée, peut-être, à terminer avant de reprendre la conversation. Je la regardai pleurer, le haut de sa tête qui oscillait légèrement, et l'animosité qui régnait entre nous se dissipa. J'avais de la peine pour elle. Elle cessa soudain et reprit sa position, bien droite, avec un sourire qui signifiait *je suis en train de me noyer, mais je m'en fiche et je ferai ce que je peux avant de disparaître.* Je lui rendis son sourire et la regardai droit dans les yeux.

— Comment Edward a-t-il pris votre manque de désir pour lui ?

— Je ne sais pas vraiment, répondit-elle en réfléchissant et en essuyant une dernière larme. Il n'a jamais rien dit. Tout le reste entre nous semblait tellement normal. Cela me paraissait normal d'être avec Edward, d'habiter avec lui, de dormir à ses côtés, mais de faire l'amour avec un autre. Je voulais toujours être sa femme, mais ma vie sexuelle était ailleurs. Cela ne me paraissait pas étrange, parce qu'elle n'avait jamais été avec lui.

Je hochai la tête.

— Mais essayait-il de faire l'amour avec vous ?

— Quelquefois. Il me prenait dans ses bras, au lit. Mais je ne réagissais pas et il n'a jamais insisté.

— Il avait un fort désir sexuel ? Pour vous ?

— Je ne sais pas. J'y ai beaucoup réfléchi quand tout le monde m'a demandé si je pensais qu'il était gay. Il est évident qu'il désirait assez souvent que nous fassions l'amour, mais ce n'était jamais comme... (Elle respira un bon coup.) Jamais de la baise. Pas que cela. C'était plus être ensemble et exprimer notre affection mutuelle.

Elle se détourna, comme si elle repensait à quelque chose, et je crus qu'elle allait se remettre à pleurer.

— Qu'y a-t-il ?

— Je ne sais pas. Je l'aimais encore. Il était tout ce que j'avais. Mais je ne le lui disais pas, je ne le lui montrais pas, parce que la manière de le lui montrer revêtait à présent un autre sens pour moi. Je ne voulais pas baiser avec lui. Jamais je ne l'avais fait et c'était impossible. Je voulais trouver un autre moyen de le lui faire comprendre, mais il était trop tard, parce que... Il est probablement mort en pensant que je ne l'aimais pas. (Elle baissa les yeux et tripota de ses ongles vernis son alliance. Elle reprit, d'une petite voix désespérée :) Je ne pense à rien d'autre. Je ne pense qu'à cela, et à ce qu'a dû endurer Teddy. Quand...

Mrs Morgan tenta vainement de les endiguer, mais les sanglots noyèrent à nouveau ses paroles. Elle porta les poings à son visage et se crispa pour retenir son chagrin. Elle ne faisait guère de bruit, mais la peine qui s'exprimait d'elle déchira l'air comme une étoffe invisible. Je n'avais jamais vu pleurer personne comme Charlotte Morgan. Je vis ma main quitter mes genoux pour se lever vers elle et demeurer un instant au-dessus du bandeau qui retenait ses cheveux. Je me repris et la reposai sur le dossier de la chaise.

Je la regardai pleurer un long moment et je sus que j'allais avoir beaucoup de questions à lui poser. Sur Graham Lloyd. La jalousie. Ses finances. Ce qu'aurait fait Edward si elle lui avait parlé. D'ailleurs, lui avait-elle déjà parlé ? Je savais que je devais attendre qu'elle ait fini de pleurer pour lui demander tout cela. C'est ce qu'Andy Gold aurait fait et c'était légitime. Cette femme avait menti à la police, elle était veuve depuis peu et entretenait une liaison secrète. Andy aurait attendu et moi aussi, si j'avais encore été lié par un serment qui me demandait de rester impartial et clinique dans l'exercice de mon devoir pour le compte de la société et dans son intérêt.

Au lieu de quoi, je me levai, remis discrètement la chaise en place, traversai la cuisine et ressortis dans la rue tandis que l'écho du chagrin de Charlotte Morgan me poursuivait comme un oiseau perdu. Je me retournai et refermai la porte sans un bruit.

9

Je rentrai chez moi, enfilai un jeans et un blouson acheté il y a des années, mais qui me donne aujourd'hui un air branché, surtout depuis qu'il s'est délavé du brun foncé au crème. En m'habillant, je pensais à Charlotte et à son amant comme éventuels auteurs du meurtre d'Edward. Je revis la manière dont Charlotte s'était accrochée à Lloyd sur le seuil de la maison. Laissons les larmes de côté : elles étaient sincères, mais cela ne voulait rien dire. Le chagrin peut être immense, mais quand le remords s'y ajoute, il est encore plus grand.

J'enfilai mes rangers et cherchai vainement de l'Ibuprofène. Rien. Je mis mon Nikon dans mon sac et descendis en acheter chez le pharmacien. Depuis chez Fred's, Alberto me vit en sortir et vint à ma rencontre. Nous nous saluâmes et il m'apprit que quelqu'un me cherchait.

— Un jeune. Il a demandé si Billy Rucker venait parfois ici.

— De quoi il avait l'air ? demandai-je, pensant que c'était peut-être Dominic Lewes qui voulait que je le laisse tranquille.

— Oh, c'était un Noir, à peine quatorze ans. Tout en nerfs et arrogance. Il a déclaré qu'il avait besoin de te voir. Je lui ai dit de t'appeler, mais il a prétendu qu'il l'avait déjà fait.

— Eh bien, il me trouvera. Merci quand même, Alberto.

— Oh, de rien, dit-il en allumant une cigarette, tandis que je gagnais ma voiture.

Encore une table sale et un délicieux café dans le bar du bas de Calshot Street. Cette fois, il faisait jour et j'étais bien décidé à ne pas laisser filer à nouveau Dominic Lewes. Je voulais régler ce problème pour pouvoir me concentrer sur Edward Morgan. J'achetai un *Standard* et lus distraitement les dernières pages en pensant aux députés gays et à leurs frères assassinés, à des jeunes garçons gisant morts dans des sous-sols humides et à une femme prisonnière des liens d'un immense malheur – dont elle avait peut-être elle-même serré les nœuds. Je ne risquais guère d'y changer quelque chose. J'étais heureux d'avoir l'affaire Dominic : c'était simple et facile, je n'avais qu'à attendre, guetter et appuyer sur le déclencheur.

Trois quarts d'heure plus tard Dominic arriva et se posta de l'autre côté de la rue, rejoignant un autre garçon du même âge. Je visai et pris des clichés en pied et des portraits. Malgré son bombers, il semblait avoir froid : la fermeture à glissière était remontée sous le menton. Il s'appuya contre la vitrine d'un kebab désaffecté et se frotta les mains avant de s'allumer une cigarette. Ironie du sort, il n'avait pas l'âge de fumer. Qu'allait dire sa mère ? Je laissai l'argent sur la table pour la serveuse qui lorgnait de mon côté mais ne semblait pas disposée à venir vers moi.

Dominic ne me vit pas quand je passai devant la gare de King's Cross et traversai la rue près de St Pancras. Je rebroussai chemin vers lui et tournai directement dans sa rue, où j'avais de nouveau garé ma voiture. Je mis le sac dans le coffre en espérant que mon Nikon serait en sécurité pendant ces quelques minutes. Je ne sais pas pourquoi, mais j'eus la sensation que quelqu'un m'épiait. Quand je reviendrais dans une demi-heure, soit je ne retrouverais plus la Mazda, soit elle serait délestée de tout contenu de valeur et d'un clignotant. Je regardai des deux côtés de la rue. Je ne vis personne, mais ma sensation persistait. Oui, d'accord, c'était irrationnel, on fracture rarement un coffre en plein jour, mais je n'y pouvais rien. Je rouvris le coffre, repris mon sac et repartis vers King's Cross en jetant des regards par-dessus mon épaule, avec l'impression d'être un imbécile.

— Tu as l'heure, mec ?

Je m'étais arrêté devant Dominic et son copain. C'est à lui que je m'étais adressé.

— Ouais, répondit-il en retroussant sa manche de blouson. Six heures moins dix.

Il me montra sa montre en même temps. Tout le monde fait ça. Ils pensent qu'on ne va pas les croire ou quoi ?

— Merci, dis-je en m'apprêtant à partir. Hé, on se serait pas déjà vus ? me ravisai-je.

Dominic posa les mains sur le rebord de la vitrine derrière lui et me regarda en plissant les paupières. Je vis très bien qu'il lui semblait me connaître. Il secoua la tête.

— Non, je crois pas, mec.

— Mais si. (Je posai mon sac sur le trottoir.) C'était exactement au même endroit ! ajoutai-je d'un ton enjoué, comme ravi de ce souvenir. Je t'ai acheté un sandwich, tu avais pas un rond, tu te souviens ?

— Je sais pas trop, mec. Peut-être.

— Ça fait un moment. Je me rappelle très bien les visages, mais j'oublie les prénoms du jour au lendemain, souris-je.

— C'est Mikey.

— Mais oui, c'est ça ! (Je pointai l'index vers lui et secouai la tête.) Tu as changé, mais je sais pas en quoi.

À ce moment, une voiture s'arrêta et l'autre ado monta dedans sans un mot au conducteur. Le type regardait de l'autre côté comme si de rien n'était. Un régulier. La voiture – un gros break Ford informe – reprit Pentonville Road vers Angel.

Dominic me regarda dans les yeux et se redressa, les lèvres légèrement pincées. Il ouvrit la bouche, se passa la langue sur les dents et fit un pas vers moi.

— Je te suce pour vingt livres.

— Holà, rigolai-je. Non, non merci. Mais je veux bien te payer un sandwich et une tasse de thé, si tu as faim.

— Ça va, mec. (Il marqua une pause.) Pas de capote. Juste ma bite dans ta bouche.

Il s'approcha encore en me toisant de la tête aux pieds.

— Non, non, je t'assure, dis-je en reculant. Merci quand même. Et la tasse de thé, alors ? Tu as l'air de te les geler.

Je me frottai vigoureusement les mains. Je voulais que Dominic vienne avec moi pour le convaincre d'appeler sa mère. La dernière fois, j'avais réussi et cela représentait énormément pour elle. Cette fois, il ne se donna pas la peine de me répondre et se contenta de détourner la tête en se mordant les joues avec un petit mmmh méprisant. Conversation terminée. Visiblement, il n'avait plus besoin de tasses de thé, il gérait sa vie, à présent. Il n'arrêtait pas de fixer King's Cross comme si quelque chose d'incroyable venait de capter son attention, manière de me dire d'aller me faire voir. Oh, tant pis, songeai-je. J'ai les photos. Je regardai le profil de Dominic, son cou et ses cheveux décolorés, couleur de glace à la vanille un jour d'été.

— On voit les racines, dis-je en ramassant mon sac. Appelle ta mère, ajoutai-je après un petit silence.

L'expression de Dominic changea un instant, mais il refusa de me regarder. Je m'en allai.

Je m'étais éloigné de ma voiture pour parler à Dominic

et je continuai dans cette direction pour qu'il ne croie pas que j'étais venu exprès le voir. J'étais un peu dépité. Mon boulot était terminé et j'allais être payé, mais je n'avais pas fait tout le nécessaire. Je savais combien un coup de fil comptait pour Mrs Lewes. Peut-être que Bob Hoskins n'était pas un tel salaud, finalement.

À droite se trouvait une ruelle par laquelle je pouvais passer, pour ne pas avoir à refaire tout le tour jusqu'à ma voiture. Je la pris et enjambai un ivrogne comateux qui serrait sur sa poitrine une bouteille d'Imperial Sherry. Il commençait à faire nuit et les hauts murs de part et d'autre assombrissaient encore plus le passage, comme si on avait baissé la lumière avec un variateur. Je remontai la ruelle dans une odeur de vieille pisse, en écartant du pied des seringues usagées et une barre chocolatée entamée. Quelqu'un avait bombé sur le mur en grosses lettres rouges : ENCULEZ LES COCHONS. J'eus brusquement en tête l'image de jeunes désœuvrés se livrant à la zoophilie sur un porc du Gloucestershire. Je souris intérieurement et fourrai les mains dans les poches.

J'étais à cinq mètres du bout de la ruelle quand le mec surgit devant moi et me barra le chemin. Bras croisés, une jambe en avant, il me regardait droit dans les yeux, tête rejetée en arrière, vêtu d'un jean noir, d'un tee-shirt moulant, de bottes de moto et d'un coûteux blazer. Le genre manches relevées. Il posa sur moi un regard menaçant et dégoûté, et quand je m'arrêtai, il s'avança d'un pas. Je le reconnus immédiatement. Je suis très physionomiste. C'était le type qui était venu répondre à la porte quand j'avais sonné chez Dominic.

— Tu es qui, toi ?

Il avait décroisé les bras et se campait devant moi. Sa grosse voix résonna dans la ruelle avec un écho métallique. Je sortis les mains de mes poches et laissai glisser mon sac le long de mon bras en le retenant par la bandoulière.

— Je t'ai demandé qui tu étais.

Il était furax, mais sûr de lui. Essayer de lui raconter des conneries ne me mènerait pas très loin. J'évitai donc. Je ne répondis pas.

— Pourquoi tu prends mes gamins en photo ? Pourquoi tu traînes par ici ? Tu veux quoi ?

Ses garçons.

— Je te parle, branleur. (Il tendit vers moi un long doigt.) Si tu es flic, tu es mort.

— Si je suis flic, répondis-je tranquillement, tu te retrouves en taule.

Il n'apprécia pas.

— File-moi ton sac. Tout de suite. File-le, dit-il en claquant les doigts.

Je lâchai la bandoulière en laissant le sac derrière moi.

— Écoute, dis-je en écartant les mains et en avançant de deux pas. Je ne veux pas d'ennuis. Je travaille simplement pour quelqu'un qui veut savoir si son fils est encore en vie, c'est tout.

Je tentai un sourire.

— Tu es sourd, connard ? C'est ça ? Bon. J'ai *dit*...

Je répondis d'un direct du droit bien appuyé de l'épaule. Malheureusement, il le vit. Un peu tard, mais il le vit. Il avait commencé à esquiver, évitant une bonne partie de l'impact, mais le coup l'envoya tout de même valser contre le mur. Avant que j'aie pu le frapper de nouveau, il se précipita sur moi, m'empoigna par les revers, mais je parvins à utiliser son poids pour le projeter contre l'autre mur. Il me tenait encore et me donna un violent coup de boule sous l'oreille gauche. Je dérouillai.

Comme je ne pouvais pas libérer mon bras, je le poussai de nouveau contre les briques. Deux fois. Il était sonné, et je réussis enfin à me libérer une main, mais il se jeta sur moi de toutes ses forces avant que j'aie pu lui balancer un coup. Nous nous retrouvâmes tous les deux étalés côte à côte sur le béton mouillé et nous continuâmes de lutter, chacun essayant de plaquer l'autre au sol. J'entendis un bruit d'étoffe qui se déchire. Même s'il gagnait la partie, mon adversaire serait obligé d'aller claquer quatre cents livres chez Armani. Je réussis à prendre appui du pied sur un mur et à lui monter dessus. Il porta les mains à mon cou, mais je m'en fichais. Je le tenais par la veste et le tee-shirt et lui balançai méthodiquement des droits, jusqu'au moment où ses bras retombèrent. J'entendis son nez se casser et sentis ses dents de devant s'enfoncer dans mes phalanges quand je les fis sauter. Puis son regard se troubla et fixa un horizon inconnu.

Quand il cessa de bouger et que sa tête ne fut plus qu'un poids mort, je m'arrêtai. Je le laissai retomber et me relevai en haletant. La tête me tournait. Le mac de Dominic gisait par terre, vaguement conscient. J'attendis en reprenant mon souffle. Il me regarda en clignant des paupières. Son cou et son tee-shirt étaient trempés de sang et je vis que c'était sa poche de veste que j'avais déchirée. Elle ne tenait plus qu'à quelques fils. Je respirai un bon coup, puis, sans trop savoir pourquoi, je me penchai pour l'arracher complètement. Au même moment, il leva la main pour m'en empêcher et grimaça de douleur. Je tenais le morceau de tissu entre mes doigts. Il avait l'air anéanti. Finalement, c'était bien la peine de me battre avec lui : il aurait suffi que j'empoigne la poche et que je le menace de la déchirer s'il ne me laissait pas passer.

Je l'arrachai finalement et baissai les yeux vers lui. J'avais envie de lui dire un truc bien senti. Mais je ne trouvai rien. Tout ce qui me vint à l'esprit, ce furent ces mots qu'il m'avait dits. *Mes gamins.*

Je me tournai vers le bout de l'impasse où se trouvait Dominic et il me sembla voir une autre silhouette monter dans une voiture. Encore un ado dont le foyer familial n'était pas un nid douillet, qui était venu ici pour en trouver un et avait échoué dans les griffes de ce type. Un gosse dont la vie était un tel tas de merde que si on l'en avait tiré, il aurait été perdu, incapable de piger ce qui lui arrivait.

Mes gamins.

Le mac bougea juste les paupières, comme deux papillons de nuit à moitié morts épinglés sur un carton. Je reculai. Repris mon calme. Je fixai un instant ses yeux bruns dont les paupières s'immobilisèrent quand il croisa les miens. Il me supplia du regard comme des otages durant un hold-up, mais je n'y prêtai pas attention. J'entrepris de cribler de coups de pieds l'entrejambe du type qui avait tous ces garçons, jusqu'à ce qu'il tourne de l'œil et perde conscience.

J'enjambai de nouveau l'ivrogne qui flirtait toujours avec les anges. Sac sur l'épaule, je remontai Pentonville Road. La nuit était rapidement tombée, il faisait presque noir et Dominic était parti. Brusquement, je frissonnai de froid. Je retournai dans le café. En me voyant, la serveuse qui s'était occupée de moi à chacune de mes visites et m'avait vu avec mon Nikon recula contre le bar, interdite. Ça voulait tout dire. Ce n'était pas le sang sur mon visage qui la surprenait. C'était que je sois là. Encore debout. Je jetai sur le comptoir la poche déchirée.

— Ton petit copain va en avoir besoin, lui dis-je. Il va devoir faire recoudre sa veste. (La fille y jeta un coup d'œil et leva aussitôt les yeux vers moi.) Et puis, tant que j'y pense, ajoutai-je. Il va aussi falloir lui recoudre la tronche.

La fille ouvrit vaguement la bouche et écarquilla les yeux, mais elle ne pipa mot.

10

Je m'endormis dans mon bain. Je me réveillai dans l'eau froide, avec la sensation, que je connais depuis tout gosse, de ne pas savoir où j'étais. Le silence surnaturel de l'appartement était à peine troublé par le grondement sourd de la circulation et un enfant qui appelait sa mère. Je restai allongé dans l'eau quelques minutes, de plus en plus gelé, à fixer la chaîne de la chasse d'eau immobile. Tout comme moi, le corps inerte sous une eau devenue grise qui me couvrait comme un linceul. Je me levai, heureux d'en briser la surface lisse, de l'entendre couler sur moi et ruisseler dans la baignoire. Je pris une serviette sur le radiateur.

C'était le soir où j'allais habituellement à la salle de sport, mais je jugeai que j'avais eu ma dose de boxe pour la journée. Je montai le thermostat et branchai le répondeur, puis je m'allongeai sur le sofa, un verre de John Powers par terre à côté de moi que j'oubliai aussitôt. Je tentai de passer en revue ce que je savais de mon affaire, mais l'image du mac de Dominic m'obsédait. J'avais des remords : ce qu'il représentait n'était pas une excuse. Et puis il était peut-être mort. Pourquoi avais-je perdu la tête comme ça ? Les mots *mes gamins* ne cessaient de résonner à mes oreilles et, soudain, je fis le rapprochement. C'était comme ça que mon père nous appelait, Luke et moi. *Mes gamins*, c'est des incapables. *Mes gamins*, c'est des feignants. *Mes gamins*, c'est des ingrats.

Personne n'a à me dire comment je dois élever *mes gamins*.

Je ne tenais pas en place, mais je n'étais pas d'attaque pour arpenter les bars avec mes photos et je ne pouvais rien faire de plus avant le lendemain. Je songeai à regarder les poèmes de Luke, mais avec ma journée éreintante, je n'aurais sûrement pas pu les apprécier à leur juste valeur. Je préférai allumer la chaîne et écouter un match sur 5-Live qui venait de commencer la deuxième mi-temps. C'était Birmingham contre Luton, deux équipes qui ne m'intéressent absolument pas, mais je fus ravi d'entendre jusqu'aux interviews d'après-match. Puis je passai à *The World Tonight* sur Radio 4, où des politiciens se la jouaient à l'humour, probablement pour dissimuler le fait qu'ils n'avaient pas grand-chose à raconter. Vers 22 h 30, j'entendis un déclic sur mon répondeur, mais pas le message, car j'avais baissé le volume à zéro.

J'éteignis la radio et allumai la télé pour regarder jusqu'au bout un film où Keanu Reeves en faisait des tonnes sur sa planche de surf, aidait des gens à commettre des hold-up dans des banques et sautait d'avion sans prendre la peine d'endosser un parachute. Apparemment, le petit Keanu avait lui aussi des journées bien remplies. Vers minuit et demi, j'allai me coucher et tentai de dormir, mais trop de pensées bourdonnaient dans mon crâne. Je pris donc un cachet de la boîte de Seconal que j'avais demandée à une amie qui travaille à New York de m'envoyer. Ce fut comme une araignée tissant sa soie autour de mon corps, de plus en plus dense et étroite, au point de me paralyser. Quand je fus ainsi emprisonné bien serré, mais si délicatement, l'araignée se pencha lentement pour me piquer. Son poison était doux et apaisant et tandis que son ombre me recouvrait et cachait la lumière, je disparus.

Je me réveillai à 11 heures avec une sensation de vide et d'absence après ce sommeil terne et artificiel. Je restai couché pendant dix minutes à me repasser calmement les événements de la veille, depuis mes conversations avec Morgan et Charlotte jusqu'à la tête de la serveuse comprenant ce que je venais de faire à son petit copain. Cet hier me semblait bien lointain et les visages que j'y avais croisés irréels, comme un souvenir implanté d'un moment que je n'avais pas réellement vécu. Je m'adossai à la tête du lit, me ressaisis et décidai de ne plus prendre de cachet avant de dormir. Je passai en revue ce que j'avais à faire ce jour-là. Puis je tirai les rideaux et vis un jour gris et froid sans la moindre ombre nulle part. Je me traînai jusqu'au téléphone.

Le message était d'un certain Graham Lloyd. Il avait dû vainement essayer de me joindre au bureau la veille et, du coup, me chercher dans l'annuaire. Il avait laissé un autre message, à 7 h 49 précises. Eh bien, me dis-je, en refusant insolemment de le rappeler avec l'empressement qu'il exigeait de moi, on ne serait pas un peu pressé, aujourd'hui ?

Après un café et un demi-toast, j'appelai mon bureau pour écouter mes messages professionnels. Graham Lloyd en avait effectivement laissé un là-bas, mais pas tout à fait aussi impatient que les suivants chez moi. Mrs Lewes voulait savoir si j'avais des nouvelles de Dominic. Elle me demandait de ne pas la rappeler, elle essaierait plus tard. Le dernier était d'Andy Gold : rien d'urgent, mais il pensait passer me voir pour discuter de l'affaire. Étonnant qu'il accorde le moindre crédit aux autres hypothèses que celle de la police : le serial killer gay frappe encore. Tout ça me semblait bien compliqué à gérer. Je décidai de laisser à Andy le soin de me rappeler si l'envie le prenait. Quant au député, il pouvait mijoter encore un peu dans son jus.

Mais pas très longtemps. J'allais prendre ma douche

quand le téléphone sonna. Je me doutais bien de qui il s'agissait – et je ne m'étais pas trompé.

— Rucker ? C'est bien Rucker ?

Ma deuxième conversation avec un député tory. Là, c'était plutôt le genre pitbull, mais sans la laisse.

— William Rucker à l'appareil, répondis-je.

— Rucker. Je ne sais pas qui vous êtes, mais...

— Ne quittez pas, je vous prie, coupai-je.

Je posai le téléphone sans attendre sa réponse et ouvris mon agenda. J'avais prévu de retrouver Sharon dans la journée, mais j'avais oublié l'heure exacte. C'était 18 h 30, avant le spectacle. Je repris le téléphone.

— Alors, à qui ai-je donc l'honneur ?

— Rucker, reprit le député. Vous savez très bien qui je suis. Maintenant...

— Excusez-moi, le coupai-je à nouveau. (Une main sur le crâne, je tentai de dissiper la fatigue qui persistait malgré mes deux tasses de café.) Excusez-moi, mais avant de poursuivre, pourrais-je vous poser une question ? Avez-vous déjà vu jouer Ilie Nastase, le tennisman ? (Il en eut le bec cloué.) Eh bien, si tel est le cas, continuai-je, vous vous souviendrez peut-être de l'avoir vu demander à un arbitre de l'appeler Mr Nastase. Pas Nastase. *Mr* Nastase. C'est un peu pareil pour les détectives privés, je crois, bâillai-je.

— Écoutez un peu...

— Non, Mr Lloyd – car je présume que c'est bien vous. Je ne vais pas écouter un peu. Vous me téléphonez, vous voulez me parler. Bien plus que moi, je pense. Je vous explique : les propriétaires de restaurants m'appellent William, mes amis m'appellent Billy et vous, ce sera Mr Rucker. Pigé ?

— Comment osez...

— J'ai dit : pigé, *joli cœur* ?

Il y eut à l'autre bout du fil un silence qui me réveilla complètement. Puis, comme si la première partie de notre conversation n'avait jamais eu lieu, Lloyd reprit calmement :

— Mr Rucker. Je crois que nous devrions nous voir. Venez à mon bureau. Non, tout bien réfléchi, ne vous approchez pas de mon bureau. Je vous retrouve à déjeuner. Vous connaissez le Flag, sur Carlisle Street ?

— Non. Et je n'y serai pas pour déjeuner. En revanche, je serai au Colt sur Strout Green Road à 17 heures pile. Si vous voulez m'y retrouver.

— Je ne peux pas. Pas à cette heure-là. Venez au...

— Très bien, dis-je. (Le récepteur coincé sous le menton, je bus une gorgée d'un café déjà tiède.) Dans ce cas, veuillez transmettre mes meilleurs sentiments à un certain Andrew Gold quand vous le verrez. C'est un officier de police. Il vous rendra visite vers 18 heures avec deux bonshommes en bleu si je ne suis pas assis au Colt sur Strout Green Road à 17 heures, en train de vous regarder boire en face de moi un gin-tonic. D'accord ?

Je raccrochai et partis d'un pas léger dans la salle de bains en sentant que la mécanique commençait à tourner. Rien de tel que d'être odieux avec un homme de pouvoir quand la caféine reste sans effet. Le téléphone sonna à nouveau presque aussitôt, mais je ne répondis pas. Sous ma douche, je me demandai si tous les députés avaient une secrétaire. Si c'était le cas, j'avais de la peine pour celle de Lloyd. Elle n'allait pas rigoler, aujourd'hui.

Je me rendis au Repro donner à Carl la pellicule des photos de Dominic Lewes. Il avait l'air épuisé, comme s'il avait passé la nuit au labo. Compatissant, je lui déclarai que ce n'était pas un travail urgent et qu'il pouvait prendre son temps s'il le voulait. Il leva les yeux.

— Qui êtes-vous ? demanda-t-il en faisant mine d'être ébahi. Qu'avez-vous fait au véritable Billy Rucker ?

Je partis à mon bureau et m'assis avec Kojak et un feuilleté au bacon. Je pensai à Lloyd. J'essayai d'échafauder un scénario dans lequel il aurait eu un rôle. Ce n'était pas le type de la photo, mais il pouvait très bien l'avoir engagé. Et si par hasard, Edward avait découvert la liaison et refusé le divorce ? Lloyd aurait-il voulu le tuer ? Non, plus à notre époque, sauf si Lloyd était vraiment *très* jaloux et ne supportait pas que Charlotte reste avec Edward une seconde de plus. Tout à l'heure, puisque je devais retrouver Lloyd, je découvrirais peut-être quel genre d'homme c'était.

Je jetai un coup d'œil au dossier et appelai l'aéroport, mais une fois de plus, on me répondit qu'Alex n'était pas venu travailler aujourd'hui et n'avait pas prévenu. La voix de la patronne était tendue comme une corde de violon et j'entendais derrière elle une Américaine insistante qui répétait : « Excusez-moi ! Excusez-moi ! » La femme raccrocha brusquement sans me saluer. Je ne pouvais vraiment pas lui en vouloir.

Je continuai de feuilleter le dossier et arrivai à la déposition du copilote d'Edward Morgan. Michael James Chalkley connaissait Edward Morgan depuis deux ans et avait souvent volé avec lui. Il ne se doutait absolument pas qu'Edward puisse être gay. Chalkley était marié, trois jeunes enfants, et des témoins l'avaient vu dire au revoir à Edward juste après la douane. Une hôtesse avait pris sa voiture en même temps que lui et s'était retrouvée coincée derrière lui sur l'autoroute de Londres.

Au départ, je ne pensais pas m'intéresser une seconde à Chalkley. Je ne le voyais pas mêlé à cette histoire ni ce que je pourrais en tirer de plus qu'Andy. Mais maintenant, je voulais connaître l'état d'esprit d'Edward avant le meurtre. Savoir si, par exemple, il était malheureux parce qu'il soupçonnait ou savait que Charlotte voyait un autre homme. Je pensais tomber sur un répondeur ou son épouse, mais je l'eus en ligne en personne. Il ne bougeait pas de chez lui de la journée et serait heureux de me voir cet après-midi si je le souhaitais. Peu importait l'heure : il était d'astreinte et ne sortait pas. Je compris de quoi il s'agissait en entendant les hurlements d'une tripotée de gosses derrière.

Le cas Chalkley serait réglé aujourd'hui. Tant mieux. Je serais bien passé dans quelques bars gays avec mes photos, mais je n'avais pas beaucoup de temps avant Lloyd et il valait mieux que je m'y consacre calmement. Faire ce genre de tournée était la meilleure façon de retrouver la piste du meurtrier, mais souvent, lorsqu'on montre une photo, il y a quelqu'un pour dire *oui, il vient ici* et on se retrouve à poireauter jusqu'à la fermeture en espérant qu'il arrive. On ne peut pas lui laisser un message lui disant de vous attendre pendant qu'on vaque à d'autres occupations.

Je m'apprêtais à partir quand la porte s'ouvrit.

— Jamais tu frappes, merde ? demandai-je.

— Seulement quand je viens arrêter quelqu'un, répondit Andy Gold. Et là, je frappe très, très fort.

Je me rassis et Andy en fit autant sans attendre que je le lui propose.

— Eh bien, dit-il. Où tu en es ?

Au même point que lui.

— Rien ? demanda-t-il, pas tout à fait convaincu. Que dalle ?

— Que dalle de que dalle, mon vieux.

Andy n'était pas mieux avancé. Son équipe avait montré la photo à toutes les personnes déjà interrogées et aucune n'avait pu leur dire quoi que ce soit.

— J'ai vu la veuve, dit-il en croisant les bras. Pas mal, pas mal du tout. Des tas de mecs seraient contents de se la faire tous les soirs, tu crois pas ? (Je haussai les épaules.) À condition d'être hétéro. Très mal à l'aise, cela dit, quand je l'ai vue. Encore plus que la dernière fois.

— Probablement à cause de la photo.

— Peut-être. Tu lui avais déjà montré, n'est-ce pas ?

— Oui.

— Marrant, ça, dit-il en faisant semblant de réfléchir.

Elle ne m'a pas dit que tu étais venu la voir. C'est moi qui lui en ai parlé, juste à la fin.

— Et ?

— Et rien. Un peu bizarre, c'est tout. Tu crois pas ? Je l'ai vue pas plus de deux heures après toi. J'aurais pensé qu'elle dirait quelque chose.

— On m'oublie vite, expliquai-je. Ça a toujours été mon problème.

Andy émit un mmmh, mais je ne le laissai pas poursuivre. S'il n'avait rien d'urgent à me dire, j'étais obligé de sortir.

Michael Chalkley habitait une petite maison dans une rue à deux minutes à pied derrière ce vaisseau spatial de film de série B qu'est la station de métro de Southgate. Il me fit entrer dans un petit salon au plancher nu, envahi de cartons.

— Nous déménageons, dit-il. Demain. Vous avez eu de la chance de me trouver.

Il dégagea un peu le canapé et m'invita à m'asseoir.

Chalkley était un homme d'allure agréable, la quarantaine. Un visage allongé, plutôt triste, et le haut du crâne franchement dégarni. Trois gosses, dont des jumeaux, se cramponnaient à ses jambes comme des plantes grimpantes et il avait accompli un exploit très impressionnant : il était capable de diviser son attention en deux. Tout en m'écoutant attentivement, il remarquait les moindres mouvements et changements d'humeur de ses mômes et y réagissait. Il endurait le double supplice que les enfants et moi lui faisions subir avec un admirable stoïcisme.

— Les jumeaux, expliqua Chalkley en désignant les cartons. Il nous faut une maison plus grande. Et je veux être plus près de l'aéroport. La mère de Marion ne veut pas que nous partions, elle habite juste au coin de la rue, mais c'est décidé, dit-il en prenant sur ses genoux l'aînée, qui devait avoir quatre ans.

— Où irez-vous ? demandai-je en réprimant un bâillement.

Je me sentais vaguement nauséeux et à côté de mes pompes.

— Hayward's Heath. J'ai été muté à Gatwick. Je suis pilote depuis le mois dernier. (Je dus réagir à cette remarque, car il sourit.) C'était prévu depuis longtemps avant le meurtre d'Edward, dit-il. Quoi qu'il en soit, je ne pense pas que ça marche comme ça. On ne peut pas monter dans la hiérarchie chez B.A. en assassinant ses supérieurs, mais je ne serais pas étonné d'apprendre que certains de nos cadres ont procédé comme ça. Non, j'ai suivi tous les cours, c'était décidé depuis un moment.

Quel genre d'homme était Edward ? Il l'appréciait vraiment beaucoup, Edward était très gentil et très attentionné avec ses collègues.

— Certains pilotes sont prétentieux, dit-il. Surtout s'ils viennent de l'armée. Pas Edward. Le personnel de bord s'entendait très bien avec lui. Beaucoup ont été bouleversés. L'un des stewards, Jeff Downs, est gay, et cela lui a fait énormément de peine : il allait souvent dans ce bar après le boulot. Il devait y passer ce soir-là, mais il avait un rendez-vous en ville.

Tout en séparant les jumeaux qui se disputaient, remplissant des biberons de jus de pomme et soignant quelques bobos, il me déclara qu'il avait été surpris d'apprendre qu'Edward était gay. Il ne l'en appréciait pas moins.

— Et durant ce dernier vol, il était dans quel état d'esprit ?

— Pas très causant. Comme préoccupé.

Je m'imaginai Edward ruminant ses pensées à propos de son épouse.

— Mais il semblait de meilleure humeur au retour et il était très enjoué quand je l'ai quitté. Quoique, maintenant que j'y pense, c'était peut-être forcé. Je voulais rentrer, sinon je serais bien allé prendre un verre avec lui en vitesse. On faisait souvent ça avant d'affronter la circulation.

— C'est ce que j'ai cru comprendre.

— Oui, si seulement je l'avais fait, souffla-t-il. Inutile de dire que je regrette vraiment de ne pas l'avoir accompagné au bar ce soir-là.

C'était tout ce que je voulais savoir, mais je restai un petit peu à poser d'autres questions dont je connaissais déjà les réponses ou qui ne me servaient à rien. J'acceptai le café qu'il me proposa et je jouai avec ses gosses pendant qu'il le préparait. L'aînée, Natasha, était très intelligente et jolie comme tout. Nos cafés bus, Chalkley me raccompagna. En le remerciant de m'avoir consacré du temps, je repensai à ce *si seulement* que j'ai retrouvé dans presque toutes les affaires que j'ai traitées. Les *si seulement* qui hantent ceux dont on a tué un proche. Je lui serrai la main.

— Juste par curiosité, demandai-je, si vous me permettez, pourquoi n'êtes-vous pas resté prendre un verre avec Edward ce soir-là ?

— Oh, le vol avait eu du retard. Vents contraires au-dessus du golfe de Gascogne. J'avais hâte d'être rentré.

— Je vois. Combien aviez-vous de retard ?

— Une demi-heure. Quarante minutes peut-être.

— Très bien, très bien.

Je le laissai sur le seuil et remontai l'allée. En me retournant pour fermer la barrière, je fis un petit signe à Natasha grimpée sur le rebord de la fenêtre du salon.

Lloyd alluma une cigarette, souffla la fumée vers moi et but une gorgée de son jus d'orange. Je lui avais dit de prendre un gin-tonic, mais j'étais disposé à me montrer indulgent. Je n'aurais pas dû demander au gardien du parking du Parlement si c'était John Major : il ne lui ressemblait pas tellement. J'aurais été bien plus crédible en prétendant l'avoir pris pour le Chancelier actuel, Gordon

Brown. Il avait un visage plutôt carré, régulier, d'abondants cheveux bruns, et une tête un petit peu trop grosse pour le corps. Des yeux aussi sombres que son costume et des dents aussi éclatantes que la chemise blanche un peu serrée au cou. Il posa son briquet près de son verre et me regarda.

— Alors, dit-il. Que puis-je pour vous ?

En quittant Michael Chalkley, j'étais descendu voir Joe Nineteen et le payer pour un renseignement qu'il m'avait donné la semaine précédente. Joe est un Antillais, ancien contrôleur de bus, d'un âge indéterminé, mais très avancé, qui habite près de la gare de bus de Finsbury Park. Il use souvent de ses relations dans les transports en commun pour repérer pour moi des gosses fugueurs, et quand je lui rends visite, toujours avec plaisir, je lui verse une somme d'argent proportionnelle à la difficulté de ses contacts pour localiser mon fugueur. Habitant seul, il reste assis sur un tabouret devant sa porte par tous les temps sauf quand il pleut, et a toujours une casserole de curry de chèvre sur le feu. Toujours. Il ne mange rien d'autre, et si je pouvais le préparer aussi bien que lui, j'en ferais autant.

Ayant emporté un petit bol de curry, j'achetai un *Standard* et montai à pied jusqu'à Strout Green Road. Je m'assis dans un coin du Colt sur une banquette en velours rouge et feuilletai le journal, un œil sur la porte. Puis je sortis la photo et fis quelques calculs. La vidéo de surveillance imprimait l'heure. Le vol était arrivé en retard et l'heure indiquée sur la photo étant de trente-cinq minutes après l'atterrissage, Edward ne pouvait pas être resté bien longtemps au bar avant de partir. Selon le barman, il était resté un bon moment, mais cela ne voulait rien dire. Dommage que je n'aie pas pu lui parler avant la police. Un flic feignant qui croit savoir ce qui s'est passé dans une situation donnée n'a aucun mal à amener le témoin à corroborer, surtout quand il est question de faibles écarts de temps. Cependant, cela signifiait que l'homme à la casquette était un rapide. Ou qu'il le connaissait déjà. Que c'était son amant et qu'ils s'étaient donné rendez-vous là-bas.

Graham Lloyd arriva quelques minutes après 17 heures et me chercha du regard. Ignorant à quoi je ressemblais, il ne risquait pas de me trouver sans mon aide. Je le regardai s'approcher du bar et commander un verre, puis l'emporter jusqu'à une petite table ronde au fond de la grande salle. Il s'assit et alluma aussitôt une cigarette sur laquelle il tira avec agacement. Était-ce un meurtrier, un homme qui avait payé pour qu'on assassine le frère d'un de ses collègues en faisant croire que le crime faisait partie d'une série ? Une fois de plus, je revis le baiser lascif et enjôleur à la veuve. J'avais envie que ce soit lui.

Lloyd tirait tellement sur sa cigarette qu'il devait être préoccupé. Je le laissai la finir avant de le rejoindre et de me présenter.

Je m'assis en face de lui, il en alluma une autre et me souffla la fumée en pleine figure.

— C'est une question d'argent ? demanda-t-il aimablement, avec un sourire. C'est ça ? Vous pensez pouvoir me soutirer quelques livres ? Mmmh ? Eh bien vous vous trompez, j'en ai bien peur. (Je soupirai.) Et à votre place, je ne me fatiguerais pas à contacter la presse. Outre le fait qu'aucun des quotidiens conservateurs ne prendrait l'affaire, vous n'avez *rien*. (Il me prenait manifestement pour un parfait abruti.) C'est très bête d'avoir donné votre pellicule comme ça. Vraiment très bête.

Il but une gorgée de jus d'orange. Il me rappelait un proviseur de lycée que j'avais subi, capable de vous regarder des heures en secouant la tête avant de vous donner des coups de ceinturon.

— Quant à la police, poursuivit-il, il se trouve que j'en connais le patron. Et je ne vous parle pas d'un pauvre inspecteur, ni même d'un commissaire, mais du *patron*.

Je ne pense pas qu'on va m'ennuyer sur la foi des ragots d'un ex-flic raté en pleine dépression nerveuse, n'est-ce pas ?

Tout content de lui, il éclata d'un petit rire bref, secoua la tête devant mon incompétence et aspira une dernière bouffée de sa cigarette. Je le trouvai trop sûr de lui, sans doute parce qu'il avait toujours traversé la vie sans encombres. Je n'avais rien entendu qui exigeât une réponse.

— J'ai pris mes renseignements sur vous, *Mr* Rucker. Je suis ravi de vous dire que vous n'avez rien sur moi.

— Dans ce cas, vous n'avez nulle raison de vous inquiéter, n'est-ce pas ? Curieux que vous vous soyez donné la peine de venir.

— Je ne m'inquiète pas. Je suis simplement venu vous dire que si vous insinuez où que ce soit, je dis bien *où que ce soit*, que j'ai une liaison avec *quiconque*, non seulement je vous fais un procès, mais en plus, vous risqueriez d'avoir des problèmes lors du renouvellement de votre licence. C'est bien clair ?

Là, c'était déjà un peu plus sérieux.

— Oui, souris-je comme lui sans m'émouvoir. C'est bien ce que je pense. Vous me menacez. Merci de votre franchise. (Je poussai le cendrier vers lui.) Cependant, ne nous emportons pas. Si je parle aux policiers de votre liaison avec Charlotte Morgan, ils viendront l'interroger. Elle me l'a avouée, elle leur avouera. Vous serez vous aussi interrogé par des policiers. Même la reine ne pourra pas l'empêcher. Les services criminels de plusieurs journaux l'apprendront. Ils verront sur quelles affaires travaillent ces policiers et cela les intéressera beaucoup de savoir pourquoi ils vous ont interrogé. Ils feront le rapprochement et le résultat, ce sera la une. Voyons voir. « Un brillant député impliqué dans des meurtres homosexuels. » Cela me paraît fort savoureux, non ?

Lloyd resta coi et se mordit la lèvre. Je décelai dans

son regard une lueur d'admiration mêlée de réticence. Il haussa les épaules. Je terminai mon eau minérale.

— Quant à ma licence, faites ce qui vous chante. De toute façon, il est temps que je quitte ce métier. Je n'aime pas les gens que je rencontre.

Je me levai et me dirigeai vers le bar pour lui laisser le temps de réfléchir. Quand je revins, cette fois avec un soda, il n'avait plus l'air aussi détendu.

— Alors, dis-je. Je ne vais pas aller voir les journaux. Pas encore. Ni la police. Dites-moi où vous étiez le vendredi 6 juillet au soir.

Il y avait déjà pensé. Alors que je parlais, il sortait déjà un agenda électronique de sa poche. Il appuya sur quelques boutons et tourna vers moi le minuscule écran.

— Comme vous le voyez, j'étais à l'étranger. En voyage d'information. Histoire de faire plaisir à certaines andouilles du ministère de l'Intérieur, si vous voulez tout savoir.

— C'est ce qui est en effet écrit.

— C'est ce qui est écrit partout. Parce que c'est la vérité.

— Très bien.

Je sortis l'une des photos de ma poche et la jetai sur la table en observant le visage de Lloyd qui y jeta un coup d'œil indifférent. Apparemment, il n'avait jamais vu ce type ou bien c'était un menteur né. Allez savoir.

— Qui est-ce ? demanda-t-il.

— Dites-le-moi.

— Impossible. Je n'en ai aucune idée.

Il la reposa. Je mis l'index dessus.

— C'est l'homme qui a rencontré le mari de votre maîtresse à l'aéroport d'Heathrow, dis-je. Et probablement celui qui lui a enfoncé une bouteille brisée dans le corps. À plusieurs reprises. Soit parce que cela l'excite, soit parce qu'on l'a payé pour le faire.

— Dans ce cas, vous feriez bien de le retrouver, si c'est

ce qu'on *vous* paie à faire, et d'arrêter de perdre votre temps avec moi. (Il avait perdu toute son onctuosité. Il se pencha en avant et pointa un doigt sur ma poitrine.) Je n'ai rien à voir avec cela, et vous n'avez aucune preuve du contraire, hormis que vous m'avez vu quand, petit individu répugnant que vous êtes, vous nous épiiez, moi et l'amie que je tentais de réconforter en une période d'évidente détresse.

— Vous n'y êtes pas allé de main morte, d'ailleurs.

— Prenez garde. Je vais répéter ce que je vous ai déjà dit, que ce soit bien clair. Vous seriez très imprudent de m'impliquer davantage dans cette affaire. Vraiment.

Lloyd termina son baratin et jeta un coup d'œil, très rapide, vers la porte. À peine perceptible, mais visible. Puis il me considéra de nouveau, comme s'il était un chef de parti et moi un sous-fifre pris en faute. Je restai un instant sans rien dire, songeant à son petit coup d'œil. Puis je le priai de m'excuser et me levai pour gagner le fond du pub.

Je suivis l'étroit couloir, mais au lieu d'aller aux toilettes, je continuai et poussai l'issue de secours. Je me trouvais dans une petite cour envahie de casiers à bouteilles vides. Un simple coup d'œil me suffit : la seule issue était une ruelle menant à Strout Green Road. Je n'avais guère envie, mais je n'avais pas le choix : je la remontai donc et débouchai de mon air le plus nonchalant dans la rue, que je traversai aussitôt sans tourner la tête. Une fois de l'autre côté, je reculai sous un porche et observai l'entrée du pub.

Un gros costaud en veste bleue posté devant le Colt faisait semblant de lire *Standard*. Peut-être qu'il le lisait vraiment. Devais-je attendre Lloyd, pour voir s'ils se parlaient quand il sortirait ? Non, ils ne commettraient probablement pas cette imprudence. Je songeai à leur laisser le temps de se rendre compte que j'étais parti, puis à filer l'homme à la veste. Pas malin : il devait connaître ma voiture. Ou bien il ne savait pas du tout qui j'étais et attendait sa femme partie aux toilettes du pub. Que faire ? En tout cas, il n'était pas question qu'il me suive, s'il en avait l'intention. J'allais retrouver Sharon et je ne voulais pas la mêler à tout ça. Décidé, je quittai mon porche et retraversai.

— Vous avez du feu ? demandai-je au type après lui avoir tapé sur l'épaule. (Il se retourna et me regarda d'un air impassible. Il hocha lentement la tête.) Merci.

Il plongea la main dans sa poche sans me quitter des yeux. Une épaisse moustache se hérissait au-dessus d'une bouche sans lèvres. Il sortit un Zippo et l'alluma. Je ne bronchai pas. Je ne sortis d'ailleurs pas de cigarette. Je ne fume pas. Je me tournai légèrement sur ma gauche.

— Vous voyez cette voiture, dis-je en désignant la Mazda garée à une vingtaine de mètres plus loin vers Finsbury Park. C'est la mienne.

— Ah bon ?

— Oui, c'est la mienne. Et je vais monter dedans et m'en aller.

— Ah bon ? me demanda-t-il en me fixant.

— Oui.

— Et alors ?

— Et alors, rien, souris-je. Je voulais juste vous mettre au courant, c'est tout.

Le type ne répondit pas. Je le plantai là et traversai en me retournant. Il ne me quittait pas des yeux et ne bougeait pas. Il n'avait pas plus bougé quand je démarrai et quittai ma place. Il voyait très bien que je le regardais. En passant un feu à l'orange, je le vis dans le rétroviseur : il pliait son journal, le fourrait sous son bras et entrait dans le pub. Je passai un autre feu orange à Finsbury Park et pris Blackstock Road.

11

Pour autant que je sache, personne ne me suivit quand je retournai à Clerkenwell. Ayant pris une douche, je retrouvai Sharon au Falcon sur Farringdon Road, où nous mangeâmes tous les deux des sardines grillées. Je me sentais encore un peu bizarre de ma matinée, plus qu'énervé depuis mon après-midi, et je devais faire un effort conscient pour parler à Sharon et me secouer pour suivre la soirée. Mon attention ne cessait de dériver comme une radio entre deux stations. Je n'arrêtais pas de penser à Lloyd et, durant le repas, je me surpris à regretter d'avoir promis cette soirée à Sharon. J'avais toujours du mal à m'amuser quand j'étais préoccupé. Je n'avais qu'une envie : partir et trouver une preuve qui ne ferait pas ricaner Lloyd. Mais à présent, il était trop tard et il ne fallait pas gâcher la soirée de Sharon en faisant la tête.

Nous arrivâmes à Sadler's Well un quart d'heure en avance, achetâmes un programme et prîmes un rapide verre au bar. Le spectacle de flamenco dura deux heures et me permit de répartir les pensées qui me rongeaient dans plusieurs directions. Nombreuses, mais toutes plus difficiles à suivre les unes que les autres. Lloyd. Était-il sur les dents parce qu'il avait quelque chose à cacher ou bien simplement parce qu'il ne voulait pas que sa carrière politique soit tuée dans l'œuf ? Je l'ignorais. J'y réfléchis tout en regardant les danseurs et quand le spectacle fut terminé, Sharon et moi allâmes au pub situé en face de la salle. Le Shakespeare, ou quelque chose comme ça.

— Alors ? demanda Sharon en posant nos verres sur la table et en s'asseyant à côté de moi.

Je pris une gorgée de whiskey.

— Je comprends pourquoi tu voulais voir ça.

— Oh, sourit-elle. Vraiment ?

— Oui. Tu apprécies la beauté de l'espace et du mouvement.

— Ah bon ?

— Oui, surtout celle d'un homme qui ne porte rien d'autre que de l'huile et un pantalon tellement serré qu'on voit tout de suite sa religion.

Sharon éclata de rire.

— C'est un danseur, dit-elle. Il faut qu'on puisse voir facilement son corps, c'est son moyen d'expression.

— Je ne crois pas que « moyen » soit le mot que j'utiliserais.

— Il était fantastique, cela dit. Tu n'as pas trouvé ?

— Si, vraiment. Et parfait en cas d'invasion de cafards.

Sharon me demanda comment avançait mon enquête. Je repensai à mon député en colère et à l'homme à la moustache.

— Quelques progrès.

— C'est vrai ? Génial.

— Des progrès, mais qui ne veulent probablement pas dire grand-chose, ajoutai-je avec regret.

Dans le brouhaha d'un vendredi soir animé, je parlai à Sharon de Charlotte Morgan et Graham Lloyd et de ma rencontre avec le député. Mais je ne mentionnai pas le type devant le Colt. Inutile qu'elle s'inquiète pour moi. Ou se moque de ma paranoïa.

— Tu penses que c'est Lloyd le coupable ? demanda-t-elle.

— Je sais que ce n'est pas lui. Il prétend qu'il était en

Amérique au moment du crime. Je vais vérifier, mais je ne le vois pas sortir un mensonge aussi énorme.

— Alors il est innocenté ?

— Non, je ne crois pas. Il aurait pu commanditer le meurtre. En payant quelqu'un.

Sharon semblait dubitative.

— Tu crois vraiment ? Comment un député peut-il engager un tueur à gages ? Comment veux-tu qu'il sache à qui s'adresser ?

— Ce n'est pas aussi dur que tu le crois, dis-je en riant. Ni aussi cher.

— Alors il aurait pu engager quelqu'un et lui expliquer comment procéder exactement afin que cela ressemble aux deux précédents meurtres ?

— Oui, il aurait pu. J'étais très sceptique quand Sir Peter m'a dit que c'était comme ça qu'il voyait les choses. Tu vois, la police ne communique pas tous les détails. Ce serait trop horrible de lire ça au petit déjeuner. Certains détails du meurtre de Teddy sont identiques à ceux du chauffeur routier et du gamin, mais très peu de gens pouvaient les connaître.

— Par exemple ?

— Eh bien, la police a déclaré à la presse qu'on s'était servi d'une bouteille à chaque fois, mais sans préciser que dans les deux cas elle avait été laissée à l'intérieur du corps. Enfoncée dedans. Comme c'est ce qui s'est produit pour Teddy, j'ai pensé que c'était forcément l'œuvre du même homme.

— Et tu as changé d'avis ?

— Non, mais, avec un peu de bonne volonté, un député bien placé pourrait se procurer les informations confidentielles sur un meurtre.

— C'est vrai ?

— Oui, l'air de rien. (Quelque chose me revint à l'esprit.) Et s'il connaît en plus quelqu'un de très haut placé à la Met, c'est d'autant plus facile.

— OK, dit Sharon. Il aurait donc pu le faire. Ou payer quelqu'un. Mais pourquoi ? Enfin, c'est un peu excessif, tu ne trouves pas ?

— Pas qu'un peu. Mais les gens ont des millions de raisons de vouloir se tuer les uns les autres. En l'occurrence, il y a un mobile évident. La jalousie. Il ne supportait pas que sa maîtresse couche avec un autre homme, même son mari.

— Sauf qu'elle ne couchait pas avec lui, n'est-ce pas ? Pas bibliquement.

— Non, mais il n'était pas censé le savoir. Et si c'est le genre dingue obsessionnel, il peut très bien s'être senti forcé de faire tuer Teddy.

— Ça paraît plausible. Qu'il soit un vrai dingue, je veux dire.

— Mmmh. Pas sûr que j'adhère à l'idée. Selon Charlotte, ils allaient divorcer l'un et l'autre. C'était la solution la plus simple pour l'éloigner de son mari.

— Oui, mais tous les quadragénaires prétendent vouloir divorcer quand ils veulent séduire quelqu'un.

— Bien vu, mais je reste sceptique. Les assassins sous l'emprise de la jalousie ont tendance à faire le travail eux-mêmes, dans des crises de fureur qui les privent de toute rationalité. Ils ne préméditent pas méticuleusement leur geste en demandant à quelqu'un de procéder d'une manière aussi précise.

— Alors quel autre mobile aurait-il pu avoir ? demanda Sharon.

— Le plus évident de tous : l'argent. Mais je ne me suis pas encore renseigné de ce côté-là. Il en avait peut-être besoin, ou bien il est aussi plein aux as que le duc de Westminster, va savoir.

— S'il te plaît, dit Sharon en tendant les mains vers moi. Ne me branche pas sur le duc de Westminster. (Elle se radossa et sourit.) Teddy, dit-elle.

— Quoi ?

— Tu l'as appelé Teddy.

— C'est comme ça que l'appelait son frère.

— On aurait dit que tu le connaissais. Que tu tenais à lui.

— Oui, j'ai vraiment l'impression que je le connaissais. Un petit peu, du moins. C'est étrange. À force de parler à sa femme, son frère et son collègue, il est devenu familier. C'était un type bien. Avec le sens de l'humour, généreux et attentionné. Et je vois son visage, tous les jours. Quand je regarde cette photo où il sourit, c'est comme s'il me parlait. Il a l'air très sûr de lui, dessus. Presque un homme de pouvoir. Je m'imagine très bien aller prendre un verre avec lui, comme son copilote. Puis j'essaie de me représenter celui qui l'a charcuté, lui a fracassé la tête et enfoncé un tesson de bouteille de champagne dans les tripes.

Le pub fermait et le personnel de service, jusque-là aimable, adopta un comportement très discutable en l'espace de vingt minutes. On ne voit ça qu'en Angleterre. Quand on nous eut pratiquement retiré nos sièges de sous les fesses, j'étais prêt à déclarer forfait, mais Sharon ne voulait pas rentrer tout de suite et me demanda de l'emmener à l'Old Ludensian, le bar de Nicky, où elle n'était jamais allée. J'acceptai sans grand enthousiasme d'y aller à pied. Ce n'est jamais une bonne idée, un vendredi : le bar est rempli de costards beuglants qui bousculent tout le monde pour gagner le comptoir comme s'ils étaient encore à la corbeille de la Bourse. Nicky n'était pas là et nous ne trouvâmes pas de place. Une espèce de gros rougeaud eut la bonne idée de répandre la moitié de sa bière sur ma veste sans s'excuser. Sharon me calma. J'étais sur les nerfs et j'attendais de me défouler sur le premier crétin venu. C'était une mauvaise idée d'être sorti ce soir-là, et j'aurais dû rentrer me coucher. J'étais fatigué et j'avais trop de choses en tête. Mais Nicky arriva finalement, nous trouva une table et commença à flirter avec

Sharon, si bien qu'il fallut rester. Je compensai ma fatigue et ma mauvaise humeur en buvant un peu trop de la vodka de l'ami Nicky.

Le pire fut lorsque Nicky alla donner un coup de main au bar et que Sharon et moi nous disputâmes à cause des poèmes de Luke. Je n'avais pas eu le temps de les lire. Elle me regarda avec des airs d'institutrice et me déclara qu'elle voulait envoyer tous les poèmes à un éditeur. Automatiquement, l'idée me choquait et me déplaisait : Sharon avait fouillé dans les affaires personnelles de Luke, et maintenant, elle voulait que le monde entier connaisse ses états d'âme. Je voyais d'ici ce qui se passerait. Les journaux s'en empareraient, étant donné que Luke était dans le coma et tout ça, et après, ce seraient les pires harpies de la BBC qui appelleraient. Ce projet était d'une mièvrerie grotesque. Les éditeurs ne s'y intéresseraient que pour le marketing, pas pour les textes, et de toute façon, nous n'avions pas le consentement de Luke.

— Peut-être qu'un jour il sera en mesure de le faire lui-même, dis-je. Mais en attendant, je ne crois pas que nous ayons le droit.

À ces mots, Sharon se détourna en secouant la tête, furieuse. Elle voulut me dire quelque chose, mais elle préféra se retenir. Elle m'énervait, d'être en colère simplement parce que je refusais de céder à son caprice. Je me souvins de ce que j'éprouvais autrefois pour elle, de ma défiance envers son intérêt pour mon frère. De nouveau, je n'aimais pas cette volonté de tout régenter. Elle tenta encore de me convaincre, mais l'idée ne me plaisait pas. J'étais irrationnel, me dit-elle. Luke avait toujours voulu publier un livre et c'était sa véritable ambition. Je ne l'écoutais plus. Inutile de lui expliquer, puisqu'elle ne voulait pas comprendre. Nous en étions presque à hausser le ton quand Nicky revint et que la conversation changea. Sharon, tout sourire, lui parla du spectacle et moi, je me concentrai sur la vodka dont chaque gorgée me durcissait les tripes comme une couche de vernis.

Au bout d'un moment, Sharon partit. Je réussis à sourire, mais elle ne m'embrassa pas et déclara que ce n'était pas la peine de l'accompagner dehors pour attendre le taxi. Elle m'appellerait. Très bien. Après son départ, Nicky me demanda pourquoi je faisais cette tête, mais j'éludai. Il me dit qu'il aimait bien Sharon et ma propre réaction me surprit : c'était presque une menace physique. J'ai peut-être privé mon frère de sa jeunesse, mais il était hors de question qu'un de mes amis lui prenne sa petite copine. Là, je *savais* que j'étais irrationnel, mais je ne pouvais m'en empêcher.

— Pars pas là-dessus, Nicky, dis-je d'une voix pâteuse. OK ?

— Ah, se défendit-il. Je pige. Excuse-moi. Pas étonnant que tu n'aies pas rappelé Trish. Elle t'a bien aimé, au fait.

— Ce n'est pas ce que tu crois, dis-je.

Perplexe, Nicky préféra ne pas pousser plus loin.

Je restai tard, cramponné au bar, longtemps après la fermeture. J'étais encore là quand le personnel de cuisine et les barmen s'en allèrent, et quand Jamie partit aussi. Bourré, crevé et furax contre Sharon sans trop savoir pourquoi, mais de plus en plus à chaque verre de cette vodka sirupeuse et transparente. Carla, la serveuse avec qui je flirte toujours, vint me voir et me demanda si je voulais qu'elle me dépose. Je me redressai et hochai la tête. Nicky intervint et déclara avec un regard appuyé qu'il me reconduirait si je voulais, mais je refusai. Je partis avec Carla. Je sortis une ânerie qui la fit rire et elle répondit sur le même ton. Je me mis à rire à mon tour. Puis, tandis que nous montions dans sa Coccinelle, elle me demanda où j'habitais. Je le lui dis, mais ce n'était pas la peine, car ce n'était pas là que nous allions.

12

Le trajet jusqu'à l'hôpital prend habituellement environ une heure et demie, mais je mis moins, car nous étions dimanche. C'était encore une fois une journée couverte, un peu plus chaude que ces derniers temps, mais la météo prévoyait de la pluie. Ce fut agréable de traverser des rues calmes, ordinairement encombrées de gens bouillant d'énervement dans leurs coquilles hermétiquement scellées. La ville semblait vulnérable. C'est vers 14 h 30 que j'entrai dans l'hôpital et me garai comme d'habitude dans le coin qui donne sur le lac artificiel. Sharon et moi marchâmes vers l'austère bâtiment victorien où survit mon frère depuis trois ans.

Le samedi, je m'étais réveillé vers 10 heures, épuisé par des rêves en trois dimensions, dans un lit qui ne m'était pas familier. Après les inévitables adieux sans conviction, je sortis dans Hackney, et pris un taxi. Je n'étais pas dans mon assiette et sa manière de conduire n'arrangea rien. Arrivé dans mon quartier, je restai un moment chez Fred's pour vérifier que personne ne traînait dans les environs en montrant un intérêt anormal pour mon appartement. Personne. Je montai chez moi et appelai l'aéroport. Ayant pensé un moment que l'homme à la casquette avait peut-être envisagé de supprimer tout témoin potentiel je fus soulagé quand Alex décrocha. Oui, bien sûr qu'il se souvenait de moi. En quoi pouvait-il m'être utile ? Avait-il déjà vu l'homme à la casquette avant la nuit du meurtre. Non, jamais. Il se souvenait que l'homme était là depuis un moment avant l'arrivée d'Edward. Depuis combien de temps ? Environ trois quarts d'heure. C'était important ? Je ne savais pas encore vraiment. Ça pouvait vouloir dire qu'il était venu là exprès pour trouver quelqu'un. Ah oui. Dans un aéroport, les passagers ne restent pas très longtemps au bar, sauf qu'ils sont en avance pour leur vol, et celui-là, il n'en prenait pas, n'est-ce pas ? Non. Et il était sûr qu'Edward et le type étaient restés au bar longtemps ? J'expliquai à Alex l'horaire indiqué sur la vidéo de surveillance. Il éclata de rire.

— Oh, là, là, protesta-t-il. Je me rappelais pas si bien que ça. C'est vous autres qui m'avez plus ou moins tout soufflé. Si ça se trouve, ils sont restés vingt minutes, pas quarante. Comment vous voulez que je sache ? Si j'avais su qu'il allait massacrer ce type, j'aurais fait plus attention, mais j'en savais rien, hein ? J'aurais pris mon chrono.

Il n'avait pas tort. Je m'excusai de l'avoir embêté une fois de plus.

Je ne pouvais rien apprendre sur l'état des finances de Graham Lloyd avant le lundi. Je renonçai pour le reste de la matinée et fixai par la fenêtre le dôme de St Paul's, solitaire sur l'horizon. Je passai l'après-midi à traînasser, incapable de me concentrer. À 16 heures, je partis faire une longue promenade jusqu'à Soho et achetai un jeans dans un magasin de Seven Dials. Je fis un tour dans un pub gay d'Argyle Street où je distribuai quelques photos, mais tous les clients avaient l'air de touristes. J'aurais plus de résultats en semaine, quand il y aurait les habitués. Mon week-end était mort pour cette enquête. Je rentrai en bus et descendis à la gym m'entraîner. Je n'eus guère d'enthousiasme et repartis tôt en prétextant une migraine

– qui me tomba dessus plus tard. Je mangeai un plat rapporté du *fish & chips* Golden Fry, descendis la moitié d'une bouteille d'un vin chilien quelconque et m'endormis sur le sofa.

Sharon et moi ne nous étions pas dit grand-chose durant le trajet. Elle marchait sur des œufs avec moi, et j'en faisais autant. Nous ne parlâmes pas de la soirée de vendredi. J'allumai Radio 3 et tombai sur une pièce d'orgue très solennelle qui soulignait vraiment ce moment pesant. Sharon portait un jeans et un énorme pull, ses cheveux mi-longs ramenés en queue-de-cheval. Son bouquet de fleurs vaguement exotiques était posé sur la banquette arrière. Elle achète toujours les plus capiteuses de la boutique quand elle va à l'hôpital, arguant que s'il ne peut pas les voir, Luke doit être capable d'en sentir le parfum.

Il était allongé comme toujours, dans la même position, avec la même expression. Le lit, flanqué de rideaux, est dans une petite salle face à la porte. C'est en fait un grand matelas bourré d'électronique, qui se gonfle et se dégonfle automatiquement à différents endroits. Cela permet d'empêcher les escarres, les graves occlusions des vaisseaux sanguins de l'épiderme, en déplaçant régulièrement le poids du corps. Les membres de Luke étaient nettement crispés. En raison du manque d'exercice et malgré les massages quotidiens dont il bénéficie, son corps prend progressivement une posture de paralytique : les muscles ayant perdu l'habitude de se détendre, jambes, bras et mains se rétractent. On dirait qu'il est effrayé et essaie de se protéger, mais on m'a certifié que c'est simplement une réaction physique à l'inertie des muscles, sans rapport avec son mental.

Sharon et moi nous assîmes de part et d'autre du lit et Hazel, l'une des infirmières qui s'occupe de mon frère, alla chercher un vase pour les fleurs. En fait, il y a deux ans, j'avais apporté un vase nettement plus joli que ceux des hôpitaux, mais les infirmières, n'ayant pas compris qu'il appartenait à Luke, le prêtaient aussi à tous les autres patients. Je l'avais aperçu aujourd'hui en entrant, posé au-dessus du lit d'une frêle vieille dame. Je n'ai jamais éprouvé le besoin de protester.

Revenue avec un vase, Hazel nous demanda de nos nouvelles. Nous allions très bien, merci. Hazel est une Noire très grande et très maigre qui a la trentaine. J'ai toujours plaisir à la voir, car elle a beaucoup d'affection pour Luke. Les autres infirmières sont tout aussi compétentes, mais Hazel a en plus un petit quelque chose d'indéfinissable. J'aime sa manière de parler à Luke, sans apitoiement ni condescendance, et les blagues cochonnes qu'elle fait à mi-voix sur les médecins et les infirmières-chefs. Luke aurait apprécié, s'il avait pu l'entendre. Peut-être qu'il pouvait.

Hazel posa les fleurs sur le rebord de la fenêtre à la tête du lit et nous laissa. Sharon sourit à Luke et lui prit la main droite qui, inutile de le dire, resta dans la sienne, inerte. Lentement, elle étira les doigts un par un et lui redressa doucement le poignet. Luke portait le pyjama bleu à col rond et coutures noires que je lui ai acheté à Noël dernier. Les boutons du haut et du bas étaient mis, les autres étant défaits pour laisser passer le cathéter de la nutripompe, cordon ombilical artificiel relié à son estomac par une ouverture située sous le sternum. Le cathéter qui lui apporte un flux régulier d'acides aminés est préférable à une perfusion qui injecte les nutriments directement dans la circulation sanguine. Grâce à la nutripompe, le système digestif de Luke est en parfait état et continue de travailler sans se dégrader comme le reste de son corps.

Hormis la couleur des pyjamas que lui enfilent les infirmières, seules changent la longueur de ses cheveux ou la barbe plus ou moins récemment rasée. Je suis toujours frappé qu'ils continuent de pousser ainsi, comme si une partie de Luke ignorait que le reste a cessé de fonctionner et poursuivait tout de même sa tâche, comme un joueur qui n'a pas entendu le coup de sifflet final. Lors de mes premières visites, j'avais demandé à Hazel si je pouvais le raser et elle m'avait laissé faire. Depuis, je m'en occupe quand il a l'air d'en avoir besoin.

Il était rasé aujourd'hui et, du coup, j'étais au chômage. Sharon lui tenait la main, ce que j'ai toujours eu du mal à faire, et lui passait l'autre dans les cheveux en parlant à mi-voix. Elle lui racontait ce qu'elle faisait au bureau, ses loisirs, avec une patience et une efficacité qui me donnent toujours l'impression d'être maladroit et sans imagination. De quoi lui parlait-elle quand je n'étais pas là ? Nous consacrions toute notre attention à Luke, et Sharon faisait presque toute la conversation. Je n'avais pas trop de mal à parler lorsque j'étais seul avec Luke, mais je laissais bien volontiers Sharon s'en acquitter lorsqu'elle m'accompagnait. Je suis sûr qu'il préférait nettement l'entendre, elle.

Pendant ce temps, je scrutais le visage de Luke, pour tenter de déterminer s'il avait vieilli depuis son arrivée ici. Certes, il paraissait plus mince, fatigué, et était très pâle, mais je n'étais pas très sûr de le trouver vieilli. Comme souvent lorsque je l'observe, je ne pouvais m'empêcher de l'imaginer dans dix ans. Vingt. Trente. Gisant là à mesure que le temps passait, s'enfonçant lentement dans le corps d'un vieillard, un corps plus lent, un corps de plus en plus fatigué sans avoir rien fait pour le devenir. Je n'y arrivais pas. J'étais incapable de me voir venir ici chaque semaine jusqu'à la fin de la pitoyable existence de Luke en apportant avec moi tout ce que j'aurais acquis, vécu, vu, entendu, des enfants, peut-être. Tout ce que Luke n'aurait jamais, parce qu'il s'était mis en danger à ma place. Je ne me voyais pas vieillir devant la parodie de vieillesse de Luke.

Sharon continuait de bavarder et je disais deux ou trois mots de temps en temps. Comme il faisait chaud dans la salle, Sharon ôta son pull, découvrant sa poitrine généreuse moulée dans un tee-shirt à fines côtes. Le contraste entre la jeune femme pleine de vie et son fiancé inerte était saisissant, et je dus me forcer à me rappeler de quoi ils avaient l'air naguère, lorsqu'ils se disputaient sur le sofa ou dansaient la salsa à la Mambo Inn. Du coup, je demandai à Sharon si elle se souvenait que Luke et moi nous étions vraiment comportés en Anglais, en n'invitant qu'elle à danser et en la soustrayant constamment aux avances de Latinos énamourés. Bien sûr qu'elle se rappelait. Puis un souvenir personnel lui revint et elle baissa de nouveau les yeux vers Luke. Une ombre de regret voila son visage et elle serra la main de Luke dans la sienne. Cependant, quand elle la reposa, quelque chose de plus fort chassa ce nuage et elle se radossa sur son siège en poussant un long et profond soupir.

Sharon semblant perdue dans ses pensées, j'entrepris de parler à Luke de mon enquête. Lui épargnant les détails, je lui racontai seulement que c'était bien payé et que je pourrais peut-être me permettre de prendre quelques vacances, aller au ski après Noël. Je lui donnai des nouvelles de l'équipe de Forest, disant qu'il avait intérêt à aller mieux, parce que les joueurs avaient vraiment besoin de supporters en ce moment. Je parlai de retourner en Australie avec lui, cette fois dans les Territoires du Nord. Je lui dis que Sharon m'avait emmené voir un spectacle porno espagnol et que son agent avait récemment pris de ses nouvelles. Apparemment, on voulait toujours l'engager. Bref, il était temps qu'il se remue les fesses et reprenne le boulot : son public l'attendait.

Pendant que je parlais, je n'avais pas fait très attention à Sharon. Je me tournai vers elle et remarquai qu'elle ne regardait plus Luke, mais moi. Les paupières imperceptiblement plissées et la bouche entrouverte, comme stupéfaite. Je crus qu'elle allait me dire quelque chose, mais brusquement, elle se leva et sortit sans un mot. Sans se retourner. Je l'appelai, mais elle était déjà sortie. En entendant le prénom de Sharon, Hazel me jeta un regard interloqué du bout de la salle.

Je restai encore dix minutes avec Luke. Je ne savais pas ce qui avait pris Sharon, mais cela ne cessa de me tracasser. Ce devait être si différent pour elle. À bien des égards, c'était nettement plus facile pour moi. Je me demandai si elle avait rencontré quelqu'un avec qui elle ne pouvait se résoudre à sortir, ou qu'elle fréquentait tout en étant rongée par la culpabilité. C'était peut-être l'explication. Cette idée me déplut souverainement. Pourquoi ? Probablement de voir Luke gisant dans les limbes et d'imaginer Sharon avec un autre. Se mariant avec lui, peut-être. Venant en couple voir Luke. Ou bien peut-être qu'elle déciderait qu'elle ne pouvait plus lui rendre visite du tout.

Je dis au revoir à Luke et allai saluer Hazel. Je cherchai vainement Sharon dans la cafétéria, où seul un jeune homme en blouse blanche lisait un gros poche devant un café. Je la trouvai sur le banc près du lac, les mains glissées dans les manches de son gros pull. Je m'assis à côté d'elle, lui pris une main et la frictionnai. Je voulais lui remonter le moral, mais ce fut pas de la tristesse que je lus dans son regard. Plutôt du mépris. Mêlé de colère. Je lâchai cette main froide et aussi inerte que celle de Luke les rares fois où je l'avais prise dans les miennes.

— Ça va ? demandai-je au bout d'un petit moment.

— Oui.

— Oui ?

Elle poussa un soupir et se détourna pour regarder un vieillard emmitouflé que promenait autour du lac une femme entre deux âges.

— Sharon, tu as quelque chose sur le cœur ? Tu peux me le dire, tu sais. Je te le demande, même. (Elle se retourna et me fixa.) Je t'assure, tu peux m'en parler. Vraiment.

Elle hocha pensivement la tête, puis elle posa sur moi un regard calme et dur.

— Billy, dit-elle. Que disent les médecins de l'état de Luke ?

— Qu'il est dans un état végétatif permanent.

— Et qu'est-ce que cela signifie ?

— Eh bien, d'après eux, qu'il ne contrôle plus ses fonctions physiques, mais ils ne savent pas jusqu'à...

— Billy, me coupa-t-elle avec exaspération. Qu'est-ce qu'ils ont dit, concernant sa convalescence ? Ses chances de reprendre conscience ?

Là, je dus me détourner.

— Le débat est ouvert, dis-je. Je me suis renseigné. Il arrive qu'une erreur de diagnostic...

— Cela arrive ? Combien de fois, Billy ?

— Bon sang, j'en sais rien. Mais ça arrive. Et le médecin dit que Luke ne souffre absolument pas. Du tout. Donc, je ne vois pas pourquoi on ne le garderait pas en vie, au cas où, tu vois. Ça arrive, je t'assure...

— Oh, Billy, éclata Sharon. Je ne supporte pas ça ! Que tu parles à Luke comme s'il allait se remettre. C'est intolérable !

— Sharon...

— Et les voyages en Australie, et les matchs de football. Oh, mon Dieu, Billy, mais ce que tu peux être bête de lui parler de ça ! Jamais il ne partira en voyage avec toi, jamais il ne remontera sur scène, jamais il n'ira voir ces foutus Forest de Nottingham. Jamais. Si seulement tu pouvais éviter d'en parler. Chaque fois, c'est comme si on élevait un mur devant moi. Ça me tue, Billy, je t'assure, ça me tue.

J'étais sous le choc. Sharon me considérait avec une espèce de haine. Ses yeux s'embuèrent et ses lèvres tremblèrent, mais elle se retint. Je ne savais plus quoi dire.

— Je ne comprends pas...

— Billy, reprit-elle sans relever. Ce n'est pas nécessaire

de le débrancher. Vraiment pas. (Elle respira un bon coup.) Parce qu'il est mort. Luke est mort. Vraiment mort. Et on ne peut plus continuer à faire semblant. Chaque fois qu'on se voit, tu agis comme si Luke avait été retenu, mais qu'il viendra la prochaine fois, comme s'il avait un rhume ou Dieu sait quoi ! Mais ce n'est pas un coup de froid qu'il a. Il est mort.

Ses yeux s'emplirent de larmes et je posai sur son épaule une main qu'elle repoussa, comme si cela la faisait souffrir. Elle s'écarta de moi. Je me rapprochai d'elle, mais elle quitta le banc et courut vers le bois. Je la vis s'arrêter de l'autre côté du lac, s'asseoir sous un arbre auquel elle s'adossa, le visage dans les mains. Je ne l'entendais pas pleurer, mais c'était un petit arbre et ses soubresauts, secouant les dernières feuilles couleur de feu des minces branches sombres, en délogèrent quelques-unes qui tombèrent en flottant autour d'elle. Je détournai les yeux et fixai les canards qui plongeaient dans l'eau brune.

Mon frère n'était pas mort. Je la comprenais, mais elle avait tort. Je n'allais pas me fâcher ni lui en vouloir, mais je ne pouvais pas davantage l'aider si elle envisageait comme cela la situation. J'étais déçu qu'elle ne puisse affronter la présence de mon frère dans sa vie qu'en le tuant en elle. Mais après tout, je connaissais son esprit pratique : elle affrontait tout sans fléchir avant d'en être la victime. C'était comme cela qu'elle survivait, en interdisant à la tragédie de Luke de la gagner elle aussi. Je le savais. Mais je trouvais qu'elle n'avait aucune pitié de vouloir chasser mon frère de sa vie. Je revis son visage fermé quand elle avait quitté la salle sans même un regard pour Luke.

Je me surpris à penser à Peter Morgan. Avait-il appris à sa femme qu'il m'avait engagé ? Qu'avait-elle dit ? Laisse tomber. Contente-toi d'accepter la situation. Ce qui s'est passé, même si c'est horrible. N'envenime pas les choses pour toi en vivant dans le passé et en ressassant ce que tu ne peux pas changer. Peut-être était-ce pour cela que j'éprouvais autant de compassion pour lui, parce qu'il ne pouvait s'y résoudre. Parce qu'il avait perdu son frère tout comme moi et qu'il ne lui en restait plus qu'une image. La seule différence, c'est que la sienne n'était que sang, éclats de verre et sperme, alors que la mienne était celle d'un jeune homme grisonnant, encore vivant, mais tout aussi inerte. Entier, mais totalement coupé de lui-même. Présent, à cent mètres de là, mais perdu, comme un gosse au coin de la rue.

Une fois calmée, Sharon revint vers moi. Son visage avait repris son expression butée. Nous retournâmes à Londres dans un silence aussi pesant que le reste de parfum des fleurs de Luke. La circulation était dense, à présent, et nous allions moins vite. Dans le crépuscule, tout en conduisant, je réglai d'une main la pendule à l'heure d'hiver, en songeant tristement qu'à présent, il allait faire nuit encore plus tôt. Je m'en ouvris à Sharon, mais elle ne répondit pas. J'allumai la radio, mais comme toutes les stations étaient ennuyeuses et que je captais mal, je renonçai. À une ou deux reprises, je jetai un coup d'œil à Sharon qui fixait obstinément le bas-côté. Au bout de la troisième fois, je laissai tomber.

Je me garai devant chez elle. C'était une place de stationnement résidentiel, mais cela n'avait pas d'importance, un dimanche. Et puis je n'allais pas rester longtemps. Je m'apprêtais à défaire ma ceinture quand Sharon me retint.

— Je crois que je préfère rester seule.

— Bon, d'accord.

Elle attendit un instant et me scruta longuement. C'était le regard froid de la femme qui a pris une décision irrévocable, une décision qui s'est imposée d'elle-même.

— Billy, dit-elle d'une voix calme. Je suis désolée d'avoir haussé le ton. Mais je dois changer certaines choses. Toi aussi. Nous n'arrêtons pas de tourner en rond. Il faut que je...

Elle n'acheva pas. Je ne répondis rien. Sharon prit mon silence pour une rebuffade et se justifia, comme blessée, en soulignant chaque mot :

— *Je ne suis pas très heureuse, Billy.*

Le ton m'accusait. Je voulus répondre à Sharon qui était déjà descendue. Je cherchai à défaire ma ceinture, mais il était trop tard pour la rattraper. Je renonçai et la regardai courir vers son immeuble. *Je ne suis pas très heureuse* ? Qu'est-ce qu'elle croyait que j'étais, *moi*, merde, enfin ! Je la vis ouvrir précipitamment la porte et monter l'escalier quatre à quatre. Quand la reverrais-je ? Lorsque la porte se referma avec un déclic, je la fixai une seconde, puis, soudain, je sentis à nouveau l'odeur des fleurs qui trônaient maintenant dans un pauvre vase en plastique au-dessus de la tête de mon frère. Entêtante, écœurante. Je baissai la vitre pour m'en débarrasser.

Et voilà, songeai-je. Moi aussi je suis mort.

La lumière s'alluma chez Sharon. Une silhouette s'approcha de la fenêtre et tira les tentures sur la nuit qui tombait. Et sur moi. En repartant, je réussis à érafler une BMW mal garée dont l'alarme se déclencha comme un cri indigné qui me déchira le crâne. Et merde. Je regagnai Clerkenwell.

Ne voulant pas rester dans mon appartement désert, je descendis à l'Old Ludensian, et Nicky ferma de bonne heure parce que j'étais le seul client et que cela ne valait pas la peine de payer l'électricité pour rien. Nous restâmes assis au bar dans les ombres tordues des chaises empilées sur les tables, que projetait sur les piliers et les murs de briques chaulées la lumière de la rue. Nicky ne me posa pas de questions sur Carla et je ne lui en parlai donc pas. Nous bûmes quelques bières. J'avais pensé lui raconter ce qui s'était passé à l'hôpital, mais je n'en eus pas envie. Je finis par lui parler de Teddy Morgan et de Dominic Lewes.

La conversation déboucha sur l'homosexualité. Nicky m'avoua qu'il avait en fait été fou amoureux d'un type à Rhodes, où il était parti après sa rupture avec une copine. Surprenant : Nicky était pourtant un hétérosexuel pur et dur. Il me raconta qu'il n'avait jamais éprouvé cela pour un autre homme et qu'il se surprenait encore à penser au grand Américain du Kansas dont il s'était épris. Toute cette histoire l'avait perturbé à l'époque, et cela continuait, surtout quand il commençait à aimer sérieusement une fille. Il parut troublé, puis brusquement gêné.

— Pas la peine de t'inquiéter, au fait, m'assura-t-il. C'était un blond.

Je répondis en riant que j'étais choqué et vexé qu'il ne m'ait jamais envisagé comme partenaire sexuel. Et moi, rencontrerais-je jamais quelqu'un dont la vie était simple et sans détours, capable de vivre heureux dans sa tête comme dans son corps ? Finalement, cela aurait été bien de trouver un moyen de court-circuiter notre corps, dont la dictature nous rend si malheureux. Dont nous sommes prisonniers, comme l'étaient Luke ou Peter Morgan – incapables de vivre avec, ne faisant que de brèves sorties clandestines. Quel effet cela ferait-il d'être libéré de son corps ou de la culpabilité que nous éprouvons devant ses exigences ? Pourquoi passais-je des heures à la salle de sport, à m'infliger des souffrances et essayer de forcer mes muscles à obéir à mes ordres ? Quel effet cela faisait-il d'éprouver le besoin de faire cela, non à soi-même, mais aux autres ? D'avoir du pouvoir sur le corps d'autrui ?

Nicky et moi bûmes une autre bière et restâmes assis sans rien dire pendant un moment. Une voiture qui passait fit déferler sur le mur l'ombre des chaises comme une horde de démons. Je laissai Nicky à ses pensées et rentrai chez moi retrouver les miennes.

13

Le lundi, je me rendis au bureau avant 9 heures, avalai deux toasts avec un café et attendis le courrier. À une époque, il arrivait le matin avant même qu'on ait pensé à se lever. Maintenant, il faut l'attendre.

Je dressai la liste des tâches de la journée. Je laissai deux messages à Sir Peter lui demandant de me rappeler et tapai une lettre à Mrs Lewes. Son fils était en bonne santé et semblait vivre dans une maison pourvue du chauffage et de l'électricité. Il s'était décoloré les cheveux, ce qui expliquait son allure sur les photos que je lui joignais. Je ne voulais pas qu'elle s'imagine que je lui envoyais celles d'un autre. Je glissai la lettre dans une enveloppe renforcée et décidai de passer prendre les tirages chez Carl en fin de journée. J'écrivis à un type qui me devait de l'argent, puis je déchirai la lettre en recevant son chèque au courrier, qui arriva à 9 heures et demie. Je trouvai une lettre adressée à un certain Mr J. Brinsford, précédent occupant de mon bureau et que je savais émigré à Sydney depuis quatre ans. Elle était envoyée par les services de Renault, qui voyaient en lui un client privilégié et souhaitaient lui offrir la possibilité de tester la nouvelle Mégane. La seule autre était une facture qui m'était malheureusement destinée.

Une fois le courrier réglé, Sharon me revint à l'esprit.

Ces pensées me pesèrent et me ralentirent, comme si on avait remplacé mon sang par du mercure. Je revis la journée de la veille, tantôt rembobinant, tantôt arrêtant sur pause, sur son visage fermé, sa main qui repoussait la mienne, les larmes qui cherchaient à jaillir entre les mots. J'étais arrivé au moment où elle avait couru jusqu'à chez elle quand la sonnerie aigrelette du téléphone me ramena à la réalité. C'était Morgan. Il semblait à la fois tout excité et inquiet, mais je le rassurai : je ne l'appelais pas pour quelque chose d'important.

— J'ai besoin d'un service, dis-je.

— Ce que vous voudrez, répondit le député.

C'était rare que les gens soient sincères de ce côté-là.

— Ce n'est pas grand-chose, mais vous êtes la seule personne que je connaisse à la Chambre des Communes.

— Je n'y suis pas aujourd'hui, malheureusement. Je suis au ministère des Finances.

— Aucune importance. Je veux savoir comment me procurer le registre des activités professionnelles des députés.

— Ah, dit-il. Vous voulez savoir si je suis un marchand d'armes. Ou si je gagne assez pour pouvoir augmenter vos tarifs. Eh bien je regrette de vous décevoir, mais une fois ministre, on est obligé de renoncer à toute autre fonction, et, depuis notre grande défaite, je n'ai pas eu le temps de me faire embaucher dans des conseils d'administration. Pas encore. Revenez dans six mois.

Sa légèreté inhabituelle me plut.

— Désolé de vous décevoir, mais ce n'est pas à vous que je m'intéresse, malheureusement.

Sir Peter m'informa que ce serait plus facile de demander à son assistante parlementaire de photocopier la page voulue. Je pourrais passer la prendre à son bureau là-bas plutôt que de m'enfiler tout le registre tout seul. Connaissait-il l'adresse de Graham Lloyd ? Non, mais il se la procurerait sans grande peine. Son assistante la joindrait à la photocopie. Était-ce une bonne idée de lui laisser voir que je m'intéressais à Graham Lloyd ? Sir Peter éclata de rire.

— Ne vous inquiétez pas. Thomasina n'est pas très rapide à la détente. Vraiment pas. Et pour tout vous dire, elles sont toutes comme cela. Fournies par les électeurs de ma circonscription. Ce sont généralement les filles des organisatrices des soirées de bienfaisance qui nous financent et qui me téléphonent quand cela leur chante. Jolies filles, et toutes mariées à des députés avant leurs vingt-cinq ans. Ne vous faites donc pas de souci. En revanche, je m'inquiéterais si j'étais de l'autre bord. Les travaillistes ont des assistants brillants, des stagiaires qui finiront au *Guardian* ou à l'*Economist*, dit-il en riant. Ils sont généralement beaucoup plus futés que l'imbécile de député pour qui ils travaillent !

Je passai prendre l'enveloppe au bureau de Thomasina, en effet fort jolie et vêtue d'un tailleur Chanel qui devait coûter deux mois de son salaire. Ce travail n'était certainement pas sa principale source de revenus. Revenu à ma voiture, j'ouvris l'enveloppe et la vidai sur le siège passager.

Sous le nom de Graham Lloyd figuraient ceux de trois entreprises qui ne me disaient rien du tout. Mais ce n'était qu'une question de temps. En bas était notée une adresse située à cinq minutes en voiture de Vauxhall Bridge. Comme la circonscription de Lloyd était à Londres, c'était probablement son unique domicile, mais je tenais à vérifier. Je remis le tout dans l'enveloppe et démarrai.

Je passai par Westminster Bridge, puis Kennington Road. Le square où habitait Lloyd était à gauche. J'en fis le tour en regardant les numéros. C'était une oasis géorgienne située dans un quartier de sinistres immeubles et de grosses artères qui déversaient leurs fumées d'échappement sur de petites boutiques protégées par des grillages. Isolé au beau milieu, protégé de l'insistant grondement de la circulation, on aurait pu se croire dans quelque prospère ville de province. Le square était bordé d'arbres, rempli de Volvos et Mercedes, avec un pub rustique situé au coin. La résidence idéale pour un député.

Toutes les maisons avaient de grandes portes élégamment peintes pourvues de grosses poignées de bronze. Rouges ou bleues et, au 12, jaune vif. J'arrêtai la Mazda devant. Lloyd ne devait pas être malheureux s'il pouvait se permettre d'habiter là. Trois étages apparemment pas divisés en appartements et sans doute agrémentés d'un grand jardin derrière. Je me demandai si sa femme était là. Ce qu'elle dirait si elle savait que l'homme assis dans cette vieille bagnole crasseuse enquêtait sur la possibilité que son mari, déjà coupable d'une liaison avec une autre femme, le soit aussi du meurtre sauvage du frère d'un collègue. Elle serait horrifiée.

Cela ne servirait à rien de dire qui j'étais à Mrs Lloyd. J'étais juste venu là parce que c'était à côté, et que je voulais connaître le train de vie de Lloyd. Je redémarrai et retournai sur Kennington Road, seule manière d'entrer et sortir du square. Alors que j'attendais pour passer, je remarquai la plaque de la rue vissée à un mur de briques. C'est seulement là que j'appréciai l'ironie de l'adresse. Lloyd habitait à Cleaver Square [1]. On n'était pas très loin du compte.

Je remontai Kennington Road, traversai à Southwark Bridge et remontai par Bank. À cause de l'IRA, il était devenu pratiquement impossible de se garer dans le quartier, mais je laissai la Mazda dans un parking exorbitant près de Spitafields Market, heureux de faire passer cela en notes de frais. Me rappelant ma sensation l'autre fois à King's Cross, je vérifiai que je l'avais bien fermée.

Company's House est un gros bâtiment, mais pas aussi impressionnant qu'on s'y attendrait quand on sait qu'il abrite tous les renseignements sur les entreprises du pays.

---

1. Cleaver signifie « tranchoir ».

Familier des lieux, je me dirigeai aussitôt au service de référence, m'assis et sortis les différents documents de l'enveloppe. D'abord, les renseignements du registre des parlementaires concernant Graham Lloyd.

Carlson Holdings. Consultant. Temps partiel.

Chalmers & Broge. Consultant parlementaire. Temps partiel.

Buckner Group. Membre du conseil d'administration.

Sur ma table se trouvaient deux terminaux informatiques. Je regardai l'écran du plus proche, qui offrait un menu d'options « Recherche d'entreprises ». Puis je tapai « Carlson Holdings ». L'écran présenta une page intitulée « Carlson Holdings PLC ».

Carlson Holdings était une très grosse entreprise spécialisée dans les obligations et produits financiers dérivés. D'un chiffre d'affaires supérieur au PIB de certains petits pays, elle n'employait cependant que cent cinquante personnes. Je notai adresse et téléphone. Je répétai la manœuvre pour Chalmers & Broge et j'appris que c'était en gros un cabinet de lobbyistes. Douze employés à plein temps pour un chiffre d'affaires infinitésimal par rapport à la holding. Quant à Buckner Group, c'était aussi une petite entreprise de Maidstone, qui s'occupait d'*investissements*. Sans plus de précisions. Elle n'avait que deux ans et l'ordinateur ne disposait ni du chiffre d'affaires ni des effectifs. Je notai les coordonnées, repris mon enveloppe et retournai téléphoner dans le hall.

— Bonjour, Service du Personnel. (Voix lasse de jeune femme méchamment enrhumée.) Juliet à l'appareil.

— Oui, bonjour, Juliet, dis-je. Fulton, de la Compta.

— Qui ça ?

— John Fulton, mais si, on se connaît.

— Oh, bonjour, Mr Fulton. Excusez-moi, je ne comprenais plus. Le standard disait que c'était un appel de l'extérieur.

— Mince, les téléphones déraillent encore ? Alors, c'est ça le drôle de bruit que j'entendais. Enfin, bref, on a un petit problème avec des factures. Un député, un certain Graham Lloyd. Il veut savoir pourquoi on ne l'a pas payé pour un boulot qu'il a fait, alors que je suis sûr qu'on l'a réglé.

— Quel culot ! s'indigna Juliet. Ils feraient mieux de passer plus de temps à s'occuper du pays au lieu de travailler à côté comme ils font tous, si vous voulez mon avis.

— Allons, Juliet. Quoi qu'il en soit, vous pourriez me donner la liste des jours où il a travaillé depuis un an, histoire de régler tout ça une fois pour toutes ?

— OK, Mr Fulton. Je vous rappelle. Ça va me prendre un moment, je n'ai pas encore l'habitude du nouveau système.

— Je préfère patienter si ça ne vous ennuie pas, Juliet. Je veux que ce soit tiré au clair.

— D'accord.

J'attendis cinq minutes, craignant de ne plus avoir de pièces, mais Juliet finit par me reprendre.

— Alors, renifla-t-elle. Il a travaillé trente-six jours au total depuis le 1er novembre de l'année dernière. Ça vous va ?

— Parfait. Merci, Juliet.

— De rien, Mr Fulton. (Elle marqua une pause, un peu inquiète.) On se verra le 3 ?

— Le 3 ?

— À la soirée, enfin, gloussa-t-elle délicieusement.

— Mais bien sûr ! Réservez-moi la dernière danse.

Je sortis faire de la monnaie.

— Comptabilité. Alan à l'appareil.

Alan aussi semblait victime d'un virus. Ce devait être une épidémie, là-bas.

— Oui, bonjour, Alan. Fulton, Service du Personnel. J'ai dû repasser par le standard, je ne sais pas pourquoi.

— Pardon, qui ça ?

— Fulton. Bob, écoutez, Alan. Juliet et moi avons un petit problème.

— Oh. Comment va Juliet ?

— Bien, Alan, bien. Sauf que le chef est en rogne et veut diminuer les frais de collaboration extérieure. Alors il faudrait qu'on ait quelques chiffres pour qu'il décide à quels consultants s'adresser pour le truc du budget.

Le truc du budget ?

— OK, vous pensiez à qui ?

— Graham Lloyd. Un député, je crois. Le nouveau système devrait pouvoir vous le dire, non ?

— Oh, me parlez pas de cette saloperie.

— Allons, Alan.

— Bougez pas.

Alan avait peut-être des réserves sur le nouveau système, mais c'était un as. Il lui fallut moins d'une minute.

— Sept cent cinquante par jour, dit-il.

— Merci de l'info, Al. On se voit le 3.

— Le 3 ?

— La soirée, gros malin.

— Oh, mon Dieu, oui. Oui. (Il marqua une pause et baissa la voix.) Fulton, vous ne sauriez pas si Juliet y va, des fois ?

Bon. Lloyd empochait vingt-cinq mille livres par an chez Carlson Holdings. Je ne pus rien tirer de la secrétaire chez Chalmers & Broge, qui me demanda aussitôt si j'étais journaliste, et chez Buckner Group, je tombai sur un répondeur. Pas grave. Avec les vingt-cinq mille de Carlson, plus les gratifications qu'un bureau de lobbying donne à un politicien bien placé, *plus* ce qu'il touchait en investissant chez Buckner Group, Graham Lloyd vivait nettement à l'aise. Sans compter le salaire de député que je contribuais à payer. Pas tout à fait le duc de Westminster, mais pas à plaindre non plus. C'était décevant, mais je ne comptais pas non plus tomber par chance sur un mobile aussi grossier que ça. Graham Lloyd n'avait vraiment pas besoin de tuer quelqu'un pour capter l'argent de son épouse. Oh, tant pis.

Il n'avait donc rien à voir. Je n'écartai pas totalement l'idée, mais je ne voyais plus trop pour quelle raison Lloyd aurait tué Teddy Morgan. La liaison était simplement une coïncidence que ni lui ni Charlotte Morgan ne voulaient dévoiler. Teddy avait peut-être été au courant, mais il ne semblait pas du genre à faire des difficultés si sa femme demandait le divorce. Nulle raison de l'éliminer, donc. Lloyd n'avait pas de mobile et était aux États-Unis au moment du meurtre. L'homme que j'avais vu posté devant le Colt était sans doute là par hasard. Et quand bien même Lloyd aurait engagé quelqu'un pour surveiller un détective assorti d'un maître chanteur qui risquait de foutre sa vie en l'air, cela ne faisait pas de lui un assassin.

Le tueur devait donc être l'homme à la casquette, mais cela ne me satisfaisait pas. Pourquoi se montrer en public avec sa victime et aller jusqu'à passer devant une caméra de surveillance avec elle ? Ce n'était vraiment pas très malin en comparaison des autres meurtres. Et si Sir Peter avait vu juste : l'assassin était peut-être bien un plagiaire qui profitait de la renommée d'un autre, mais le copieur n'était pas Graham Lloyd.

Je déjeunai dans un Prêt à Manger du coin. Selon une pancarte, on pouvait s'adresser à tout moment à l'un des deux gérants en cas de mécontentement. Étant satisfait, je n'en fis rien, mais je trouvai intéressant d'en avoir la possibilité. Combien de plaintes recevaient-ils ? Si seulement on avait pu en faire autant avec British Telecom. Ou British Rail. Appeler le grand patron quand on vous coupait le téléphone alors que la facture était réglée, ou lorsqu'il y avait des travaux sur une ligne alors qu'on vous avait certifié le contraire. Ça, on les appellerait. Et j'aurais aimé aussi qu'on puisse appeler le Grand Organisateur qui permet que des pilotes de ligne finissent charcutés chez eux par un type qui semblait de plus en plus destiné à s'en tirer impunément. Ou celui qui décide que des gens devraient avoir un amant dans le coma et ne plus le supporter. Ni supporter celui qui le leur rappelle. Ça aurait été bien de pouvoir lui parler, à cette personne. Vraiment bien. Et encore mieux si on avait pu lui tirer des réponses.

Je rentrai chez moi après avoir pris les photos de Dominic Lewes chez Carl et les envoyai à sa mère. Ayant échangé mon costume contre un jeans, tee-shirt et blouson, je passai le reste de la journée à faire la tournée des pubs en demandant aux gens s'ils avaient jamais vu l'un des deux hommes sur la photo.

14

D'ailleurs, c'est à cela que se résuma le reste de ma semaine. Il ne me restait que cette piste, et sans Graham Lloyd, je m'y serais mis beaucoup plus tôt. Quand on travaille seul, on doit continuer à prospecter les endroits les plus probables en espérant y trouver celui qu'on cherche. Cela revient à laisser une piste de messages pour quelqu'un qui ne les verra peut-être jamais, ou ne voudra pas vous contacter. En ville rôdait un tueur de pédés et si je voulais le croiser, je devais aller dans les lieux où il avait des chances de les trouver. Je percevais presque sa présence. Sentait-il lui aussi que je le cherchais ? J'espérais que oui. Constamment, je me demandais si je lui avais déjà parlé sans le savoir. Mince, j'avais peut-être approché la vérité de très près, peut-être qu'elle se cachait dans les pensées d'un type que j'avais interrogé, qu'elle était là, devant moi, dissimulée derrière un centimètre de peau et d'os. C'était incroyable comme les gens étaient inaccessibles et lointains, même quand on était assis à côté d'eux. Lorsque j'étais enfant, j'étais persuadé que tout le monde pouvait voir mes secrets et connaître les choses inavouables que je désirais.

Suivant ma liste, j'arpentai divers quartiers de Londres avec mes deux photos en poche. L'une représentait Edward Morgan et l'autre son probable assassin. Je commençai à Islington, à l'Edward VI, près d'Angel, et au Hart, à Canonbury. Dans chaque pub, je laissai un exemplaire de la photo du tueur présumé à afficher derrière le bar. J'allai à la Moorland Tavern et traversai Highbury Fields jusqu'au Cooper's Arms, derrière Blackstock Road. C'étaient les pubs les plus proches de la maison d'Edward et je voulais vérifier s'il y était passé récemment, soit en habitué, soit parce que l'envie le démangeait. Au grand regret de plusieurs clients, il n'y était jamais venu. Pas plus que l'homme à la casquette.

Ce genre d'expédition, parfois très pénible, l'était moins, parce que c'étaient des pubs. Je bavardais un peu avec le barman, puis je demandais si Edward ou l'autre homme fréquentaient l'établissement. D'autres clients au bar, le voyant examiner les photos, venaient y jeter eux-mêmes un coup d'œil. Sinon, je les faisais passer. Une fois tout le monde convaincu que je n'étais pas un flic venu les arrêter parce qu'ils s'embrassaient en public (oui, ça arrive), ils étaient plutôt coopératifs et heureux de me rendre service.

Dans chacun des pubs, certains reconnurent Edward, simplement parce qu'ils l'avaient vu dans les journaux qui avaient publié la même photo quelques mois plus tôt. On pourrait croire que les histoires les plus effroyables s'oublient facilement, mais ces gens avaient une très bonne raison de se rappeler le visage d'Edward. Un silence respectueux, voire solennel, tombait sur eux. Ils devaient imaginer ce qu'avait enduré la victime, et bon nombre savaient que cela aurait pu être leur photo qu'un détective privé montrait dans les pubs et bars gays de Londres. C'est même la réflexion que m'avait faite un type, accablé, dans un café de Camden High Street resplendissant de chromes.

Durant les trois premiers jours, je fis le tour de quantité de pubs, parlai à des tas de gens : en vain. C'était frustrant, mais la patience est la première qualité requise pour mon boulot, et cela ne m'ennuyait pas trop. C'est un cliché, je sais, mais les bars gays sont toujours bien plus agréables et sympas. Les gens étaient polis et serviables et je les crus quand ils me promirent d'ouvrir l'œil et de m'appeler s'ils voyaient mon suspect.

— Ce type est un virus dans la communauté, me déclara l'un d'eux. Un truc qui risque de nous tuer si on ne fait pas attention. Il profite de la solitude, de la jeunesse, du besoin d'être avec quelqu'un, de sentir la peau d'un autre sur la vôtre. On a besoin de donner de l'amour et il attend que vous le fassiez pour vous prendre la vie. Comme le sida. Sauf que, là, je n'ai aucun moyen de me protéger.

Je lui donnai un exemplaire de la photo.

— Rappelez-vous son visage, dis-je. C'est le seul moyen.

— C'est lui, vous êtes sûr ? demanda-t-il, plein d'espoir.

— Non, avouai-je.

— Ah, oui, évidemment, fit-il en la prenant quand même.

Comme je ne voyais pas comment explorer la possibilité qu'Edward ait été tué par un copieur, je continuais de faire circuler ma photo. Ma tâche était devenue aussi simple que d'habitude : il suffisait de chercher un visage. J'écumai la ville en long, en large et en travers. Je passai des heures à m'enfiler des bières et discuter. Je me fis plusieurs fois draguer et je ne pus m'empêcher de repenser à Nicky et son Américain. Je retournai dans des établissements où j'étais déjà passé et je dus redemander des tirages à Carl, tellement j'en avais distribué. Certains me disaient que la police était déjà passée. Ils riaient entre eux en se rappelant les flics, aussi mal à l'aise que des souris dans un nid de serpents. Ils étaient faciles à repérer : ils refusaient de faire semblant d'être gays. Dommage qu'ils se soucient bien plus de ne pas être pris pour des tapioles que de retrouver un fou dangereux avant qu'il ne fasse une autre victime.

Je me donnais du mal, mais je ne fis mouche qu'une seule fois. Un homme d'âge mûr, dans un pub d'Old Compton Street, me dit qu'il lui semblait avoir déjà vu le type, avant de revenir aussitôt sur sa déclaration. Quasiment convaincu qu'il mentait, j'insistai. Il en était sûr ? Oui, tout à fait. Il prétendit aller aux toilettes et, au bout de cinq minutes, je me mordis les doigts. Il m'avait joué exactement le même tour que moi à Lloyd. L'issue de secours était ouverte et quand je débouchai sur Dean Street, je ne trouvai que quelques courageux assis en terrasse et un serveur qui fumait sa clope en douce sur le seuil. Pourquoi avait-il filé ? Pourquoi reconnaître le tueur l'avait-il fait paniquer ? Avait-il peur ? Il n'en avait pas eu l'air. Honte, peut-être ? Je gravai son visage dans mon esprit au cas où je le croiserais de nouveau. Jamais je ne le revis. Aucun des autres clients ne l'avait jamais vu.

Pendant mes tournées, je pensais parfois à Lloyd et j'essayais de voir si je n'avais rien laissé au hasard. Je me creusai la cervelle pour trouver un moyen de le coincer et le relier à l'homme à la casquette. Impossible. Bien sûr, je pouvais informer la police de cette liaison, d'ailleurs, je le ferais quand je n'aurais plus d'autre piste. Après tout, c'était ma seule découverte d'importance. Mais cela ne servirait pas à grand-chose. S'il était innocent, il en résulterait surtout un scandale et s'il était coupable, c'était loin de constituer une preuve contre lui. Cela lui ferait du tort, ce dont je ne me souciais guère, mais cela en ferait également beaucoup à la veuve d'Edward.

Ayant oublié de vérifier l'alibi de Lloyd, j'appelai Sir Peter, qui me confirma que le député était absent lors du meurtre. Sa bonne humeur passagère n'avait été qu'une brève halte sur une pente descendante, et mon manque de progrès ne le réconforta pas. Quand j'eus fait le point, il réclama que je continue jusqu'à épuisement des pistes.

Son attitude avait quelque chose de masochiste, comme s'il essayait de se punir. Comme il me fallait un autre chèque si je continuais, il s'empressa de m'en faire envoyer un. Il semblait très déprimé. Apparemment, retrouver l'assassin de son frère était son obsession. Puis il m'annonça une nouvelle qui prouvait que j'avais vu juste. Sir Peter Morgan abandonnait toutes ses fonctions au sein du parti tory pour la relative sécurité, selon son expression, d'un mandat de simple député. Peut-être même qu'il y renoncerait aussi, ajouta-t-il.

Aiguillonné par sa troublante détermination, je fis une pause dans ma tournée des bars et pubs pour interroger certaines des hôtesses avec qui Edward avait volé. En dehors de descriptions vibrantes – et, dans un cas, d'un flot de larmes – je n'en tirai rien. Je rencontrai le steward dont Michael Chalkley m'avait parlé, qui me confirma qu'il allait de temps en temps au Pavilion Bar et qu'il y rencontrait parfois des hommes. En d'autres termes, l'endroit aurait très bien pu être un terrain de chasse pour le tueur, même si c'était risqué. Mais comment aurait-il pu le savoir ? Enfin, ce bar ne figurait pas dans les guides gays de Londres.

Revoir Charlotte Morgan ne me mènerait nulle part si je ne trouvais pas l'homme à la casquette. Puis, un jour, Andy Gold me rejoignit pour déjeuner au café de Mike et Ally.

Très fatigué et d'une discrétion inhabituelle, il mangea son sandwich sans appétit et essaya mollement de me tirer des renseignements qu'il était persuadé que je lui dissimulais. Nous discutâmes du bon vieux temps et d'anciennes affaires. Il en avait marre de la police. On lui avait enlevé le dossier du tueur d'homosexuels pour lui confier quelque chose d'encore plus effrayant, si c'était possible. Un type qui abordait de jeunes lycéennes en leur faisant miroiter une carrière de mannequin et qui les emmenait à une séance photos. Peut-être qu'il prenait des photos, d'ailleurs, mais ce qu'il faisait ensuite était tellement ignoble que cela dépassait l'imagination. Pour le moment, il y avait eu deux victimes et une troisième qui avait eu la chance d'en réchapper.

— Ce n'est pas les corps, dit Andy. Ça, ça ne me fait vraiment plus rien. C'est les familles. Le père, effaré, la mère, hystérique, et la petite sœur qui va rester traumatisée à vie. La photo sur la cheminée. Et le pire, c'est qu'on ne retient pas la leçon. Il arrive un truc, on intervient, et puis il s'en passe un autre qu'on n'avait pas imaginé. Il y a toujours quelque chose d'autre, une nouvelle manière de tuer que va inventer un pauvre connard. Prévoir et prévenir coûte trop cher, ça retombe sur la tête de trop de gens apparemment innocents. Nous, on se contente de ramasser la merde, et puis on vaporise des discours bien intentionnés pour cacher l'odeur. Putain, mais à quoi ça sert ?

— Me demande pas, répondis-je. J'ai démissionné, oublie pas.

Andy me donna les clés de l'appartement des Morgan à Canonbury et je m'y rendis le soir même. La Rover de Teddy était encore dans le garage, tout comme la voiture de Charlotte. Elle n'avait pu se résoudre à revenir la prendre. Je remarquai les éraflures sur la peinture de l'aile de la Rover et la légère bosse sur le côté de la Golf. Du garage, je gagnai l'appartement comme avaient dû le faire Teddy et son invité. Seule la lueur orange d'un lampadaire filtrait par les rideaux ouverts. Je les tirai, allumai et entrai dans le salon.

L'appartement était très grand pour un couple. Parquet en pin de Norvège, murs blanc cassé, décorés de lithos modernes et de quelques originaux. Une table basse, deux fauteuils et un canapé Chesterfield. C'était bien plus de mon goût que la maisonnette de Charlotte à Leinster Mews et je me demandai si elle l'avait réellement empruntée à une connaissance ou louée. La simplicité de la pièce spacieuse me plaisait. Peut-être que mon appartement pourrait donner la même chose en plus petit, si je me résignais enfin à aller chez Ikea.

J'inspectai salle de bains et chambre. Les gars du labo avaient enlevé tapis, lit et draps, si bien qu'il ne restait plus aucune trace. Sauf une légère odeur : on avait fermé les fenêtres un peu trop tôt et ce n'est pas le genre qu'on oublie une fois qu'on l'a sentie. C'était le vague relent métallique du sang, mélangé à celui du sexe et des excréments, et à autre chose, indéfinissable, mais très présent. L'odeur de la mort violente.

Je restai un moment dans l'appartement à fouiller çà et là et à ouvrir les placards, sans idée précise. Une caisse contenant quatre bouteilles de champagne me rappela le rapport du légiste. J'écoutai le silence qui semblait résonner sur les murs, les indiscernables échos des coups vicieux et les affreux hurlements. Assis sur le sofa, les yeux fermés, je tentai de me représenter le calvaire d'Edward, en rassemblant tout ce que je savais de lui et de sa dernière journée et en comblant les vides de son emploi du temps par les gestes qui me semblaient les plus probables.

Je le voyais à l'aéroport. Au bar, puis sur le trajet du retour. Je le voyais sourire. Assis à l'endroit où je me trouvais à présent, un autre homme à côté de lui. Je parvins à échafauder un scénario, jusqu'aux dialogues, un scénario assez plausible, mais qui ne serai jamais parfaitement exact. Même si en disposant grosso modo les faits dans l'ordre logique, je n'obtenais qu'une déduction, un modèle construit simplement pour m'aider. Seuls deux hommes savaient ce qui s'était vraiment produit dans cet appartement. L'un, je voulais l'interroger, mais même si je le trouvais, il ne me répondrait sans doute pas. Et l'autre, oh oui, il m'aurait bien volontiers parlé – mais il n'en aurait jamais la possibilité. Cet appartement, rempli de toutes ses affaires, ses vêtements dans les placards, ses flacons d'after-shave entamés, sa raquette de tennis toute neuve, semblait si habité par lui que j'avais envie de dire : « Teddy, dis-moi qui t'a tué ? » Mais ni les vêtements ni l'eau de toilette ni la raquette ne pouvaient me répondre.

Rester assis là et faire défiler différents personnages dans mon esprit n'était que de la fiction, mais cela m'aidait. J'étais frappé que l'assassin d'Edward, malgré l'apparente furie de son geste, soit quelqu'un de parfaitement maître de lui. Il avait attendu d'être dans la chambre. Aller dans une chambre, c'est ce qu'on fait à la fin, quand on est deux. Pour Edward, c'était même vraiment le cas. Ils avaient pris un bain ensemble : l'envie de tuer Edward avait dû démanger l'homme, mais il s'était retenu. Il avait du sang-froid, il était capable d'oublier quelque chose jusqu'au moment précis où il y prendrait le plus de plaisir. C'était pour cela, j'en étais sûr, que la police et moi avions tant de mal à le retrouver.

Penser dans cet appartement à Edward, que j'avais désormais l'impression de connaître, me déprimait incroyablement. À ma connaissance, cet homme si facile à vivre n'avait inspiré qu'affection à tous. Je repensai à son assassin et éprouvai un brusque accès de haine physique pour lui, pour son cynisme, son cœur de pierre atrophié. Je voulais le coincer plus que le jour où j'avais parlé avec Sir Peter devant une crème brûlée. Dans les appartements et maisons voisines, les gens ne se rappelaient rien de plus que ce qu'elles avaient déclaré à la police. Personne n'avait rien vu ni entendu. Ils n'étaient guère disposés à me parler, ennuyés que je leur rappelle qu'ils côtoyaient le souvenir d'un drame horrible. Un vieil homme alla même jusqu'à me lorgner d'un œil soupçonneux en déclarant que les assassins reviennent souvent sur le lieu de leurs crimes. Il commença à refermer la porte sur ces mots, puis jeta un coup d'œil derrière lui. J'eus l'impression qu'il allait appeler la police à peine je serais parti. Comme je n'avais pas envie de causer des ennuis à Andy pour m'avoir donné les clés, je m'empressai de déguerpir.

Je déposai les clés chez Andy et repris ma tournée des pubs avec une détermination renouvelée. Toute la semaine, puis le week-end et le lundi et le mardi suivants. Je ne fis rien d'autre et ne vis personne. Mes préoccupations ne laissaient guère de place à la pensée de Sharon. Je ne l'avais ni revue ni appelée. Je lui laissai sans résultat un message, et je me retins à la dernière minute d'en laisser d'autres. Elle ne voulait pas me voir, c'était évident. Comment ne l'avais-je pas vu venir ? Pourtant, c'était prévisible. Nous n'étions pas allés voir Luke en même temps depuis une éternité. Sharon refusait toujours, prétextant que c'était mieux que nous y allions séparément, car ainsi il recevait davantage de visites. C'était moi qui avais proposé que nous y allions ensemble le dimanche précédent. Je revoyais le visage de Sharon lorsque nous allions au cinéma ou lors de ce dîner, assise en face de moi, buvant ce vin qui lui tachait les dents, ses cheveux couleur de vieux Bourgogne. Je faillis passer chez elle lui parler et essayer de découvrir ce qu'elle avait dans la tête, lui faire comprendre qu'elle ne devait pas abandonner tout espoir que Luke se remette un jour, afin de l'aider à continuer de vivre. Je renonçai. Je préférai m'absorber dans mon travail. En réalité, je ne savais pas ce que je voulais lui dire. Probablement qu'elle devait vivre une existence de célibataire, d'héroïne tragique, stoïque au chevet de son amant, attendant le jour magique où il se réveillerait de son sommeil pour l'épouser enfin. Non, mieux valait me taire.

Pour m'empêcher de ruminer mes sombres pensées, je continuai d'arpenter Londres en quête du tueur. D'incertain, le temps était devenu capricieux, puis maussade et enfin épouvantable. Il semblait faire nuit constamment et Londres était morne et silencieuse, les rues remplies de gens se préparant à affronter trois mois d'hiver. Les dernières terrasses de cafés disparurent, courts de tennis et parcs se vidèrent. Les porches qui abritaient des formes humaines reconnaissables durant l'été se remplissaient désormais de tas de loques et de couvertures sous lesquelles étaient blotties Dieu sait combien de personnes. Les visages étaient plus tendus, les corps crispés, et il y avait de moins en moins de monde à interroger. Londres elle-même semblait se replier sur ses secrets.

Moi aussi. Je restais sans voir personne et j'étais de plus en plus déprimé à cause de Sharon et Edward Morgan. Je refusais de me l'avouer, mais je n'avançais pas. Personne n'avait vu l'homme de la photo et en tout cas, depuis, son apparence avait très probablement changé. C'était d'autant plus frustrant que j'étais désormais convaincu, sans véritable raison concrète, que ce n'était pas simplement le dernier d'une série d'actes barbares qui resteraient à jamais inexpliqués. Il y avait autre chose, j'en étais sûr, mais quoi ? Je courais derrière une ombre. J'avais pratiquement écumé tous les établissements figurant dans le Guide Gay de Londres. Bientôt, je ne pourrais plus apaiser les doutes qui me rongeaient comme un ulcère. Je continuai cependant, en me forçant à penser à mes honoraires, mais au bout de deux semaines et demi de marche forcée de plus en plus pénible et inutile, j'avais pratiquement décidé de renoncer.

Seulement, un soir, j'avais pris ma voiture et j'étais descendu à ma salle m'entraîner. Sal m'avait déclaré qu'elle était certaine de n'avoir jamais vu le type de la photo que je lui avais laissée dix jours plus tôt. J'avais fait quelques rounds avec Mountain Pete. Regardé un petit mec effronté qui se prenait pour Naseem Hamed et remarqué l'expression apeurée d'un autre gamin avec un gros blouson orange, pas très sûr de vouloir affronter sur le ring l'un ou l'autre de ses copains, tous les deux plus costauds que lui. J'étais passé chez Nicky, que je n'avais pas vu depuis presque deux semaines, puis rentré chez moi et endormi en écoutant la voix douce-amère de Nick Drake chanter des ballades où il était question d'amour et de mort.

C'est alors qu'une voix sur mon répondeur m'avait tiré de mes rêves et que j'étais parti attendre dans le froid devant un dépôt de marchandises derrière la gare de King's Cross, où le propriétaire de la voix en question m'avait rejoint et avait pointé sur mon crâne un fusil à canon scié.

TROISIÈME PARTIE

15

Je ne le connaissais pas. Il surgit de derrière un camion et j'eus à peine le temps de le détailler. Je vis seulement qu'il était grand, et assez costaud pour pouvoir tenir fermement l'arme d'une main à bout de bras. Il portait apparemment un jeans et une veste en cuir.

Et une casquette de base-ball.

Je ne bougeai pas. La nuit était glaciale, mais, soudain, je ne sentais plus le froid. L'homme se détachait sur les briques noircies du dépôt de marchandises victorien. Brandissant toujours son arme, il s'avança en traînant légèrement le pied gauche.

— Tu veux quoi, bordel ?

C'était la deuxième fois qu'on me posait cette question ces derniers temps. Je n'avais toujours pas la réponse. Je pesai mes chances de détourner son attention et de le désarmer. Pas des masses.

Apparemment, il s'en fichait que je ne réponde pas. Il s'avança encore, traînant toujours le pied sur le goudron mouillé.

— Tourne-toi.

Je ne bougeai pas. Se tourner n'aurait guère été prudent. J'avais la gorge totalement desséchée.

— Écoute, dis-je d'un ton que je voulais dégagé. C'est pas la peine de...

— Tu fermes ta gueule et tu te tournes !

La voix était celle d'un furieux, qu'on n'a pas envie d'avoir en face de soi avec un doigt sur la détente. Je préférai obéir. Il était suffisamment loin pour m'exploser la poitrine si je lui sautais dessus et suffisamment près pour me manquer si je me retournais en feintant.

Lentement, je pivotai jusqu'à ce qu'il disparaisse de mon champ de vision. Je continuai en fixant un lampadaire à une cinquantaine de mètres de là sur York Way. Je me rappelai avoir parlé à une prostituée qui se tenait pile dessous. Merde, pourquoi n'était-elle pas là ce soir ? Pourquoi la rue était-elle déserte ? Je songeai à le supplier, mais j'en aurais été incapable, même si j'avais voulu. D'ailleurs, je voulais bien, et je l'aurais bien fait si j'avais pensé que ça puisse servir à quelque chose. Après tout, pourquoi pas ? Mais non, c'était inutile. Est-ce que j'entendrais le coup de feu ? Est-ce que je le sentirais, d'ailleurs ? Mon estomac se souleva, puis trembla comme s'il y avait un moineau prisonnier à l'intérieur. Brusquement, je perçus une forte odeur d'after-shave. Impossible de déterminer lequel. Malgré ma terreur, je trouvai que c'était plutôt agréable.

J'entendis de nouveau son pied traîner. Puis tout le dépôt de marchandises me tomba dessus, le lampadaire se dédoubla et tourbillonna un instant devant mes yeux éblouis, puis ce fut le trou noir.

Quand je revins à moi, j'étais enfermé.

J'en avais conscience, malgré l'épais sac de toile qui m'enveloppait la tête, solidement attaché autour du cou avec un bout de corde. J'avais aussi les mains liées derrière le dos, mais pas attachées à quelque chose. Ma tête bourdonnait et je faillis vomir – pas malin, avec ce sac. Je sentais une entaille à l'arrière du crâne, là où j'avais reçu un coup de crosse. Je tendis l'oreille en essayant de ne pas bouger pour que mon agresseur ne sache pas que je m'étais réveillé. Cependant, il devait m'observer et on ne peut vraiment pas contrôler ses mouvements quand on reprend ses esprits. Je l'entendis se lever et repousser un siège métallique si violemment qu'il racla le sol et se renversa non loin de moi. Instinctivement, je me recroquevillai et reculai.

Il m'empoigna par le blouson et me souleva. Puis il me repoussa et à deux mains, cette fois, il me cogna le dos à trois reprises contre le mur. Je ne résistai pas, me contentant d'éviter de me cogner le crâne. J'en eus le souffle coupé et je me mis à tousser. Il me lâcha et je décochai un coup de pied au hasard en espérant le frapper à l'entrejambe. Il me sembla atteindre la cuisse et je reçus en récompense un bon coup de chaussure de sécurité dans les côtes. Je me recroquevillai en serrant les coudes, m'attendant à en prendre d'autres.

Je l'entendis reculer puis s'avancer de nouveau. Il y eut un raclement métallique, puis un autre, encore plus près. Il redressait la chaise et s'asseyait. Le silence retomba.

— Je me disais bien aussi que tu étais pas un malin. Tu essaies encore, et je t'explose les couilles l'une après l'autre.

Sa voix était plus calme, à présent. Et le ton moqueur. Elle me parvenait étouffée par le sac et mon mal de crâne. Il me sembla y saisir une pointe d'accent du Nord. Leeds, peut-être. Quelqu'un qui aurait quitté la région depuis longtemps. Une voix de Blanc.

— Alors, Mr Rucker, je suis pas très content de toi.

— J'avais cru comprendre.

— Montrer à tout le monde une photo de moi aussi moche. Elle me ressemble très peu. Je ne suis pas joli du tout, dessus.

— Tu pourrais m'en donner une autre.

— Non. J'ai décidé que tu n'allais plus jamais faire circuler des photos.

J'entendis le déclic d'un fusil qu'on chargeait.

— Cela dit, pas mal ce que tu as fait à ce flambeur de Rollo, je dois dire. Paraît que son dentiste va se faire un peu de blé avec lui. Il mouillerait sa culotte, s'il savait que je t'ai eu comme un rien. Il te foutrait ce truc dans le cul et tu mourrais avec un sourire aux lèvres.

La chaise recula et il s'avança vers moi.

— Moi, je suis plus conventionnel.

Il me saisit par la mâchoire et m'enfonça le canon du fusil dans l'œil gauche, me forçant à reculer la tête contre le mur.

— Qu'est-ce que tu sais de moi, alors ?

— Rien.

— Non ?

— Si je savais quelque chose, je serais pas là comme ça, non ?

— Peut-être pas. Peut-être que je serais en taule, hein, Rucker ?

— Peut-être.

— Tu vois, je connais ton nom. Tu connais le mien ?

— Ouais. C'est Cliff Richard.

Il referma son autre main sur ma gorge et serra. Je suffoquai. J'essayai de ne pas trop bouger, si jamais il avait le doigt sur la détente.

— Ce serait tellement facile, dit-il. Personne t'a vu arriver ici, personne me verra sortir.

— Il y a ta voix sur mon répondeur.

— Malin. Mais ça changera pas grand-chose si on me pince, hein ?

Je ne répondis pas. Il avait raison. Il pouvait encore tuer dix autres personnes et si on l'attrapait, il écoperait de la même condamnation que pour trois.

— Qu'est-ce qu'ils savent, les flics ?

— Rien. Personne ne sait rien.

— Sauf qu'il y a la photo. On t'a bien facilité la vie avec, hein ?

Je ne répondis pas non plus. Je tentai de libérer mes

mains sans attirer son attention, mais elles étaient sacrément bien attachées. Je le sentis desserrer son étreinte sur ma gorge et reculer un peu. Le canon était toujours pressé sur ma joue gauche et il l'enfonça davantage. J'entendis le déclic du chien qu'il armait. J'attendis. Je n'entendrais pas le coup de feu. Je ne le sentirais pas non plus.

Nous restâmes ainsi pendant un long moment. Il faisait de plus en plus chaud sous le sac et seuls ma respiration et le froissement de la toile troublaient le silence. Mais pourquoi il n'en finissait pas une bonne fois pour toutes ?

— Tu as la trouille, Rucker ?

Oui, j'avais peur.

— Tu regrettes de pas être resté chez toi ?

Oui, je regrettais.

— Tu regrettes d'être allé émoustiller une poignée de fiottes en leur montrant ma jolie photo ?

Oui, ça aussi, je le regrettais.

— Eh bien, c'est trop tard, mec.

Il resta sans rien dire un long moment. Je me concentrai sur le présent, sans penser à rien de profond. Mon esprit n'allait nulle part. Comme éteint. Je n'éprouvais plus que peur et douleur. Il saisit la corde et la serra. Je commençai à suffoquer et essayai de me débattre en comprenant ce qu'il voulait faire. Pas de bruit. Ma résistance n'était pas très efficace, mais il relâcha un peu la corde.

— Plus de photos, dit-il. Compris ? (J'étais surpris. J'essayai de hocher la tête. Il enfonça le canon du fusil dans mon visage.) Tu as beaucoup de chance, dit-il. Vraiment beaucoup. Il paraît que tu connais du monde. Si on me l'avait pas dit, je te raconterais pas ça. Je t'aurais explosé la cervelle sur le mur comme une saloperie de tableau d'art moderne.

Vu la façon dont il me raclait la tête dessus, je devais déjà en avoir la moitié étalée sur les briques. Sal, songeai-je. Bénie sois-tu jusqu'à tes petites culottes. Mais ce n'était tout de même pas elle qui avait réussi à le retenir ? Je n'en savais rien. Et pour le moment, je m'en fichais.

Il me tenait toujours par la mâchoire. Il y enfonça les doigts et je sentis que son visage n'était qu'à quelques centimètres du mien. Ce visage qui avait souri à Edward Morgan, trompé un chauffeur routier, qui s'était penché sur le corps d'un lycéen avant d'enfoncer un tesson de bouteille dans les restes du visage qu'il regardait. J'eus l'étrange sensation d'avoir vécu cette situation depuis le début de cette enquête, depuis le moment où j'avais commencé à faire circuler les photos. Ce visage était devant moi, mais quelque chose m'empêchait de le voir.

Il me lâcha et recula.

— Tu auras pas cette chance-là deux fois, l'entendis-je dire.

Puis le dépôt de marchandises me retomba dessus.

Je restai un long moment sans mouvement. Je ne savais pas du tout combien de temps j'étais resté sans connaissance cette fois, mais j'avais mal partout. J'étais étourdi par cette douleur qui me martelait le crâne et menaçait de le faire éclater, et, cette fois, je vomis. Je cherchai de l'air tout en essayant de cracher les vomissures, tandis que la toile me collait au visage à chaque inspiration. Je me forçai à tousser et cracher, affolé à l'idée de finir étouffé, puis je me calmai et respirai par le nez. Je tendis l'oreille, guettant d'autres bruits. Rien qu'une voiture roulant lentement sur York Way. Je restai allongé encore un peu, essayant de savoir s'il était encore là à attendre que j'essaie de me lever. L'endroit paraissait vide. Je décidai de bouger.

Étant à plat ventre, je dus me retourner sur le côté pour pouvoir passer les mains sous mes pieds. Je grimaçai en sentant de nouveau le coup qu'il m'avait assené dans les côtes. Il devait m'en avoir cassé une ou deux. Je roulai de l'autre côté et réussis à passer les mains devant moi.

Je défis d'abord la corde autour de mon cou et retirai le sac, me répandant des vomissures dans les yeux et les cheveux. L'air frais me fit du bien. Je scrutai l'obscurité, puis je retournai le sac et m'essuyai rapidement avec le côté propre. Après quoi, je remuai les mains pour desserrer un peu la corde et réussis à défaire l'un des nœuds et libérer la gauche. Puis j'arrachai le reste et le jetai avant de me frictionner les poignets. À présent, trouver une issue. Je me remis péniblement debout, un peu trop vite, et vomis de nouveau un flot de bile qui m'élança douloureusement les côtes. Cette fois, ça atterrit sur le sol.

On ne distinguait pas grand-chose. J'étais entouré de formes massives, des caisses et des cartons empilés. Je m'appuyai contre l'un d'eux en attendant que passe ma nausée. Mon estomac se calma. Je n'y voyais toujours rien. Je cherchai vainement à tâtons un interrupteur en me cognant à la chaise. Il avait dû apporter une torche, pour ne pas qu'on aperçoive de lumière du dehors. Le sac était en grosse toile opaque et je n'aurais même pas pu me rendre compte s'il avait fait jour.

Je trouvai finalement une porte que je réussis à faire coulisser dans un concert de grincements. Je vis pendouiller un gros cadenas qu'il avait dû fracturer. Je sortis prudemment. J'étais derrière un bâtiment, dans une cour qu'éclairait à peine une faible lumière de secours. J'étais sur le qui-vive. Je retroussai ma manche : presque 5 heures et demie. Pas le moindre soleil. J'hésitai un instant, puis je raisonnai : s'il avait voulu me tuer, il n'aurait pas attendu que je sois dehors, avec la place de manœuvrer, mais l'aurait fait quand j'étais attaché. Malgré tout, je jetai un regard circonspect avant de sortir. Une brusque douleur fulgurante dans le crâne faillit me couper les jambes et je dus me tenir au mur. Merde, j'étais dans un tel état que même une Jeannette aurait pu me rétamer. Je me redressai et titubai vers le camion derrière lequel il s'était caché pour me guetter.

Aucune autre désagréable surprise ne m'y attendait. Je le dépassai et gagnai la rue. Le lampadaire était toujours là, mais cette fois, il y avait une fille dessous. Je m'avançai vers elle en me tenant la tête. Elle dut penser que j'étais saoul en voyant ma démarche.

— Tu viens faire un tour ?

Elle était menue et plus toute jeune. Et apparemment pas très attirante. Mais il faut dire que je n'étais pas vraiment d'humeur, séduisante ou pas. Elle en trouverait d'autres qui le seraient.

— Est-ce que tu as vu un type à casquette sortir de là-bas ? demandai-je en désignant l'endroit d'où je venais.

— Va te faire foutre, répondit la fille.

J'étais trop fatigué pour discuter.

Ma voiture n'avait pas bougé. En y arrivant, j'eus un instant de panique. Et s'il m'avait fouillé et pris mes clés ou l'argent qu'il m'avait demandé d'apporter ? Les clés étaient toujours là, mais pas l'argent, puisque je n'en avais évidemment pas pris. Avait-il vérifié et été déçu ? Je m'en fichais. Je voulais simplement rentrer chez moi.

L'espace d'un instant, j'hésitai à prendre le volant. Deux coups sur la tête : un médecin me l'aurait interdit, mais je ne risquais pas de trouver un taxi dans les environs. Je mis le contact, mais rien ne se passa. J'en aurais chialé. J'attendis, vainement. J'étais prêt à aller jeter un coup d'œil sous le capot quand je m'aperçus que j'étais garé sur une rue légèrement en pente, face à King's Cross. Je passai une vitesse, tirai le frein à main et laissai la Mazda descendre. Une fois qu'elle eut pris un peu de vitesse, j'embrayai et le moteur démarra. Je rentrai chez moi très prudemment, avec l'impression qu'on avait customisé ma voiture avec le plus puissant autoradio du marché et mis le volume à fond. Rien que des basses – et ma tête comme seul haut-parleur.

Je n'étais pas en état de réfléchir à toute cette histoire : je voulais simplement me coucher. En route, des images et des phrases ne cessaient de me revenir à l'esprit, mais je me contentai de me concentrer sur les feux rouges et la route et de ne pas oublier de mettre mon clignotant quand je tournais. Pas question de me faire arrêter. Je mis du temps à rentrer, mais sans encombre, sauf que quelqu'un s'était garé à ma place. Je me mis sur une livraison deux rues plus loin. La Mazda verrouillée, je descendis Exmouth Market jusque chez moi. Il faisait de nouveau froid et je frissonnai dans le vent en serrant mon blouson contre moi. J'étais crevé, et maintenant que je m'étais habitué à la douleur lancinante dans mon crâne, je commençais à avoir mal à la joue, là où il avait appuyé le canon de son fusil. Cette douleur-là était plus vive, plus nette, et curieusement réconfortante. La perspective de mon lit était à présent presque insupportable et je pressai le pas, une main sur l'entaille à ma joue. Elle était rouge de sang et cela me surprit. Mon lit m'appelait. Les draps devaient être encore rejetés, les oreillers réunis gardant la forme de ma tête. J'allais prendre trois aspirines, me coucher, et tout ça ne serait plus qu'un mauvais rêve.

La porte d'entrée était ouverte. Tout juste entrebâillée. J'avais oublié de fermer ? Il ne me semblait pas, mais je n'étais pas en état de me rappeler un tel détail. J'étais pressé, hier soir. En m'approchant, je vis que la serrure avait été forcée. Chambranle et porte étaient éraflés.

Je jetai un coup d'œil dans les escaliers. Obscurité. Je faillis allumer, mais je me ravisai. Je tendis l'oreille. Silence. Je n'en revenais pas d'avoir été cambriolé. Peut-être que l'homme à la casquette avait tout monté avec des gamins pour que je comprenne qu'il pouvait m'avoir à tout moment. Peut-être que c'était une coïncidence bizarre. Ou bien le sbire de Lloyd ? Je restai les yeux fixés sur les escaliers, retenant mon souffle, essayant de piger ce qui se passait. En fait, c'était surtout pour éviter de monter. Et s'il avait changé d'avis ? S'il m'attendait assis sur mon lit avec son fusil à canon scié ? Pourquoi ce type qui n'avait montré aucun scrupule pour en tuer trois autres m'avait-il laissé partir ? Et s'il avait brusquement décidé que mes relations ne comptaient pas ?

Je poussai la porte et avançai dans la petite entrée étroite. J'essayai de me rappeler si les marches grinçaient et restai en bas, indécis. Appeler la police ? Je ne savais pas trop. Impossible qu'il soit là-haut : n'importe quel idiot aurait vu l'état de la porte. Et s'il n'avait rien volé, mais simplement forcé la porte lui-même après m'avoir laissé assommé, juste pour me faire savoir qu'il connaissait mon adresse et pouvait venir quand ça lui chantait ? J'aurais l'air fin, si j'appelais la police.

Je posai le pied sur la première marche. Elle ne fit guère de bruit, pas plus que les suivantes. En haut de l'escalier, je vis que la porte de mon appartement avait subi le même sort que celle de la rue. Sauf qu'elle n'était pas entrebâillée, mais grande ouverte.

Je m'arrêtai de nouveau et scrutai l'obscurité de l'atelier. Là encore, pas le moindre bruit. Là encore, j'eus les mêmes doutes et me posai les mêmes questions. Aucun raisonnement ne pouvait apaiser cette terreur puérile qui s'emparait de moi et mon estomac recommença à trembler. Je m'avançai, agrippé à la balustrade, prêt à affronter de nouveau un assassin ou le genre de saccage que j'avais vu dans bien des maisons, mais jamais chez moi. Meubles renversés, graffitis bombés sur les murs, tiroirs vidés, et une merde ou deux au beau milieu. Je montai lentement les dernières marches.

Et m'arrêtai sur le seuil.

Il n'y avait pas d'assassin chez moi. À la lumière de la lampe de chevet que j'avais laissée allumée en partant, je vis que personne ne l'avait saccagé non plus. On n'avait rien volé. L'appartement était exactement dans le même état : tiroirs fermés, meubles à leur place, murs intacts, avec la litho numérotée de Salgado toujours au même endroit. La seule différence, c'était mon lit.

Un jeune homme était allongé dessus. Nu, sur le dos, bras relevés derrière la tête comme pour supplier qu'on ne le tue pas. Il était couvert de bleus, entailles et traces de coups et avait le ventre déchiqueté. Son sexe avait été coupé et posé sur sa poitrine, tout recroquevillé et couvert de sang comme un rat nouveau-né.

16

Dans le silence, je restai à fixer le corps sur mon lit. Je revis soudain mon frère, couvert de sang, gisant dans ce qui restait de ma voiture. Toute la douleur que j'éprouvais jusque-là s'évanouit : paralysé, je ne pouvais détacher mon regard de ce spectacle qui m'avait arrêté tout net, bien plus brutalement qu'un coup sur le crâne. Je me sentais oppressé : j'avais retenu mon souffle comme pour empêcher le temps d'avancer. Un goût de bile me remontait dans l'arrière-gorge et, lorsque je respirai à nouveau, ce fut un air douceâtre et écœurant, si épais que je le sentis presque sur ma langue.

Le visage recouvert d'un oreiller, il était allongé sur la couette, trempée de sang, surtout sous son ventre, ouvert jusqu'aux intestins, la peau écartée sur les côtés pour découvrir les organes comme un croquis d'anatomie. Poitrine et jambes étaient couvertes de profondes entailles courant à l'intérieur des cuisses depuis l'entrejambe jusqu'aux genoux.

Une vraie boucherie. Je me forçai à faire un pas. Un autre. Le spectacle était insoutenable, l'odeur de plus en plus forte. Ma poitrine me brûlait. Je contournai le lit et m'approchai. La lampe brillait joyeusement. Par terre gisait la moitié inférieure d'une bouteille de vin. Je vis à l'étiquette qu'elle était à moi. C'était le Grange 1986 qui m'avait coûté les yeux de la tête et que je gardais en réserve. Le tapis était taché de rouge sombre. Je me penchai pour regarder de plus près, sans toucher la bouteille.

L'autre moitié était enfoncée dans la gorge du garçon, entre le menton et les clavicules. L'oreiller était posé dessus. Sa tête était soutenue par d'autres coussins pour bien maintenir la bouteille. Je distinguai sur le côté une oreille et la tempe. Je tendis le bras.

Surtout, ne pas faire ça. Je retirai ma main, l'avançai à nouveau. Je respirai un bon coup avant d'enlever l'oreiller et le poser par terre à côté de la bouteille. Puis je tournai lentement la tête et me forçai à regarder.

C'était bien ce j'avais prévu.

Le garçon fixait un point au-dessus de la porte. Les yeux grands ouverts, mais la bouche fermée, comme devant un film au cinéma. Il semblait calme, indifférent à ce qui lui était arrivé. Juste un peu surpris. Comme s'il ignorait le tesson de bouteille enfoncé dans la gorge, comme un banquier dont la cravate pend dans sa bière. Son visage était intact, sans la moindre marque, contrastant avec le corps couvert de blessures et de sang. Je contemplai le visage, les lèvres pleines, les sourcils bruns prononcés. Il ne me regardait pas. Tout comme l'autre fois, quand il s'était détourné de moi. Je me mordis la lèvre. Instinctivement, je me penchai et passai la main dans les cheveux courts couleur de glace à la vanille. La décoloration bon marché couvrait jusqu'aux racines. Je lui fermai les yeux.

J'appelais la police. J'étais en train de parler à la standardiste quand j'entendis le hurlement rageur d'une sirène couvrant à peine un moteur rugissant. Tout près. De plus en plus près. Je dis à la fille de ne pas quitter, posai le combiné sur la table, et allai écarter les lames du store. Pile au moment où une voiture de police débouchait à toute vitesse et freinait dans un crissement de pneus devant chez moi. Deux portières claquèrent, des pas précipités résonnèrent. Et s'arrêtèrent en bas des escaliers.

J'étais couvert de sang et de vomissures, dans un appartement, en compagnie d'un cadavre. Quelqu'un avait dû tout voir et appeler la police, l'un des employés du tri postal de Mount Pleasant, peut-être. Ou bien... Je me retournai vers la porte et songeai brusquement à Dominic. Ce morceau de chair sur sa poitrine. Je voulais le couvrir, lui enlever la bouteille de la gorge, mais non, je ne pouvais pas. Je guettai les pas qui ne tardèrent pas à gravir l'escalier.

Leur parler avant qu'ils se précipitent dans la pièce et voient ce spectacle. Je descendis précipitamment quelques marches, puis je m'arrêtai avant qu'ils entrent, pour qu'ils n'aillent pas s'imaginer que j'essayais de filer. Il fallait les prévenir, m'assurer qu'ils garderaient calme et raison. Leur parler avant qu'ils tombent dessus. Et que ce soit noté dans le procès-verbal.

— Par ici ! criai-je. (Une silhouette de haute taille apparut à la porte.) L'interrupteur est juste à gauche.

La petite ampoule s'alluma. Un homme et une femme, à peu près de mon âge, levèrent les yeux vers moi. Je leur expliquai ce que j'avais découvert dans mon appartement en rentrant. Ils parurent choqués et mal à l'aise. Non, ils n'avaient pas à s'inquiéter pour moi, je ne poserais aucun problème. La policière me demanda de reculer dans l'appartement et s'avança. J'obéis à contrecœur.

Je m'assis tout au bout à la table, pendant qu'elle examinait rapidement le corps. Son collègue restait sur le seuil, jetant des regards inquiets vers les fenêtres devant lui et la verrière sur sa droite – des issues possibles. Très efficaces, ils ne firent pas de drame et m'épargnèrent les torrents de vomi auxquels j'avais pu assister dans des situations bien moins épouvantables. L'officier fit immédiatement son rapport par radio et demanda des renforts. Dans pas longtemps, ça grouillerait dans tout l'appartement. Ils me dévisagèrent, essayant de deviner si j'étais vraiment disposé à coopérer pleinement. Apparemment, ils étaient déjà fixés sur ce qui s'était passé ici avant leur arrivée.

Je me pris la tête dans les mains. Elle recommençait à bourdonner et tout se brouillait et tournait autour de moi.

— Vous l'avez trouvé comme ça, c'est bien ça ?

Involontairement, je suivis leur regard vers le futon. Cela me fit un peu reprendre mes sens.

— Oui.

— Vous avez touché quoi que ce soit ?

La policière vint s'interposer entre Dominic et moi. Elle aurait dû m'appeler « Monsieur », mais je comprenais, elle avait des circonstances atténuantes.

— Non, rien. L'oreiller. Il lui couvrait le visage, je l'ai enlevé.

— Pourquoi ?

— Vous n'en auriez pas fait autant ?

— Et vous déclarez habiter ici ?

— Oui.

— Où étiez-vous allé ?

J'étais incapable d'en dire plus. Je me tenais la tête dans les mains et j'ignorai la question, puis toutes les suivantes dont on me bombarda. Ils renoncèrent et elle demanda à son collègue s'il ne valait pas mieux attendre dehors. Non, répondit-il sans plus d'explication. Nous attendîmes les renforts. Pendant ces dix minutes, j'évitai de regarder Dominic en tripotant la chemise bleue contenant les poèmes de mon frère, restée sur la table depuis une semaine. Je songeai à les prendre avec moi en partant, mais la policière semblait un peu trop susceptible.

— Veuillez ne toucher à rien, dit-elle avec un agacement qu'elle ne chercha même pas à dissimuler.

— *Monsieur*, marmonnai-je en reposant la chemise.

Quand la seconde voiture arriva et coupa sa sirène, le policer descendit et prévint ses deux collègues en civil. L'un énorme, presque un gamin. Je reconnus vaguement l'autre, un grand maigre avec une petite tête et un air tellement pincé qu'on aurait dit un moulage en terre. Le plus âgé parut ébranlé, mais l'autre prit un air cynique et indifférent, uniquement dégoûté par les implications morales de la scène. Ils étaient suivis de quatre policiers en tenue qui s'effondrèrent l'un après l'autre comme une rangée de dominos. Le grand maigre s'assit en face de moi et me posa quelques questions simples auxquelles je répondis, puis d'autres, plus difficiles, auxquelles je ne répondis pas. Il me passa les menottes et nous laissâmes Dominic, qui serait bientôt photographié par un autre que moi. Dans la rue, à présent bloquée par quatre voitures de police et deux véhicules banalisés, je vis une place libre dans la rangée où j'avais garé la mienne. Elle était occupée quand j'étais rentré. J'essayai de me rappeler la marque. Une Escort. Il me semblait bien que c'était une Escort.

On me poussa vers le bout de la rue à travers une petite foule de visages renfrognés, tous remplis de curiosité ou de mépris. Il ne faisait pas encore jour et seul un facteur me vit passer le cordon de police tout juste installé et monter à l'arrière de l'une des voitures de police. Cinq minutes plus tard, nous étions au commissariat de Carlisle Street.

17

La nuit avait été longue. La matinée le fut aussi. J'étais visiblement épuisé et incapable de me concentrer, mais on ne me laissa pas dormir. J'en aurais fait autant à leur place. On me fit mijoter vingt minutes, puis le policier qui m'avait menotté entra avec son jeune collègue. Le jeune avait l'air d'un garçon de ferme, assez costaud pour tirer un tracteur. Mieux valait que ça ne tourne pas au vinaigre. J'avais déjà donné.

Un technicien du labo vint prélever des échantillons sous mes ongles et des cheveux pour les analyses d'ADN. On me fit ôter tous mes vêtements, qu'on emporta pour relever des traces de sang, sperme, fragments de poils ou de peau étrangers. Après quoi, le technicien m'examina pour chercher entailles, égratignures et ecchymoses – et il y avait de quoi faire. Il s'intéressa tout particulièrement à mon entrejambe et préleva sur un coton-tige des échantillons sur mon sexe et encore quelques poils. Pendant tout ce temps, les bras croisés, les deux policiers assistaient au spectacle, dégoûtés mais jubilant quand même. On me donna un jeans et un sweat-shirt, mais ni chaussures ni chaussettes ni sous-vêtements.

Le technicien déclara qu'il fallait que je consulte un médecin pour mes blessures superficielles à la tête et au visage, en cas de traumatisme crânien et de côtes brisées.

— Qu'il dérouille, ce salaud, décréta le jeune.

On appela tout de même le médecin.

Je demandai un avocat et donnai le numéro de Mike Williams au policier de garde.

— Dommage que son cabinet soit pas encore ouvert, hein ? dit le plus vieux venant s'asseoir en face de moi. Ça vous embête pas qu'on commence sans lui, non ?

Peu importait mon avis. D'ailleurs, j'étais plutôt content qu'on s'y mette. Je voulais qu'un policier aille au dépôt de marchandises de York Way constater la preuve de ce qui m'y était arrivé. Avec un peu de chance, il trouverait le sac avec mon sang dessus. À condition évidemment d'arriver avant qu'un crétin ne le balance. Et avec un peu de chance, on y relèverait peut-être des empreintes.

Je relatai les événements de la soirée : la salle de gym, mon passage chez Nicky, le coup de fil et ce qui m'était arrivé ensuite. À contrecœur, je finis par dire que je connaissais Dominic Lewes : dans mon bureau se trouvaient des dossiers qui permettaient de faire le rapprochement. Je racontai que je l'avais photographié et que j'avais tabassé son mac, connu sous le nom de Rollo. Que mon agresseur avait parlé de lui. Qu'une Ford Escort de cinq ou six ans, garée devant chez moi à mon arrivée, n'y était plus quand on m'avait emmené. Pour moi, c'était son propriétaire qui avait tué Dominic, laissé le corps chez moi et attendu que je rentre avant d'appeler la police. On nota tout cela avec un évident scepticisme.

J'étais plus qu'épuisé et c'étaient maintenant mes côtes qui me faisaient le plus souffrir. La découverte du cadavre chez moi m'avait fait oublier les cachets que je voulais prendre en rentrant et je demandai qu'on m'en donne.

— Le docteur va arriver, monsieur, sourit le plus âgé.

Il fallut attendre une heure. Et encore, parce que je refusais de répondre à la moindre question tant qu'il ne serait pas là et me contentais de geindre. Préférant éviter un décès inscrit dans leurs dossiers, les deux policiers le firent entrer. Il me banda la tête et les côtes et me pansa le visage, puis il fit appeler une infirmière, et une heure plus tard on me faisait des points de suture à l'arrière du crâne. Les os du devant sont plus durs, m'expliqua-t-il. Et comme on lui avait précisé de ne rien me donner qui puisse me faire dormir, je n'eus droit à rien du tout.

Je n'avais plus qu'à attendre que ça passe. La douleur comme l'interrogatoire. J'étais inquiet, mais les preuves matérielles confirmeraient que j'étais bien allé à York Way, et la police ne trouverait sur Dominic aucun indice que je l'aie tué ni même approché. Je ne faisais plus attention aux deux policiers qui se battaient à celui qui jouerait le méchant flic. Mon regard errait sur les murs gris terne, la table branlante, parfaite pour des inspecteurs qui ont trop regardé la télé et veulent jouer la comédie du flic enragé en la faisant valser. Je bus trois tasses d'un jus de chaussettes tiédasse et, quand le jour commença à poindre à la minuscule lucarne, j'attendis qu'arrive mon ami le chef de la police. Il aimait s'intéresser personnellement aux grosses affaires et comme j'allais devoir reprendre tout à zéro avec lui, inutile de me fatiguer avec ces deux-là. J'essayai de comprendre ce qui s'était passé, comment tout s'était enchaîné, mais j'avais déjà assez de mal à tenir le choc comme ça sans essayer de trouver une logique à cette histoire totalement incompréhensible. Quel était le rapport entre Dominic Lewes et l'enquête que je menais pour Sir Peter Morgan ?

Le chef se fit attendre toute la journée. On me laissa dormir deux heures, puis Mike Williams arriva vers 10 heures. Il n'était pas spécialiste du pénal, mais il était heureux de me rendre service et saurait qui appeler en cas de besoin. Non, je n'avais pas besoin de sa présence durant les interrogatoires. Voulais-je qu'on m'envoie à l'hôpital ? Non, cela n'aurait fait que ralentir les choses. Je pensais qu'Andy Gold arriverait d'un moment à l'autre, puis je me souvins qu'on lui avait confié une autre affaire. Mais je m'attendais à le voir quand même. Nous étions amis, après tout. Seulement voilà, l'amitié est parfois gênante pour un officier de police, surtout envers un type qu'on soupçonne d'être un serial killer.

Milson et Clarke s'acharnèrent sur moi tout l'après-midi, mais je ne leur dis rien de plus. Ils essayèrent de relever des incohérences dans ma version, surtout l'épisode de York Way, pour lequel je n'avais aucun témoin, mais quand on dit la vérité, une histoire tient debout, surtout si on s'en tient rigoureusement aux faits. Bien sûr, ça les mettait en rogne, mais ils étaient toujours persuadés de tenir leur homme. Où étais-je les nuits où John Evans, James Wadlock et Edward Morgan avaient été massacrés ? Impossible de leur répondre sans consulter mon agenda, et ils en furent ravis. Ils allèrent même jusqu'à faire apporter une casquette de base-ball dont ils me coiffèrent avant de comparer mon profil à celui de la photo que j'avais fait circuler. Puis ils me photographièrent. Sans doute qu'ils allaient montrer le cliché aux gens qu'ils avaient déjà interrogés.

Combien de temps prenaient les experts du labo ? J'avais trois ans de retard, mais une affaire de ce genre avait la priorité. Si le chef n'était pas là, c'était probablement que le rapport n'était pas prêt. Il ne perdrait pas son temps si les conclusions ne prouvaient rien dans un sens ou dans l'autre. Milson et Clarke n'étaient là que pour me ramollir et nous garder éveillés, moi et ma tête qui m'élançait. Le chef était un excellent policier, une ordure, vindicatif, calculateur et sans pitié. Même s'il savait que je n'avais rien à voir avec cette affaire, il laisserait Milson et Clarke s'en prendre à moi au cas où ils découvriraient quelque chose qui lui serait utile.

À 19 heures, on me fit sortir de la cellule de garde à vue pour me conduire dans une salle d'interrogatoire où vint me rejoindre Ken Clay, le chef de la police d'Islington. Il entra dans la pièce d'un pas vif, suivi d'un agent inconnu, au visage pincé et sans joie. Il s'assit en face de moi, ses cuisses débordant du siège comme un gâteau qui gonfle dans un moule.

— Alors, mon petit Billy, on était occupé, ces derniers temps, hein ?

L'énorme visage de Clay était une masse de chair sillonnée de vaisseaux éclatés, tout comme ses mains : deux tas de viande rouge. Il vida sur la table le contenu d'une chemise et feuilleta rapidement la quinzaine de feuillets de ses gros doigts boudinés, trop maladroits pour une telle minutie. Puis il sourit en découvrant des gencives d'un rouge sanguin et des dents jaunes et tachées.

— Je veux tout. Depuis le début. Sans rien oublier.

Je respirai un bon coup et racontai mon histoire. Depuis mon rendez-vous avec le député jusqu'à la bagarre de la veille et la découverte du cadavre en rentrant chez moi, en passant par ma tentative pour photographier Dominic Lewes. Je ne mentionnai pas Charlotte et Lloyd, pour une simple question de stratégie : s'il semblait penser que je lui dissimulais quelque chose, je lui en parlerais. Son visage resta un masque violacé.

— Alors, tu tabasses un mac et ensuite, le môme sur qui tu enquêtes finit raide, la bite coupée, sur ton lit, après qu'on t'a vu menacer un jeune mec avec un couteau et le forcer à entrer chez toi.

— Quel couteau ? C'est des conneries, ça.

— Content de pas être à ta place, Billy, ricana Clay, moqueur et tout content de lui.

Il n'avait pas tort, mais je ne relevai pas.

— Qui a appelé la police ?

— Il a préféré rester anonyme.

— Et le mac ? Vous l'avez retrouvé, lui ?

— Il se détend, en bas. (Clay la jouait sympa. Bizarre, qu'il me laisse lui poser des questions.) Il est encore pas mal amoché. Prétend qu'on l'a agressé, mais déclare ne connaître ni prostitués ni détectives privés.

— Il était dans la maison de Dominic. Je l'ai vu.

— Je sais, je sais. Je te crois, Billy. Sur ce point. On lui donne la corde pour se pendre. Tu connais la chanson.

Il saisit difficilement le premier feuillet. L'agent se redressa un peu sur son siège.

— Alors, alors. Qu'est-ce qu'on a ? (Ses sarcasmes étaient encore pires que son after-shave.) Un cadavre dans ton appartement, *non seulement* celui d'un ado que tu recherchais mais *aussi* lié à une enquête que tu menais pour un député accablé de chagrin. Mode opératoire identique à celui d'un serial killer que ce député te demande de retrouver. Curieux. Ensuite, une porte fracturée, très probablement par toi-même pour faire croire qu'on est entré chez toi. Pas très convaincant. Et... (Il leva les yeux vers l'agent, puis les reposa sur moi.) Grâce au Dr Burg du labo, nous avons quelque chose qui intéresserait sans doute beaucoup un jury. Énormément, même.

Clay se pencha en avant. L'agent ricana. Tous deux me fixèrent avec ce regard familier des policiers qui gardent un atout dans leur manche. De quoi s'agissait-il ? Une preuve ? Je commençai à éprouver une désagréable sensation au creux de l'estomac. Des empreintes ? C'était mon appartement, enfin. Du sang sur mes vêtements ? Peut-être, mais c'était le mien et j'avais expliqué pourquoi. Ils n'étaient donc pas allés voir au dépôt de marchandises ? Qu'est-ce qu'ils pouvaient bien avoir d'autre ? Sans doute qu'ils prêchaient le faux pour savoir le vrai, mais je n'aimais pas trop leur expression.

J'attendis. Clay se racla la gorge et commença à lire.

— « Après examen du canal rectal, aucune trace de sperme n'a été découverte, mais des traces de nonoxynol ont été relevées, ainsi que deux poils n'appartenant pas à la victime. Ils y ont probablement été déposés durant une pénétration anale, ce que corrobore la présence de nonoxynol. Ces poils sont similaires à ceux de la région pubienne. (Clay marqua une pause et l'agent se redressa encore un peu. Clay haussa le menton vers moi.) L'analyse microscopique comparative de ces poils et de ceux prélevés sur le suspect en garde à vue indique qu'ils sont de couleur, forme et type identiques aux poils pubiens du suspect, mais seule une analyse ADN peut prouver qu'ils proviennent du même individu. À ce stade, je pronostique cependant un résultat positif. Les échantillons ont été envoyés à Cambridge et je vous préviendrai lorsque les résultats me parviendront. J.-M. Burg, médecin légiste. »

Clay reposa la feuille et haussa les sourcils. Sur ma mâchoire, un muscle tressaillit visiblement. Je le fixai droit dans les yeux.

— Ils étaient dans mon lit.

Clay secoua lentement la tête.

— On les a retrouvés dans son cul, oui, dit-il doucement. Dedans.

— C'est lui qui les y a mis, il...

Je me tus. C'était inutile, j'étais en train de tomber dans son piège et je m'énervais. Un doute me serra le ventre.

— Le tueur les a trouvés dans mon lit, repris-je le plus calmement possible. Il les a mis lui-même dans le cadavre pour dévier les soupçons sur moi. Depuis le début, tout n'est qu'un coup monté. (J'avais beau prendre un ton assuré, Clay avait raison : ce genre de preuves est toujours accablant entre les mains d'un procureur. Pleurnicher « coup monté », c'est se raccrocher à n'importe quoi. Clay ne broncha pas.) Je serais quand même pas allé le tuer chez moi, enfin.

— Tu aurais pu te laisser emporter. Massacrer un jeune mec, ça n'est pas particulièrement logique, où qu'on le fasse.

— Et l'heure du décès ?

— Environ deux heures avant la découverte du cadavre, trois tout au plus. Tu avais largement le temps.

Je détournai la tête. Un gamin mort dans mon lit avec mes poils pubiens dans le corps. Pris sur le fait, sur le lieu du crime, après un coup de fil anonyme. Mike Williams, songeai-je, tu as intérêt à connaître l'homme de la situation.

— Je n'étais pas là, je vous l'ai dit.

— Oui, oui, York Way et le Grand Méchant Loup.

— Vous êtes allés vérifier ?

— Tu y étais, Billy, je te l'accorde. Empreintes sur la porte, comme tu l'as dit, et un sac rempli de gerbe. Du sang. Mais rien n'indique à *quelle heure*. Moi, je pense que tu y es allé plus tôt, avant de lever ton tapin et...

— Il y avait une fille, une pute, dans la rue. Je lui ai parlé...

— Tu as son nom ? Une adresse ? On risque d'avoir du mal à la retrouver.

Il prit un autre feuillet et commença à le lire, sans s'intéresser à moi. Pourquoi restait-il aussi calme ? Généralement, dans ce genre d'affaire, c'était plutôt le genre à foncer comme un taureau au printemps. J'avais la bouche desséchée. Clay laissa échapper un soupir, puis il secoua la tête et sourit.

— Quel dommage, dit-il en se tournant vers l'agent. Ça aurait été très commode. (Il revint à moi.) Non que je veuille faire tomber un distingué ex-collègue comme toi, note bien. Non. (Il marqua une pause et regarda la feuille avant de la reposer.) Je me suis planté sur l'heure du décès. C'était plus tôt. Burg certifie que c'était peu après 19 heures et certainement pas avant 18 h 30, parce qu'on a vu le gosse au McDonald's de King's Cross à ce moment-là. C'est un habitué et une serveuse l'a reconnu.

Je sautai sur l'occasion. J'étais à la salle. Pete. Sal. Témoins.

— Pourquoi êtes-vous allés vérifier au McDonald's ? demandai-je.

J'étais soulagé, la panique laissait la place à la curiosité.

— Faudra que tu remercies Burg. Si j'étais toi, je lui enverrais un bouquet de fleurs. (Clay poussa les papiers vers moi et je pris la feuille du dessus pour la lire.) On a retrouvé un Big Mac dans son estomac, ou du moins une partie. Burg l'a identifié grâce à la mayonnaise. Comme tu nous avais dit que le gosse tapinait du côté de King's Cross, on est allés voir.

Je parcourus rapidement la page pour trouver le paragraphe que je cherchais. Impossible.

— Où était le reste ? demandai-je. Le reste du hamburger.

J'eus l'horrible sensation de connaître déjà la réponse. Le sourire de Clay me donna la nausée.

— Enlevé.

Je vis un trou béant rempli de sang et d'intestins. Clay reprit la feuille et lut.

— « Une faible partie du repas a été retrouvée. Elle avait été mâchée mais pas encore digérée, ce qui indique que le bol alimentaire ne pouvait avoir été ingéré depuis plus d'une heure. Selon moi, le reste du hamburger, à condition qu'il ait été entièrement mangé par la victime, a été enlevé par le meurtrier afin d'empêcher une estimation exacte de l'heure du décès. Cette hypothèse est confirmée par d'autres indices, en particulier l'éventration, accompagnée du déplacement d'autres organes voisins. » (Clay pinça les lèvres et hocha pensivement la tête.) Futé, le mec. Burg aussi. Je ne suis pas sûr qu'un autre charcuteur de macchabées y aurait pensé. Voyant comment l'estomac avait été ouvert, il a examiné soigneusement le contenu. Il en restait pas beaucoup.

J'eus la vision de deux mains ensanglantées vidant l'estomac de Dominic Lewes de son contenu.

— En d'autres termes, évidemment, ton emploi du temps est confirmé.

Je balayai l'image.

— C'est bien ce que je disais. Et pour les poils, c'est clair qu'il les a mis. Vous pouvez l'envisager, quand même.

— Peut-être. Ou alors, tu l'as sauté avant qu'il tombe sur le tueur. On pourrait te coffrer pour ça. Relations sexuelles avec un mineur.

Je ne relevai pas.

— Mais comment il a fait venir le môme chez moi ? Je suis rentré après la gym, et il n'y était pas encore, alors que Burg déclare qu'il était déjà mort.

— Tu en es sûr ?

— J'aurais remarqué.

Clay marqua un silence. Ça lui plaisait de me faire mariner. Il n'avait pas envie de me relâcher aussi facilement, simplement parce que je n'étais pas l'assassin.

— Il a été tué ailleurs, admit-il enfin. Le corps a été déplacé. Il a été étranglé. On n'a retrouvé que très peu de merde dans tes draps, beaucoup moins que s'il avait été tué sur place. Les traces de sang ne collaient pas non plus : les grosses artères n'ont pas giclé, alors qu'elles auraient dû si le cœur battait encore. Le sang a juste coulé. Toutes les saloperies sanguinolentes qu'on a retrouvées chez toi, c'était de la mise en scène. Il a transporté le corps chez toi et c'est seulement *après* qu'il a procédé à sa dissection.

— Il espérait que je serais sorti.

— Ou alors il attendait dehors que tu sortes.

Je réfléchis un instant.

— Ou bien il savait que j'étais inconscient et il l'a fait pendant ce temps-là. Le cadavre de Dominic était dans son coffre de voiture pendant qu'il s'occupait de moi.

— Possible, admit Clay. Possible, oui.

Il semblait désolé. Je lui connaissais cette expression.

Une pâle et lointaine ombre de compassion, suscitée par la vision de Dominic Lewes. Il la balaya d'un rire.

— Au fait, on est allé jeter un coup d'œil dans ton bureau, histoire d'essayer de trouver un lien entre toi et le chauffeur et l'autre tapin. Ou Morgan. Les clés étaient chez toi. D'après ton agenda, tu avais un alibi, mais on a quand même vérifié. Un tenancier de bar louche qui ne nous disait rien qui vaille et une avocate prénommée Sharon. Elle a confirmé tes déclarations. (Il se remit à rire.) Pas très impressionnant, ton bureau, hein ? Tu t'en sors, à ton compte, Rucker ?

Une fois convaincu que je n'étais plus suspect, Clay me posa des questions sur l'homme à la casquette. Je lui déclarai qu'il était peut-être du Nord et qu'il avait pratiquement avoué être l'assassin. Peu lui importait de me tuer, puisqu'il écoperait de la même peine de toute façon. L'avais-je assez bien vu pour améliorer sa photo – apparemment, il y a maintenant un programme informatique capable de faire ça ? Malheureusement, non. Je lui parlai de l'Escort. Il y avait forcément dedans quelqu'un qui me guettait et avait appelé la police en me voyant rentrer pour raconter cette histoire de môme menacé par un homme armé d'un couteau. Clay avait déjà déclenché les recherches.

Je me radossai et m'étirai. Il s'était écoulé à peu près une heure. Clay me posa des questions sur Rollo et je lui racontai ce qui c'était passé : l'enquête Morgan et Dominic Lewes n'avaient aucun rapport.

— Il y en a un, maintenant, observa-t-il.

Avait-on interrogé Rollo sur l'homme à la casquette ? Oui, mais il avait plaidé l'ignorance. Pour le moment, c'était la meilleure piste : jamais ils n'avaient été aussi près. Le tueur connaissait Rollo, même si celui-ci ne le connaissait pas.

Je me détendis davantage, cédant à la fatigue accumulée. J'attendais que Clay me laisse rentrer chez moi. Mais il n'en fit rien. Il rangea les feuilles dans la chemise et envoya l'agent chercher du thé. Puis il éteignit le magnétophone.

— Alors, Rucker. (Il changea de position et toute son énorme masse se pencha en avant en tremblotant.) Qu'est-ce que tu as découvert ? (J'allais répondre, mais il me coupa :) Et me raconte pas de conneries. Tu es près du but. Le mec de la photo s'en est pris à toi, et ensuite, la petite fiotte finit dans ton pieu après que tu as tabassé son mac. Ça devait pas être la première fois qu'il venait, sauf que cette fois, il était mort. Tu es près du but, je le sais. Alors crache.

Je haussai les épaules. Il s'y était mal pris. S'il m'avait demandé ça quand je pensais encore devoir expliquer à douze citoyens indignés ce que mes poils pubiens faisaient dans l'anus d'un tapin mineur assassiné, peut-être que j'aurais essayé de répondre. Là, plus rien ne m'y obligeait.

— Parle-moi de Lloyd.

Merde, comment savait-il ?

— Lloyd ?

— J'ai Mère Teresa sur le dos. Il m'a dit qu'un ancien inspecteur de chez moi avait harcelé un député respecté et très en vue.

— C'est une autre affaire.

— Mon cul, ouais !

— Et harceler, c'est un peu fort. Je voulais juste discuter un peu avec lui.

— Et de quoi ? (Je haussai les épaules.) DIS-MOI DE QUOI VOUS AVEZ DISCUTÉ !

Clay me répéta sa question ou ses variantes pendant une heure, en haussant régulièrement le ton. Il voulait aussi connaître le rapport entre Dominic Lewes et Morgan et refusait tout bonnement de croire que je travaillais sur deux enquêtes différentes en même temps. Théâtral, il invoqua « dissimulation de preuves » ou « obstruction de justice », mais je connaissais la loi. J'ignorais moi-même le lien entre les deux affaires et je n'avais aucune raison de lui parler de Lloyd et Charlotte. La police ne pouvait pas qu'espérer que Lloyd fasse de très improbables aveux. Il fallait attraper le type qui m'avait tabassé. Sans lui, ils n'avaient rien à se mettre sous la dent.

Il finit par se lasser.

— Tu ferais bien d'avancer sur cette enquête, Rucker, et de me dire ce que tu auras découvert, sinon, je vais te faire de sacrées emmerdes. On va revérifier ton alibi à la gym et si jamais tu n'y étais pas pile-poil à l'heure que tu prétends, tu te retrouveras ici avant d'avoir eu le temps dire ouf. C'est clair ?

Il repartit aussi rapidement qu'il était venu. Un sergent vint me rendre mes vêtements. Je laissai ma chemise qui était bonne pour la poubelle. On me permit de garder le sweat-shirt qu'on m'avait prêté. Après avoir signé une tonne de papiers je refusai poliment de me faire reconduire chez moi. Je n'avais pas trop envie de rentrer. Je voulais y réfléchir tout en mangeant un curry, quand je me rendis compte que je n'avais pas un sou sur moi. Je changeai donc d'avis et en informai le sergent à l'accueil. Il me répondit de m'asseoir et d'attendre.

Il était maintenant 10 heures et demie et j'étais sur les genoux. L'adrénaline qui m'avait tenu en éveil pendant les dernières trente-six heures s'était épuisée, laissant la place à une immense fatigue, une douleur affaiblie au crâne et au visage et une autre de plus en plus vive aux côtes. Cela dit, je risquais de ne pas pouvoir dormir. Je serais obligé de me coucher sur le canapé chez moi ou le convertible à mon bureau et dans un cas comme dans l'autre, un tourbillon de questions, déclenché par les événements des deux derniers jours et resté jusque-là dans un coin de ma tête, commençait à faire rage.

Qui s'était introduit chez moi ? Que venait faire Dominic dans cette histoire ? Et Lloyd, était-il impliqué ? Cela semblait ridicule de s'imaginer ça, mais je ne voyais rien de plus plausible. Mais dans ce cas, pourquoi s'acharner après avoir réglé son compte à Edward ? Pour me faire endosser la culpabilité ? Vraiment ? Ou bien était-ce le même meurtrier depuis le début ? Comment le type s'était-il procuré la photo avec mon adresse au dos ? Était-il dans l'un des pubs où j'étais allé ? Lui aurais-je parlé ? Moi, j'aurais parlé au tueur, amicalement, en lui donnant des informations permettant de me retrouver ? Et de trouver Dominic ?

Et comment j'allais me démerder pour trouver les réponses à tout ça ?

Un flic me raccompagna sans dissimuler son agacement. Je n'y prêtai pas attention. J'avais décidé de rentrer chez moi parce que j'y avais du liquide à prendre et que je n'aurais plus qu'à descendre en taxi jusqu'à une gargote de Theobald Road avant de décider où dormir. Enfin, si l'argent était toujours là. Mon appartement avait quand même été forcé par un psychopathe *et* passé au peigne fin par une équipe de policiers. Au pire, je pourrais me changer et prendre ma carte de crédit ou un chéquier.

La voiture s'arrêta en haut d'Exmouth Market. Je redescendis vers chez moi en me demandant si la police avait tout laissé ouvert ou réparé la porte. Je n'étais pas trop impatient de rentrer là-dedans. Avaient-ils nettoyé ? J'étais crevé, mort de faim, et je souffrais plus que jamais. En approchant, je vis la lumière du Fred's Café. 23 h 15 : c'était ouvert, mais à tous les coups, il n'y aurait plus rien à manger. On me ferait sûrement un sandwich si je suppliais, mais je voulais quelque chose de chaud. Je m'apprêtais à monter chez moi quand j'entendis la porte du Fred's Café s'ouvrir brusquement. Je me retournai et vis une silhouette qui accourait vers moi. Mon sang ne fit qu'un tour et je me retournai en reculant et en sortant les mains de mes poches.

— Billy !

C'était Sharon. Je respirai. Elle se retint de me prendre

dans ses bras en me voyant frémir. Elle me contempla un instant, puis elle effleura légèrement l'ecchymose sous mon œil gauche.

— Oh, Billy, dit-elle. (C'était agréable d'entendre cette voix où se mêlaient inquiétude et soulagement.) La police m'a appelée. Je suis venue, mais on ne m'a pas laissée te voir. Je suis restée là toute la journée, tellement j'étais inquiète. (Sa main revint sur ma blessure. Elle s'approcha encore. La douleur que j'éprouvais, la fatigue et l'angoisse, tout cela sembla se lever en moi comme une âme quitte un cadavre. Toutes les méprises et les problèmes entre nous disparurent à leur tour. Il ne restait plus rien que son visage et le plaisir que j'éprouvais à le voir. Je m'avançai et les doigts de Sharon se refermèrent sur mon cou.) Oh, Billy, dit-elle. (Et là, j'éprouvai une peur plus grande encore que lorsqu'on m'avait braqué un fusil sur le crâne.) Je t'aime. Je t'aime tant.

18

Nous restâmes longtemps dans la rue à nous embrasser. Je ne voulais pas la lâcher. Je ne voulais pas qu'elle soit ailleurs que dans mes bras, ni penser à ce que nous étions en train de faire ou à ce qui arriverait ensuite. Je me sentais vide et faible. Finalement, Sharon commença à frissonner dans le froid et je la laissai courir chez Fred's reprendre son manteau.

Plus tard, à son appartement, nous fîmes l'amour, tout d'abord doucement à cause de mes côtes, puis avec une passion que ni la douleur ni mes blessures ne purent endiguer. Sharon m'était si familière, mais son corps tellement étranger. Cette femme si sensuelle était pourtant Sharon, celle que j'avais toujours connue. Sa poitrine généreuse, son ventre, son sexe, l'extase sur son visage, je n'en soupçonnais même pas l'existence. Je l'avais aidée à déboutonner son chemisier, comme si je ne m'attendais pas à trouver quelqu'un dessous. Mais ce que j'avais découvert était extraordinaire.

La main dans la sienne, je n'avais pensé à rien dans le taxi qui nous emmenait dans le West End. Nous n'avions pas parlé de ce qui allait se passer ni de l'avenir. Elle m'avait emmené chez elle, puis dans la chambre, où nous nous étions longuement embrassés avant qu'elle ne s'écarte, le visage grave, et passe les mains sous mon tee-shirt pour l'ôter. Elle défit délicatement les bandages de mes côtes et embrassa doucement les ecchymoses en posant la joue dessus. Une fois tous les deux nus, nous restâmes simplement assis l'un en face de l'autre, elle avec un sourire un peu triste sur les lèvres, moi un peu étourdi et nauséeux. Je rejoignis Sharon sous la couette, plongeant dans une chaleur et un parfum à la fois familier et capiteux. Nous nous enlaçâmes et je sentis presque aussitôt sa main froide sur mon sexe tandis qu'elle m'attirait en elle. Nous fîmes l'amour lentement sans cesser de nous caresser. Nous jouîmes en même temps, bouches collées, Sharon me mordant la lèvre.

À présent, nous étions allongés ensemble. Nous restions sans rien dire et aucune pensée ne venait me troubler l'esprit. Je sentais juste son odeur et son corps auprès du mien. Le temps s'était arrêté, formant une bulle tiède et immobile de sensations et d'émotions.

Nous fîmes de nouveau l'amour, sauvages et déchaînés, dans un torrent interminable de sensations dont je n'avais jamais pensé avoir envie mais dont j'avais à présent besoin plus que tout. Nous ne parlions pas, pas comme chez moi, quand nous dînions ensemble ou prenions un verre dans un bar. Je voulais sentir tout son corps avec tout le mien. Laisser une empreinte, pour que cette nuit soit à jamais inexplicable, presque terrifiante. Je sentais sa peau sous ma barbe de trois jours, ses ongles sur mon dos, ses dents s'enfonçant dans mes lèvres, de plus en plus profondément, dans ma joue, sur mon ventre. Je ne savais plus où se terminait mon corps et où commençait le sien et je voulais que cela n'ait jamais de fin.

Mais il y en eut une. Nous restâmes côte à côte, épuisés, à bout de souffle, ruisselants de larmes. Je me retournai sur le dos et Sharon prit ma main. Je m'enfonçai presque aussitôt dans un sommeil où je sentais encore la présence de cette chambre et du corps pressé contre le mien. Je sombrai dans des limbes de calme et de repos parfait, comme dans un lac enchanté. Puis la chambre se fit plus présente, tout comme la respiration régulière de Sharon allongée, les yeux clos.

La couette était tombée. Je regardai son corps avec un sentiment coupable, comme si je n'aurais pas dû le faire. J'avais une irrépressible envie de la toucher, faire courir mes doigts sur son ventre et les emmêler dans ses poils blonds. Mais j'avais peur de ce geste si intime. J'ignorais pourquoi, étant donné ce que nous venions de faire, mais ce sentiment ne me quittait pas. Devant ses yeux fermés, je me sentais comme un voyeur qui contemple l'interdit, mais je pouvais empêcher mon regard de la parcourir. C'était exaltant. Avais-je toujours voulu connaître cela ? Brusquement, je me rendis compte que j'étais nu moi aussi. Allongé sur un lit, nu, à côté de Sharon.

Ses paupières battirent lentement comme les ailes d'un papillon de nuit qui s'éveille. Quand elle me vit la regarder, son visage s'éclaira d'un sourire qui me fit monter les larmes aux yeux. Je ne pouvais m'empêcher de regarder subrepticement son corps. Elle surprit mon manège, nous éclatâmes de rire et elle se mit à me détailler à son tour, ostensiblement. Du bout du doigt, j'écartai de sa joue une mèche de cheveux encore humides et me collai contre elle. Je lui caressai le visage et elle ferma les yeux en souriant. Ma main glissa sur son cou et ses épaules, puis sur ses seins.

Elle s'écarta un peu et se couvrit timidement la poitrine. Sous l'aréole se trouvait un petit croissant, de la même couleur, mais séparé du reste. Comme si quelqu'un avait imprimé une seconde aréole, légèrement décentrée. Sa réaction me surprit.

— Zut, rougit-elle. J'avais oublié ce détail.

Elle avait repris la voix que je connaissais, mais elle me semblait étrangère, fausse. Elle n'avait pas sa place ici, dans ce moment que nous vivions.

— Ça n'a pas d'importance, dis-je.

— C'est comme un téton en plus. Pas entier, mais presque, dit-elle, gênée. Je l'ai depuis toujours.

— C'est joli.

— Tu n'es pas obligé de me dire ça.

— Je sais. C'est joli. Magique. Ça te rend... unique.

Je souris et me rapprochai. Je n'avais pas envie de parler.

— Ça me donne des complexes, dit-elle en se détournant un instant. C'est pour ça que je n'enlève pas le haut à la plage. Les gens ne peuvent pas s'empêcher de le regarder.

— Ce n'est pas ça qu'ils regardent.

— Ha. Et pourtant si. C'est pour ça que je n'ai pas enlevé le haut quand on est allés en vacances. Mais j'ai bien vu que Lisa me trouvait ringarde.

Elle parlait de la semaine en Crète que nous avions passée, Luke, Sharon, moi et la fille avec qui je sortais à l'époque.

— Je croyais que c'était à cause de moi.

Elle rougit un peu.

— Peut-être aussi pour ça, dit-elle.

Je me rapprochai encore et écartai doucement sa main. Puis lentement, je le caressai du bout de l'index et l'embrassai de nouveau en le mordillant.

— C'est très beau, dis-je, sincère. (Sharon ne répondit pas.) Je ne dis pas ça pour te rassurer. Je vois bien que tu ne me crois pas, mais je le pense vraiment.

— J'aurais dû te prévenir. Avant, je le faisais, mais là, j'ai oublié.

— J'en suis bien content.

— Mais tu as dû être surpris, non ?

— Non, pas du tout.

— Billy...

— Non, je t'assure, Sharon. C'est vrai. Je... (Je me redressai et la regardai dans les yeux. Je continuai ma phrase sans réfléchir et la regrettai aussitôt, mais cela n'aurait fait que retarder l'inévitable.) J'étais au courant. Ce n'était pas une surprise. Et ça me plaît, vraiment.

Une expression peinée passa sur son visage. Elle sourit gravement et m'embrassa en caressant mon sourcil du pouce, mais quelque chose semblait avoir changé dans l'atmosphère. La pièce était soudain devenue plus froide. Je cherchai vainement quelque chose à répondre.

Je voulais lui dire que Luke ne m'en avait pas parlé avec mépris, comme pourrait le faire un mec. Juste en passant. Je voulais qu'elle le sache. Mais elle devait être au courant. Elle n'était pas fâchée qu'il me l'ait dit, j'étais certain qu'elle n'en voulait pas à Luke de m'avoir parlé d'elle. C'était simplement Luke qui apparaissait entre nous.

Elle se baissa et récupéra la couette que je l'aidai à tirer sur nous, puis elle éteignit la lampe. Nous restâmes allongés en nous embrassant de temps en temps et en essayant de balayer les pensées qui nous venaient à tous les deux. Dans la pénombre, je faisais semblant de dormir, mais j'avais les yeux ouverts et je fixais les longs rideaux crème tirés sur les fenêtres géorgiennes. Je n'étais plus fatigué. Physiquement, malgré le manque de sommeil et de nourriture depuis des jours et ce que j'avais enduré, je me sentais bien, mais une foule de pensées me tenaillait l'esprit.

Je les balayai, mais je ne pus m'endormir. La tête de Sharon était posée sur ma poitrine et j'essayais de ne pas bouger, mais, sentant que je n'étais pas détendu, elle ouvrit les yeux. Bien que distinguant à peine son visage, j'y lisais tout ce qu'elle aurait voulu me dire. Je me redressai brusquement.

Je ne pouvais pas rester ici. Sharon leva la tête, je me dégageai et écartai la couette. Puis je me levai et m'habillai lentement, le dos tourné, et fourrai le bandage dans ma poche arrière. Quand j'eus terminé, je me retournai vers elle.

Elle me fixa un moment sans rien dire, puis :

— Tu es obligé ?

Je hochai la tête. Sharon baissa la tête et fixa la couette.

— Je comprends, dit-elle. (Je me forçai à sourire.) Ça me fait drôle à moi aussi.

— Je sais.

J'attendis un instant et me penchai pour l'embrasser sur le front. Je ne voulais qu'un simple baiser, mais elle prit ma tête dans ses mains et colla ses lèvres sur les miennes. La franchise de cette passion me surprit et ce message clair m'effraya. La violence de ce baiser éveilla la mienne et je collai mes lèvres aux siennes, puis je me redressai et la regardai. Elle voulut se lever, mais je la retins d'un geste. Je connaissais le chemin.

— Il y a de l'argent dans mon sac, dit-elle. Sur la table, dans le salon.

— Merci.

Je lui empruntai un peu de liquide et appelai un taxi. Je dus attendre vingt minutes assis sur le sofa, les yeux fixés sur le tapis. Quand le chauffeur sonna à l'interphone, je me tournai vers la porte fermée de la chambre. Je sentais encore Sharon collée contre moi, son poignet posé sur ma hanche. Je songeai à laisser le taxi en plan, mais brusquement, l'idée de me retrouver avec elle, dans son lit, me remplit d'une incompréhensible horreur. Je l'avais embrassée. Baisée. Elle m'avait sucé, ma langue s'était insinuée entre ses cuisses. C'était trop, beaucoup trop. Je fichai le camp.

19

Je me réveillai en entendant une voix lointaine qui ressemblait à la mienne – mais comment était-ce possible ? J'étais là, pas ailleurs. Je roulai sur le côté en repoussant l'oreiller de sur ma tête.

C'était bien ma voix. Mon répondeur disait que je n'étais pas à mon bureau pour le moment. Le message fut suivi d'une longue série de bips, puis d'une voix de femme.

— Mr Rucker. Charlotte Morgan. J'aurais aimé que vous me rappeliez. Je souhaiterais vivement vous parler.

Je parvins à me redresser sur le sofa et à tendre le bras vers l'appareil avant la fin du message.

— Mrs Morgan, dis-je. Bonjour. William Rucker.

Je serrai mon coude contre mes côtes douloureuses. Un bref silence à l'autre bout du fil, puis :

— Pouvez-vous venir me voir ? demanda-t-elle. Chez moi ? J'ai pris ma journée, mais nous pouvons attendre ce soir, si vous le désirez.

À présent, j'étais totalement réveillé et je sentis une amertume dans sa voix. Elle semblait abattue.

— Je serai chez vous dans une heure, dis-je.

J'étais étourdi, j'avais mal au crâne et tous mes muscles étaient ankylosés. Le sol du bureau était glacé. Quelle heure pouvait-il bien être ? Je me tournai vers la pendule. Midi. J'entendis des pas dans le couloir et un lointain bruit de machine à écrire. J'arrachai les draps du sofa et les roulai en boule dans un placard qui avait toujours senti l'essence et la peinture. Puis je repliai péniblement le canapé, enfilai mon jeans et un tee-shirt propre pour sortir.

Ally fit une tête horrifiée. Dans le miroir derrière le comptoir, je vis que j'avais le côté gauche du visage d'un jaune marbré de violet.

— Je sais, dis-je. Je ne me suis pas rasé ce matin.

Elle me servit un café et posa la main sur mon visage. Les femmes font toutes ça. Où est-ce qu'elles sont allées chercher que ça vous fait du bien ?

— Des policiers sont venus, dit-elle. Ils m'ont interrogée et sont entrés dans ton bureau.

— Je sais.

— J'ai tenu à assister à la perquisition pour qu'ils ne puissent rien prendre.

— Merci, dis-je, surpris qu'elle se soucie autant de mes biens.

— Ils ont pas mal utilisé ton téléphone.

— Je vais leur envoyer la note.

Elle me demanda ce qui se passait. Elle serait la première informée quand j'aurais compris. Quelqu'un d'autre était venu ?

— Non, juste l'autre policier. Ton copain. Deux heures après les autres.

Je sentis à son ton qu'elle me cachait quelque chose. Andy avait dû la draguer d'une manière gênante et elle n'osait pas me dire que c'était un pauvre con parce qu'elle nous croyait très liés. Brusquement, je me rappelai l'étrange insistance d'Andy à venir discuter d'Edward Morgan à mon bureau au lieu de me donner rendez-vous dans son habitat naturel, le pub.

— Qu'est-ce qu'il voulait ? demandai-je.

Ce n'était pas pour me voir, puisqu'il savait où j'étais.

— Il a demandé si quelqu'un te cherchait.

— Je vois.

Je repartis dans mon bureau avec ma tasse. J'avais besoin d'un peu de temps pour réfléchir, mais le clignotant du répondeur distrayait mon attention. Cinq messages. Le premier datait d'avant-hier. Un type qui voulait des renseignements sur mes services. Je notai le numéro sans grande intention de l'appeler. J'avais déjà assez à faire. Ensuite, Nicky qui me cherchait. Sharon, même question, voix inquiète, mais efficace. Le quatrième n'avait pas laissé son nom, mais je reconnus la voix.

— Rucker. J'espère que tu auras ce message. Et que tu as compris celui que je t'ai laissé l'autre soir. J'espère avoir été bien clair, parce que si tu n'as pas pigé, je vais être obligé de revenir te mettre les points sur les i. D'accord ?

Je fus choqué d'entendre sa voix. Je voulais sauvegarder le message, comme pour me rapprocher de lui. Sa voix semblait tangible, comme si j'avais pu le tenir, lui demander des comptes.

Le dernier était de Charlotte Morgan et il était coupé au moment où j'avais décroché.

M'attendait également une pile de courrier que j'avais laissée de côté la veille en même temps que les messages. J'y jetai un coup d'œil. Les gens de chez Direct Line me demandaient si moi, Julian Brinsford, je savais combien d'argent je pouvais économiser sur mon assurance auto. Le *National Geographic* me rappelait ses tarifs d'abonnement. Enfin, je trouvai une enveloppe blanche avec l'adresse proprement écrite à la main et le cachet de Doncaster. Je l'ouvris sans réfléchir et en sortis une petite feuille de carnet bleu agrafée à un chèque. La lettre était datée du 10 novembre et avait dû être postée la veille de mon imprudente expédition à York Way.

Cher Mr Rucker,

Je vous remercie de m'avoir envoyé les photos de mon fils. Je suis très soulagée de savoir qu'il va bien. Je regrette de devoir vous dire qu'il ne m'a pas appelée, mais avant-hier, quelqu'un a téléphoné et raccroché quand mon mari a répondu. Si vous le revoyez, soyez gentil de lui demander de m'appeler.

Vous trouverez ci-joint un chèque.

Avec mes remerciements.

Sincèrement,

DIANE LEWES

Je relus la lettre et regardai le chèque après l'avoir détaché. Je laissai la feuille bleue sur mon bureau et jetai le chèque dans la corbeille. Je ne pouvais tout de même pas l'encaisser ? Mais si : j'avais retrouvé son fils et envoyé les photos comme le stipulait notre contrat. Seulement je l'avais tué. En le retrouvant. En me chargeant d'une enquête sur un meurtre sans prendre la précaution de régler son dossier avant. En l'entraînant dans une affaire à laquelle il n'avait rien à voir. Je ne savais pas comment je m'y étais pris, mais c'était bien ma faute.

L'adresse que Mrs Lewes avait notée en en-tête était accompagnée d'un numéro. Non, je n'allais pas appeler. La police l'avait sûrement avertie de la mort de Dominic. On avait dû lui expliquer où avait été retrouvé le corps, mentionner mon nom. Qu'aurais-je pu lui dire ? Je cherchai dans mon classeur le dossier de Dominic. Il n'était plus là. La police avait dû l'emporter.

Comment Dominic s'était-il retrouvé mêlé à tout cela ? Quelqu'un m'avait vu le prendre en photo ou lui parler. Qui ? Rollo. L'autre gamin. La serveuse. Une petite vieille. La fille qui avait ouvert quand j'étais passé chez lui. Elle l'avait appelé Mikey. Lequel de tous ceux-là avait vendu la mèche ? Et à qui ? L'homme à la casquette ? Lloyd ? Tout était possible, mais rien ne semblait très probable. Lloyd avait-il essayé de me faire tomber dans un coup monté ? Peut-être, mais dans ce cas, il savait que je l'aurais coincé. Ce n'était pas la bonne manière de s'y prendre pour éviter de faire la une des journaux. Et pourquoi aurait-il fait ça ? Alors quoi ? En choisissant de me prévenir comme ça, le type à la casquette savait-il que j'avais peu de chances d'être inculpé ? Peut-être. Mais c'était risqué. Ne se serait-il pas simplement contenté de me tabasser pour me donner une leçon ? S'il était prêt à prendre le risque de tuer Dominic et de laisser le cadavre chez moi, il aurait sûrement pu prendre celui de me tuer. Je me creusai la tête, cherchant des réponses ou des détails qui m'avaient échappé. Il y avait quelque chose, j'en étais sûr. Une image qui m'avait frappé. Je me rappelai qu'en allant voir Dominic, j'avais eu l'impression que quelqu'un épiait ma voiture. Oui, mais ce n'était pas tout, j'en étais certain. Seulement, je n'arrivais pas à mettre le doigt dessus.

Le téléphone sonna. C'était Sir Peter Morgan. Il semblait hésitant et navré. Il avait appris que j'avais été tabassé et arrêté, qu'on avait retrouvé le cadavre d'un ado dans mon appartement. Un policier l'avait appelé pour lui déconseiller de recourir à mes services.

— Je comprends, dis-je. Vous n'avez rien à vous reprocher. Quand on prend une affaire, on accepte les à-côtés.

Je pensais que ce serait tout, mais Sir Peter voulait que je continue malgré la mise en garde de la police.

— Vous n'êtes plus très loin de tenir l'assassin d'Edward, dit-il. C'est évident. Je suis bouleversé de ce qui est arrivé à ce garçon, mais, cependant, cela prouve que vous avez découvert quelque chose. Vous avez été agressé et on a essayé de vous piéger. Il faut continuer.

À nouveau, je retrouvais sa ténacité. Je devais réfléchir, voir des gens. Ensuite, je prendrais ma décision. Je n'avais plus envie de continuer, mais de partir m'allonger sur une plage. Après avoir raccroché, je songeai à ce qu'il m'avait dit. Clay pensait comme lui que j'étais tout près. Moi, pas. Je me voyais plutôt jouer à cache-tampon les yeux bandés en me cognant constamment aux meubles.

J'enfilai mon blouson. Outre l'avertissement que j'avais reçu de l'assassin, je n'étais en état d'aller nulle part. Mon tee-shirt avait une tache, je n'étais ni douché, ni rasé et je n'avais rien mangé depuis des jours. Mais à part manger, je me fichais du reste. Avec ma tête amochée, un costume n'aurait rien arrangé, et me raser aurait été aussi efficace que lustrer une bagnole accidentée. J'aurais toujours eu l'air d'une épave. Je réservai un taxi dans vingt minutes, fermai mon bureau et passai chez Ally.

Elle me fit un sandwich que j'avalai en vitesse en le faisant passer avec du café. Le taxi m'emmena par Regent's Park et Marylebone Road jusqu'à Leinster Mews. Quand je descendis et payai, le chauffeur ne put s'empêcher :

— On vous a bien arrangé, mon vieux.

— Ouais.

— Vous allez me répondre que je devrais voir dans quel état est l'autre mec, hein ? dit-il en riant.

— Si vous le croisez, appelez la police. C'est un serial killer.

Je descendis la petite rue, revoyant Lloyd embrasser Charlotte avant de remonter dans sa voiture. La journée était très douce pour une mi-novembre. Il avait plu la veille et un vent frais soufflait depuis le parc.

Avant que j'aie pu sonner au 8, la porte s'ouvrit sur Charlotte Morgan. Elle portait un jeans et un pull moulant noir en cachemire. Sans maquillage, la différence entre aujourd'hui et notre première rencontre chez Agnieszka's était saisissante. Elle n'était pas moins belle, simplement différente. Mais elle avait l'air vieillie, aussi. Et fatiguée.

— Merci d'être venu, Mr Rucker.

Elle me fit entrer dans une petite cuisine et m'invita à m'asseoir pendant qu'elle nous servait du café. Je bus une gorgée et attendis qu'elle s'assît. Elle scruta mon visage.

— Ce n'est pas la police qui vous a fait ça ?

— Non.

— Ils sont venus ici.

— Ça ne m'étonne pas.

— Ils m'ont montré votre photo. Je leur ai expliqué que vous étiez venu me voir. Ils voulaient savoir de quoi nous avions parlé.

Elle semblait mal à l'aise.

— Vous leur avez dit ?

— Pas tout.

Elle but une gorgée de café et baissa les yeux sur la tasse fumante. Je l'observai, tout comme la dernière fois, dans son salon. Mais là, elle ne pleurait pas. L'ombre sur son visage me disait que la peine qu'elle éprouvait était maintenant au fond d'elle-même. Son visage pensif et déterminé était bien plus expressif que n'importe quel maquillage.

Un sourire amer se peignit sur ses lèvres et elle leva les yeux vers moi.

— Je voulais vous remercier.

— Me remercier ?

— De ne pas avoir parlé à la police. Quand ils m'ont appelée hier, j'ai cru que c'était à ce sujet.

— Je risque de devoir leur dire.

— Je comprends. Mais cela n'a plus d'importance. Je leur en parlerai peut-être moi-même.

Charlotte posa sa tasse et se pencha en avant, les coudes sur les genoux. Elle me fixait, mais elle était perdue dans ses pensées. Luke m'avait un jour parlé d'un exercice de théâtre où il faut diviser sa conscience selon différents plans : le lointain, l'environnement immédiat, puis tout simplement son esprit. C'est ce que fixait Charlotte Morgan en cet instant.

— J'ai vu Graham, hier soir. (Je m'attendais à cette confidence.) Après le passage de la police. Cela faisait des jours que j'essayais de le voir, mais il était toujours occupé ou bien il avait un contretemps de dernière minute. J'avais compris, mais je refusais de le croire.

Il me sembla qu'elle voulait que je poursuive.

— Et il a mis fin à votre liaison ?

— Il a déclaré que c'était trop compliqué, que la situation avait changé. Que sa femme était malade. Il a trouvé toutes sortes d'excuses. Je n'ai pas vraiment écouté, ni très bien réagi, je le crains.

— Pas étonnant. Cela n'a pas dû être facile pour vous, ces derniers temps.

— Mais si ! (Je fus surpris de la violence de cette dénégation.) Cela a été *tellement* facile pour moi. On ne m'a pas tuée. Je n'avais pas une épouse infidèle, infidèle avec un salaud qui n'en vaut pas la peine. Je n'étais pas mariée à une femme qui est allée voir son amant le soir où elle a retrouvé le corps de son mari. (Son regard était à nouveau sur moi. Elle termina :) Je n'avais pas une épouse glaciale qui l'a conduit à essayer de trouver de l'affection ailleurs.

Je la laissai se ressaisir. Cela ne servait à rien de la contredire. Elle se passa les mains dans les cheveux et les joignit devant elle sous son menton comme pour une prière.

— Charlotte, pourquoi me dites-vous cela ?

Elle s'était rapidement reprise. Je vis qu'elle s'en voulait et se retenait. Elle saisit un calepin posé sur la table à côté d'elle et l'ouvrit à la première page. Elle prit une profonde inspiration.

— Il y a quelques semaines, dit-elle, les yeux baissés sur le calepin, Graham a voulu que j'investisse dans une de ses affaires. (Je revis mentalement l'écran de l'ordinateur à Company House.) Le Buckner Group. C'est un vignoble du Sussex.

— Et vous avez accepté ?

— Eh bien, au départ, cela m'intéressait. Je suis très riche, comme vous le savez sans doute déjà, et cela me paraissait une bonne idée. L'été dernier a été le meilleur, et avec les innovations et les croisements de pieds de vigne, l'Angleterre commence à devenir un pays capable de produire du vin.

— Alors pourquoi avoir changé d'avis ?

— Eh bien, en fait, c'est venu de mon comptable. Il a toujours été contre. Selon lui, investir dans un vignoble, c'est la meilleure façon de devenir millionnaire. Quand on est milliardaire.

— Je vois.

— Oui. Je n'ai pas écouté, mais il s'est renseigné, sans que je lui demande. C'était le comptable de mon père. Mon parrain, en fait.

— Et il a trouvé des chiffres suspects.

— Oui. Pas dans le vignoble en question, mais dans deux autres du Buckner Group. Pour tout dire, ils sont au bord de la faillite. Ils doivent plus de cent cinquante mille livres.

— Et vous l'avez dit à Lloyd ?

— Oui. Il a essayé de blanchir la réputation de l'entreprise, mais je suis une femme d'affaires, après tout. Je lui ai dit que c'était idiot. Pour lui comme pour moi. Comme miser sur un mauvais cheval.

— Et il l'a mal pris ?

— Oh oui. C'était notre première dispute. Il y a trois semaines. Depuis, sa passion pour moi... eh bien, disons qu'elle s'est un peu refroidie. (Le sourire amer revint, mais il était accompagné d'un regard déterminé. Elle se redressa.) Hier soir, quand il a finalement rompu, cela m'a fait réfléchir. Il était évident qu'il en avait après mon argent depuis le début, mais en avait-il à ce point besoin pour aller jusqu'à tuer mon mari ?

Je la fixai. De quoi s'agissait-il ? Jalousie ? Esprit de vengeance ?

— Le divorce lui aurait suffi pour mettre la main sur votre argent.

— Oui, certainement, mais cela aurait pris plus longtemps. Peut-être trop, et il aurait été obligé de m'épouser. En outre, il n'y en aurait pas eu autant : j'ai reçu une très importante somme d'argent grâce à l'assurance-vie souscrite par Edward.

— Je vois. Peut-être pensait-il qu'une femme veuve depuis peu ne se préoccuperait pas de ses finances et ne réfléchirait pas trop avant d'investir dans les affaires d'un amant qui lui promettait le mariage.

— Oui, convint Charlotte Morgan. Il aurait très bien pu le penser. Quand il m'a soumis l'idée, elle m'a enthousiasmée. J'ai pensé que c'était une manière de s'engager vis-à-vis de moi, comme si nous mettions tous nos œufs dans le même panier. Si c'est bien ce qu'il pensait, il avait raison. Si mon comptable n'avait pas fait l'effort de se renseigner, je me serais empressée de confier mon argent à Graham. Avant même le mariage.

Elle prit sa tasse sans boire, se contentant de la tenir d'une main, appuyée sur un coude.

— Voulez-vous en parler à la police ?

— J'hésite. J'ai voulu d'abord m'adresser à vous. Je voudrais que vous lui en parliez. Qu'il comprenne que je connaissais parfaitement ses intentions, qu'il ait ou non tué mon mari. Vous voulez bien ? Je vous paierai, évidemment.

— J'ai déjà un client. Par ailleurs, pourquoi accepterait-il de me voir ? Il m'a déjà mis en garde une fois. Que savez-vous sur lui ?

Elle se leva sans répondre, alla dans le salon et revint avec un paquet dans la main qu'elle posa devant moi. Dessus était imprimé le mot *Photoquick*. Je l'ouvris et en sortis des négatifs et sept photos en noir et blanc.

— Je les ai fait développer, expliqua Charlotte. Dans un labo express. Je sais, c'était risqué. Mais j'étais curieuse. Je n'ai pas jeté la pellicule, comme me le demandait Graham. Je n'avais pas de photo de lui, voyez. Pas une seule. Ni de nous ensemble. Je sais que ce n'est pas la photo habituelle du couple heureux, et je vous en ai voulu de l'avoir prise, mais je voulais la garder.

J'étalai les clichés sur la table. Deux représentaient la voiture, numéro parfaitement lisible, et un l'entrée de la maison. Sur le suivant, Lloyd sortait, sur un autre, il enlaçait Charlotte et l'embrassait, une main sur son front. Son identité ne faisait aucun doute, pas plus que la nature du baiser. Sur les deux derniers, Lloyd regagnait sa Jaguar et montait dedans.

Charlotte posa l'index sur la photo où ils étaient ensemble.

— C'est drôle, dit-elle. C'est une image tellement intime. Touchante. Ne le prenez pas mal, mais c'est bizarre de penser qu'elle a été prise par un privé.

— Ne vous inquiétez pas.

— Elle me rappelle cette photo à Paris, vous savez, les amants.

— Robert Doisneau. On la trouve au mur de toutes les chambres de collégiennes.

— Oui, celle-là. *Le Baiser*. Regardez Graham, dit-elle. Il paraît si tendre. Si affectueux, attentionné.

— Oui, en effet.

Elle avait raison. Cette photo, très réussie en fin de compte, dégageait une passion juvénile et insouciante.

— Quand on voit ça, reprit-elle avec une moue dégoûtée, et qu'on pense au personnage. À son comportement au téléphone, fuyant, évasif, et puis son attitude, hier soir. Je n'étais plus qu'un problème agaçant qu'il fallait évacuer sans plus de cérémonie. Ce n'était plus le même homme. Là, il a l'air... eh bien, il a l'air amoureux.

— Les photos mentent toujours, dis-je. Celle de Doisneau était arrangée.

Voulait-elle aller voir la police ? Elle n'était pas sûre de supporter le scandale public.

— Professionnellement, ce serait impossible. Je suis dans les RP. Cela ferait du tort à l'image de notre agence.

— Cela vous ennuie ?

— Je ne sais pas. Mais je sais comment me traiterait la presse populaire.

Je voyais d'ici les articles. Les journaux la crucifieraient, ou, du moins, ceux auxquels elle n'aurait pas vendu son histoire. La veuve et le député. Le député suspect et la femme du pilote. S'il était question de Morgan, quelqu'un finirait forcément par spéculer et se demander si elle était complice. S'il était innocent, elle serait couverte de boue pour son infidélité et s'il était coupable, personne ne serait parfaitement certain qu'elle n'était pas mouillée.

— Je crois que je préfère que vous vous en occupiez. S'il vous plaît. Si c'est Graham l'assassin, je m'en fiche, je dirai tout. Mais s'il est innocent, je ne vois pas l'utilité. Vous si ?

— Non, admis-je. Sauf que la police va vous passer sur le gril si elle découvre que vous avez dissimulé tout cela.

— Je m'en moque. Et je ne dissimulerai rien si je pense que la police peut agir plus facilement que vous. Mais vous acceptez de vous en occuper d'abord ?

— Oui.

Je serais ravi de montrer les photos à Lloyd.

— Mr Rucker, ajouta Charlotte. Je tiens vraiment à ce qu'on trouve celui qui a tué Edward. Vous le savez, n'est-ce pas ?

— Oui. (Je pris les photos et lui laissai les négatifs.) Gardez-les en lieu sûr.

Elle me raccompagna jusqu'au bout de l'impasse.

— Charlotte, dis-je en hélant un taxi. Pensez-vous vraiment que Graham Lloyd puisse avoir un rapport avec ce qui est arrivé à Edward ?

— Je ne sais pas. Cela me paraît tellement invraisemblable. Mais si vous m'aviez dit il y a deux mois qu'il me baisait pour mon argent et qu'il me plaquerait dès qu'il l'aurait eu ou compris qu'il lui échapperait, je ne vous aurais pas cru non plus.

20

Cleaver Square était très calme. J'étais assis dans le pub, près de la fenêtre, avec une bière tellement bonne que j'avais dû m'empêcher d'en prendre une deuxième. Je restai dans le même coin jusqu'à ce qu'une Jaguar bleue arrive à petite allure et se gare. J'attendis encore cinq minutes, puis j'allai rapporter ma chope vide au comptoir et sortis.

J'avais appelé Graham Lloyd depuis le bar. Comme j'étais quasiment sûr qu'il refuserait de me parler, j'avais prétendu que j'étais un policier et avais donné à sa secrétaire un numéro de carte imaginaire. En réalité, c'était le téléphone d'une certaine Sue, griffonné au stylo-bille sur un sous-bock à côté du téléphone. Comprenant que c'était moi, Lloyd, très mécontent, avait commencé à proférer quelques invectives vaguement juridiques, mais je lui avais parlé des photos. Il s'était tu. Je me rendrais dans une heure chez lui à Cleaver Square et je les montrerais à quiconque m'ouvrirait la porte. Que je tombe sur Lloyd ou sa femme dépendait de lui.

Je traversai le square en me disant qu'en dépit de son environnement, il n'y avait guère d'endroit plus élégant dans tout Londres. Je passai devant une porte verte, puis une rouge, et j'arrivai devant une jaune, récemment repeinte.

Une jeune fille m'ouvrit. Avec son accent scandinave et le gosse qui lui tambourinait les mollets à coups de poings, ce devait être la fille au pair. Les photos allaient-elles l'intéresser ? Je n'eus pas le temps de vérifier. Graham Lloyd sortit d'une pièce voisine.

— Ah, fit-il. Par ici, je vous prie.

Le gosse, surpris et ravi de voir son père à une heure aussi inhabituelle, fonça droit sur lui.

— Pas maintenant, Thomas. Va voir Kristen.

La jeune fille prit dans ses bras l'enfant qui entreprit de brailler en voyant son père refermer la porte sur nous.

Lloyd ne fit pas la moindre remarque sur mon allure. Peut-être était-ce la raison des pleurs du petit : il pensait que j'étais le monstre de Frankenstein venu tuer son père.

— Asseyez-vous, je vous en prie, Mr Rucker.

C'était une grande pièce à mi-chemin entre bureau et fumoir, tout en Chesterfield traditionnel, mais je vis deux terminaux informatiques, ainsi qu'un fax et une photocopieuse. Très détendu, je pris place dans un fauteuil. Lloyd hésita un moment devant la stratégie à adopter vis-à-vis de moi. Il était aimable, mais brusque en même temps. Avec ses airs de collégien qui avait connu toute sa vie le même tailleur, je me demandai ce qu'une femme aussi élégante que Charlotte avait pu trouver en lui. Quelque chose, sûrement, même si ce n'était pas forcément évident. S'il enlevait ses lunettes pas très chics, peut-être. Il n'était pas encore assez en vue pour attirer l'attention des conseillers en communication.

Il était 15 heures passées et un pâle soleil d'hiver filtrant par les fenêtres géorgiennes luisait comme un jaune d'œuf au fond d'un verre vide. Lloyd enfonça les mains dans ses poches et se balança d'avant en arrière.

— Alors, dit-il. Si j'ai bien compris, Charlotte a conservé les photos. Ou bien c'est une autre série ?

— Quelle importance ? éludai-je.

— Oui, c'est vrai. Ce qui compte, c'est que vous les

ayez. Vous ne verrez pas d'inconvénient à ce que je vous demande de me laisser vérifier, je présume.

Je sortis le paquet de ma poche de blouson. Il recula et feuilleta rapidement les photos. Il se rembrunit, puis il sourit.

— Elle est vraiment très belle, vous ne trouvez pas ? Vous imaginez pourquoi elle m'a séduite, non ? Tout le monde le pourrait. Mais vous devez aussi comprendre que j'aie dû rompre. Après ce qui est arrivé.

— « Ce qui est arrivé » ?

— Oui. Quelle tragédie. Je connais Morgan, évidemment. Un type bien. Très bien, même.

Il se dirigea vers le fond de la pièce, étonnamment détendu. Il n'avait pas parlé de notre première rencontre, de notre hostilité mutuelle et de ma fuite discrète. On aurait dit une vieille grand-mère folle, enfermée dans sa chambre au sous-sol.

Pensivement, Lloyd sortit d'un petit placard une bouteille de pur malt et deux verres, revint s'asseoir en face de moi et posa le tout sur la table basse.

— Elle doit me détester, dit-il. Je ne lui en veux pas. Mais comment pouvais-je prévoir ? Je pensais vivre une liaison discrète.

— D'après Charlotte, vous auriez parlé de mariage.

— Eh bien, dit-il, l'air mal à l'aise, je ne vais pas le nier. J'étais fou d'elle, au début, du moins. Cela ne vous est jamais arrivé ? (Oh, si, j'avais connu ça.) Mais ensuite, j'ai compris que cela ne pouvait pas continuer.

— Ah bon ?

— Non. Pour elle, ce n'était pas une bonne chose. Elle devenait dépendante de moi, je lui servais de béquille. Cela ne pouvait pas durer éternellement, alors j'ai rompu avant qu'il ne soit trop tard. Qu'elle ne puisse plus vivre sans. Je comprends qu'elle puisse m'en vouloir. Elle traverse une période vraiment affreuse, en ce moment.

Sans me demander, il me servit une bonne dose de

scotch et fit glisser le verre vers moi. Puis il remplit l'autre verre, mais le laissa sur la table. Il se renfonça dans son fauteuil avec la bouteille qu'il caressa comme le méchant d'un James Bond son gros chat angora. Je restai un instant fasciné à fixer ses mains qui palpaient amoureusement la bouteille, comme des créatures douées d'une vie propre, puis je posai mon regard sur son visage.

Lloyd essayait la raison. Ses sarcasmes menaçants n'ayant pas eu prise sur moi la première fois, il pensait pouvoir me mettre dans sa poche avec de discrets sous-entendus entre hommes, sur le mode « vous savez comment elles sont ». Je bus une gorgée de whisky.

— Le scotch, cela vous va ?

— En fait, répondis-je en levant les yeux, je préférerais du vin. Si vous en avez.

Lloyd semblait légèrement agacé, mais s'apprêta à se lever.

— Bien sûr. Rouge ou blanc ?

— Peu importe. Du moment que c'est du vin anglais.

Lloyd s'immobilisa et se rassit. Il me fixa en se mordant la joue et hocha la tête pensivement comme s'il venait de comprendre quelque chose.

— L'infidélité ne vous intéresse pas, n'est-ce pas ?

— Pas tellement.

— C'est bien ce qu'il me semblait. Quand vous êtes allé voir Charlotte, j'ai cru que vous travailliez pour un journal. Qu'il faudrait vous faire un petit chèque au final. Mais c'est là que vous m'avez dit n'avoir aucune preuve.

— Je n'en avais pas.

— Non. Et maintenant, vous en avez, mais vous vous fichez de la liaison. Ce n'est pas de l'argent que vous voulez, n'est-ce pas ?

— Non.

— Pas même une somme plutôt rondelette ?

— Cela ne changerait rien. C'est Mrs Morgan qui détient les preuves.

— Oui, mais elle ne va pas s'exposer publiquement, tout de même ?

— Peut-être pas. Peu m'importe. L'infidélité ne m'intéresse pas vraiment, en effet. Je veux juste savoir qui a tué le frère d'un député. Oh, et puis aussi qui a laissé le cadavre d'un tapin dans mon lit, avec la bite coupée, éventré comme une truite à l'étal d'un poissonnier. Pour faire croire que c'était moi l'assassin. Savoir qui a fait ça, oui, ça m'intéresse au plus haut point.

Lloyd posa la bouteille sur la table et prit son verre sans le boire. Un chose était sûre, il aimait ménager ses effets.

— Dans ce cas, pourquoi êtes-vous venu ici ?

Je me mis à rire.

— Vous voulez une explication ? Vous entreteniez une liaison avec une riche femme dont le mari a été assassiné. L'entreprise que vous détenez est dans la merde et dès que cette femme refuse de vous donner le moindre argent, vous la plaquez. Dites-moi, où est-ce que je devrais être, en ce moment, à part ici ?

— En train de chercher un assassin. Vous trouvez que j'en ai l'air ?

Je songeai à ce qu'un client angoissé m'avait dit dans un bar gay de Soho.

— Ni plus ni moins que n'importe quel assassin que j'ai pu croiser.

— OK. Je conteste les faits que vous venez d'exposer. Mon entreprise n'est pas dans la merde, et je n'ai pas non plus mis un terme à ma liaison avec Charlotte Morgan pour une histoire d'argent. Mais si c'est ce que vous pensez, je comprends que vous vous intéressiez à moi. Comment puis-je vous assurer de mon innocence ?

— Montrez-moi votre agenda.

Il chercha dans sa poche son agenda électronique.

— Non, dis-je. Celui de votre bureau.

Il alla à la lourde table en chêne massif où se trouvaient le fax, quelques papiers et un gros cahier noir marqué

1998 en lettres dorées. Je me levai et le lui pris des mains quand il se retourna, puis j'allai à la photocopieuse.

— Attendez une minute.

— Très bien, dis-je en lâchant le capot de l'appareil. Dans ce cas, je l'emporte.

— Vous n'avez absolument pas le droit de...

— Je n'ai aucun droit, en effet. Je n'ai que les photos, c'est tout.

Lloyd me laissa photocopier son agenda. Je faillis lui demander les livres de son entreprise, mais le comptable de Charlotte Morgan serait sans doute en mesure de me renseigner. Tout en photocopiant, je sentais Lloyd fulminer à côté de moi. Il avait du mal à s'en tenir à la tactique choisie et aurait bien voulu se débarrasser de moi, m'écraser, comme un cafard sur les dalles d'une cuisine design.

— Ce sera tout ? demanda-t-il quand je lui rendis son agenda.

— Pour le moment. Sauf si vous voyez une autre preuve de votre innocence.

— Ce ne devrait pas être le contraire ?

— En général, oui, mais pas ici. Plus vous m'en direz, moins vous aurez à en avouer à la police.

— Il n'y a rien d'autre, je vous assure.

— C'est bien dommage. Parce que si je ne trouve rien de plus soit pour vous faire coffrer, soit pour vous garder la tête hors de l'eau, même Mère Teresa ne pourra empêcher les journaux de faire leur une sur vous.

— Mère Teresa ?

— Cherchez pas.

N'ayant plus rien à lui demander, je m'apprêtai à partir. Lloyd me rattrapa sur le seuil et posa la main sur la poignée avant moi.

— Vous ne voulez pas prendre ceci ? demanda-t-il en me tendant les photos.

Ce retour au sarcasme lui donnait l'air encore plus puéril que son fils.

— Ce ne sont que des copies.

— Certes, mais cependant, dit-il en me les glissant comme s'il s'agissait de clichés porno que j'aurais essayé de lui fourguer, je n'ai pas envie que cela traîne.

— Non, je m'en doute.

Il me tint la porte et, au même instant, son fils dévala les escaliers en appelant son père et en tendant les bras. Il s'agrippa à la jambe de Lloyd, qui l'ignora.

— Bon sang, Kristen, combien de fois vous l'ai-je dit ? Thomas doit rester dans sa chambre pendant la journée.

Je sortis sans attendre que Lloyd ait terminé de réprimander son petit personnel pour lui dire au revoir.

21

Le taxi était déjà sur Clerkenwell Road quand je me rendis compte de ma destination. Chez moi. Cela faisait trois jours que je n'y étais pas rentré et j'ignorais ce que j'y trouverais. Comme nous étions bloqués dans les embouteillages de Farringdon Road, je descendis et passai devant la boutique de Carl, le cœur battant. Non pas que j'allais retrouver d'autres cadavres mutilés gisant sur mon lit. Cependant, je ne pouvais balayer une certaine inquiétude en remontant la petite rue.

La porte d'en bas avait été réparée. Normal : elle était commune à un autre appartement. On voyait à peine qu'elle avait été récemment forcée. La clé tourna dans la serrure tout à fait normalement.

J'entrai dans le couloir et allumai, alors qu'il faisait très clair. Dès le premier palier, je vis que ma porte n'avait pas été réparée. Il n'y avait pas non plus de cordon pour la barrer ni de pancarte annonçant la présence de la police. Elle était légèrement entrouverte. Bravo, pourquoi ne pas laisser le monde entier venir visiter mon appartement ? Non seulement je n'étais plus très sûr de retrouver mon argent, mais je me demandais si j'avais encore ma chaîne et ma télé. Je montai l'escalier du salon.

Seul le futon avait été emporté, laissant un espace vide qui criait son absence. La tache de vin sur le tapis juste à côté était plus grande que dans mon souvenir, et plus nette, en plein jour. Mais pourquoi ce salaud avait-il choisi mon Grange, le meilleur vin australien et l'un des dix meilleurs du monde ? Qu'est-ce qu'il avait contre le côtes-du-rhône de chez Sainsbury's ? Et pourquoi la police n'avait-elle pas emporté le tapis ? Il aurait fallu, peut-être qu'on y aurait retrouvé quelque chose, un bout d'ongle, un peu de terre laissée par une chaussure. Je compris alors que Ken Clay n'était pas venu sur les lieux : lui n'aurait pas omis ce détail. Je pliai soigneusement le tapis et le rangeai dans un sac en plastique. J'appellerais Clay pour lui en parler, bichant d'avance à l'idée du savon qu'il passerait aux deux policiers chargés d'examiner les lieux.

Je passai près d'une heure dans le bain que je remplissais régulièrement d'eau chaude. Je laissai tensions et douleurs glisser hors de mon corps et pensées et questions s'insinuer dans mon crâne. Je m'efforçai de les laisser entrer lentement, une à une, pour ne pas qu'elles s'embrouillent.

Lloyd ne pouvait rien me dire de plus, sauf qu'étant le suspect, il ne risquait pas de parler. Était-il à ce point au bout du rouleau pour être mêlé à tout cela ? Il semblait, d'après Charlotte, très doué pour dissimuler ses véritables intentions en passant une couche de vernis dessus. Si j'étais policier, comment m'y prendrais-je pour le coincer ? Je pourrais interroger ses collègues à la Chambre, demander s'ils se rappelaient un éventuel changement d'humeur, s'il avait jamais parlé de ses ennuis financiers. Ou m'adresser à son associé du Buckner Group. Cela ne permettrait probablement que de révéler son mobile, que je connaissais déjà : l'argent. Cependant, quelqu'un avait pu éventuellement voir Lloyd dans une compagnie inhabituelle, avec quelqu'un qui ne portait pas un costume. Une casquette de base-ball, peut-être. Peu probable : Lloyd ne se serait pas comporté aussi bêtement, mais si c'était la première fois qu'il recourait aux services d'un tueur, peut-être s'était-il justement montré imprudent.

D'autres pensées me vinrent, que je triturai et balayai pour la plupart. Puis d'autres, toutes ensemble, tourbillonnant en désordre. Concernant Sharon et ce que nous avions fait chez elle, ce que cela signifiait et augurait de l'avenir. Ce que cela avait pu éventuellement déterminer. Cela signifiait-il ce que je n'osais même pas imaginer ? Était-ce bien ou mal ? Était-ce là notre futur ou juste un épisode choquant, consternant, à enfouir avec tout ce que nous appelons « une expérience » dans ce recoin obscur rempli de fantômes et de souvenirs nauséabonds où l'on ne retourne jamais ? Allongé dans le bain, je fixais le plafond, immobile, sans même bouger les paupières.

Je sortis finalement et me séchai. J'enfilai jeans, tee-shirt et sweat-shirt, puis je passai quelques coups de fil. Le premier pour Ken Clay, et je tombai sur le répondeur. Je lui déclarai qu'il serait judicieux d'envoyer des hommes à la Chambre des Communes avec la photo pour tâter discrètement le terrain. Que c'était improbable, mais que notre homme y avait peut-être été vu. Je me renseignai ensuite dans une boutique de futons de Calthorpe Street sur les prix et la livraison. Comme je n'avais pas la patience de chercher une boutique moins chère, je commandai un modèle milieu de gamme. À ma grande surprise, ce serait fait avant 18 heures, si j'étais chez moi. Je donnai mon numéro de carte de crédit en me demandant si je pouvais refacturer le tout à Sir Peter Morgan dans le cadre de mes dépenses professionnelles.

Cela fait, je jetai un coup d'œil à l'appartement. En dehors du futon manquant, quelque chose avait changé ou disparu. Pourtant, tous les meubles importants étaient toujours là : télé, chaîne, quatre bouteilles de vin dans leur casier. La litho de Salgado. Je vérifiai même liquide et cartes bancaires : tout était bien là au même endroit. Peut-être que je me faisais des idées. Puis, en allant brancher la bouilloire, je m'en rendis compte. La chemise bleue contenant les poèmes de mon frère avait disparu.

J'avais voulu l'ouvrir et la policière m'avait dit de ne pas y toucher. Ils avaient dû penser que c'était important et la prendre. C'était certainement elle qui l'avait signalé : si les deux idiots venus ensuite n'avaient pas jugé utile d'emporter un tapis taché durant la perpétration d'un crime, ils ne risquaient pas de s'être intéressés à un recueil de poèmes qu'un suspect avait nonchalamment touché. Paniqué, je voulais la récupérer : était-ce l'unique exemplaire ou bien Sharon en avait-elle une copie ? Et si les flics l'avaient perdue ou jetée ? Je rappelai Clay, pensant tomber encore sur le répondeur, mais il répondit.

— Seulement si tu me dis ce que tu sais, répondit-il. Sinon, je les garde et je m'en sers pour améliorer le niveau culturel des troupes.

J'hésitai une seconde. C'est vrai que je pouvais bien faire ça.

— Graham Lloyd. Je le verrai bien dans le rôle, si j'ose dire. Ou plutôt, je le vois mieux que n'importe qui.

— Celui que Mère Teresa...

— C'est juste un peut-être, ajoutai-je. Mais seulement pour Edward Morgan. Peut-être aussi Dominic Lewes.

— Et ?

— Et c'est tout. Je n'ai rien de plus. Vraiment. C'est pour ça que je vous suggère de faire circuler la photo à la Chambre.

— Et sous quel prétexte ? Tes déclarations ?

— Inventez. Prétendez que le type agresse des députés devant chez eux. Ça les aidera à se rappeler s'ils l'ont vu.

— Je vais y penser, dit Clay après réflexion.

— Parfait. Et la chemise ?

— Ah, oui. J'ai demandé à l'agent Wilson de la passer au peigne le plus fin que son esprit puisse imaginer. Je ne crois pas qu'il en ait tiré grand-chose. Je ne te savais pas aussi créatif, Rucker.

— Ce n'est pas moi. Vous me les rendez ou pas ? C'est important, je vous assure. Vous pouvez en faire des photocopies si vous ne me croyez pas, mais rendez-les-moi.

— OK, Rucker. Je les laisse à l'accueil, céda finalement Clay.

— Merci. Et au fait, Ken, ne soyez pas trop dur avec Milson et l'autre, là.

— Clarke.

— Oui, Clarke, c'est ça.

— Pas trop dur pour quoi ?

— Vous verrez, dis-je avant de raccrocher.

J'étais soulagé. Comment avais-je pu oublier de jeter un coup d'œil à la chemise ? Je ne voulais pas lire les poèmes de Luke ? Bien sûr que si : je m'y serais penché tôt ou tard si la situation me l'avait permis.

Pendant l'heure suivante, j'épluchai l'agenda de Lloyd, aux alentours du meurtre de Teddy Morgan. Cela ne m'apprit pas grand-chose. Il avait eu rendez-vous avec un certain Harvey. Prénom ou nom de famille ? À vérifier. Je pris quelques notes, car Lloyd n'était pas du genre à écrire « tueur à gages, 11 heures » dans son agenda professionnel. Je lui demanderais qui étaient ces gens et si jamais un nom ne correspondait pas... Qui sait ?

Deux types livrèrent le futon déjà monté. C'était le modèle d'exposition, le seul disponible. Tant mieux. Je le fis poser à sa place et les remerciai.

Il était à peu près identique à l'ancien, avec une housse noire et un mécanisme pour le déplier rapidement. Le matelas semblait plus épais, sûrement parce qu'il était neuf. Le mécanisme était souple et le canapé se transformait facilement en lit. Je regardai le matelas. Dominic Lewes me fixait. Je repliai le tout.

À présent, le futon était de nouveau à sa place, la table aussi, tout comme l'armoire où je rangeais mes vêtements. Peut-être qu'en déplaçant table et armoire, je pourrais changer le futon de place. La table allait très bien dans une petite alcôve, mais le futon s'y glissait encore mieux. Et mettre l'armoire là-bas était plus logique qu'à sa place actuelle, où elle semblait attirer tous les regards. Si je déplaçais la table par là, ayant plus de lumière, je pourrais utiliser la prise à gauche du placard et je n'aurais plus besoin de la rallonge du téléphone qui traversait toute la pièce.

Et je ne partagerais plus mon lit avec le fantôme de Dominic Lewes. Son sang dégoulinant sur moi, son visage qui me disait qu'il n'était pas du tout surpris d'avoir été étranglé et éventré, avec la vie qu'il avait eue, et tout ce que différentes personnes lui avaient déjà fait subir.

Je changeai la disposition des meubles. Le temps de finir, il faisait nuit. Je regrettai d'avoir oublié d'appeler un serrurier. J'allumai la chaîne stéréo, assez fort, puis la plupart des lampes et descendis à ma voiture, surpris de ne pas la trouver immobilisée par un sabot, alors qu'elle était toujours garée sur la livraison depuis trois jours. Il faudrait que je m'en souvienne. La Mazda démarra nonchalamment, comme si je l'avais laissée à peine cinq minutes pour aller acheter un journal, et m'emmena au commissariat. Je pris la chemise, laissai le tapis et un mot pour Clay et repris ma voiture. Je repartis dans le dédale de rues en sens unique avec l'intention de reprendre ma tournée des pubs à Old Compton Street, là où un homme avait reconnu la photo.

Mais j'eus une autre idée. À force de tourner en rond dans les sens interdits, je me rapprochais de King's Cross. Je me garai dans l'une des rues derrière. Elm Drive. Devant le 23. Tout était éteint. Personne ne vint ouvrir. Je poussai le clapet de la boîte à lettres et jetai un coup d'œil, mais je ne vis rien.

Je montai jusqu'en haut de la rue, puis je revins sur mes pas par une petite ruelle en comptant les maisons. Arrivé au 23, je jetai un rapide coup d'œil alentour, sautai par-dessus la clôture et traversai une courette où débordait une poubelle qui, à l'odeur, devait être là depuis un bout de temps.

La porte de derrière s'ouvrit d'une simple poussée. J'allumai à tâtons une ampoule nue qui pendait à un fil. Je tendis l'oreille : pas un bruit en dehors d'un robinet qui fuyait. Je fis le tour de la maison. Il était évident que personne n'habitait cet endroit glacial et misérable. Les murs étaient couverts de grosses taches d'humidité comme une étoffe tachée de sueur. D'étranges odeurs flottaient autour de moi comme des fantômes malveillants. Dans une chambre, je trouvai par terre un horaire des chemins de fer. Il ne restait rien d'autre dans la pièce en dehors d'un vieux matelas. Ses vêtements et effets personnels avaient déjà dû être emportés et renvoyés à ses parents, qui n'auraient que faire d'un horaire des chemins de fer. Je le ramassai. C'était ceux de Londres-King's Cross à Newark North Gate, ainsi que les correspondances vers, entre autres, Grimsby Town. Un adolescent qui songeait à rentrer au foyer. Cela faisait un moment qu'il y pensait, cela dit : ils étaient périmés.

Je feuilletai la brochure. Cela faisait peut-être des mois qu'elle traînait là et Dominic n'avait peut-être pas pris la peine de la jeter. Il l'avait oubliée ou il la gardait exprès pour y jeter un coup d'œil de temps en temps, quand il n'était pas jusqu'au cou dans la merde qui était son quotidien et l'engloutissait chaque fois un peu plus. Peut-être qu'il se demandait s'il lui servirait un jour. C'était comme un saint Christophe, un petit talisman inutile et désespéré. Oui, un jour, il faudrait que je parle avec sa mère, que je lui raconte tout. Cela la réconforterait peut-être de savoir que parfois, son fils envisageait de revenir.

Une autre idée me vint. Je descendis vers King's Cross, dépassai l'endroit où tapinait naguère Dominic et la ruelle où Rollo m'avait agressé. Je traversai et jetai un coup d'œil par la vitrine du café du bas de Calshot Street, puis j'en fis le tour. La grille de derrière était ouverte sur une petite cour envahie de caisses. L'issue de secours du café était entrouverte et j'aperçus l'intérieur de la cuisine où deux mains brunes hachaient un morceau de foie luisant. Je me faufilai dans la pénombre des caisses, l'œil sur la porte. J'attendis.

Elle sortit au bout de trois quarts d'heure, une cigarette aux lèvres qu'elle s'apprêtait à allumer avec un briquet jetable. Je me glissai lentement derrière elle et refermai la porte le plus discrètement possible. Elle se retourna en entendant le petit bruit.

— Que... ?

Sans lui laisser le temps de poursuivre, je la saisis par le poignet et la poussai contre la palissade. La lumière de la rue nous éclaira et je vis qu'elle me reconnaissait. J'étouffai son cri en lui empoignant la gorge.

— À qui d'autre tu en as parlé ? (Elle secoua désespérément la tête sans répondre. Je relâchai un peu mon emprise.) À qui d'autre tu as dit que je surveillais Dominic ?

— Je sais pas qui c'est.

— Mikey. Mikey. À qui d'autre tu l'as dit ?

— Personne...

— Tu en as parlé à Rollo. Tu lui as dit et il m'a agressé. Quelqu'un d'autre était au courant. Qui ? À qui tu en as parlé, merde ?

— Personne. Je le jure. Je vous en prie.

— Où est la fille qui habitait avec Mikey ?

— Je sais pas, j'y suis jamais allée.

— Rollo n'habitait pas là-bas ?

— Non, il venait juste chercher le fric. S'il vous plaît, vous me faites mal.

J'appuyai le pouce encore plus fort.

— À qui tu en as parlé ?

— Je vous jure que j'ai rien dit à personne.

Je lui lâchai la gorge et posai la main sur sa bouche. Puis je sortis une des photos de ma poche.

— C'est qui ?

— Je sais pas, je vois pas. (Je levai la photo dans la lumière.) Je l'ai jamais vu, je...

— Parle-moi de Rollo. Depuis combien de temps tu sors avec ?

— Je sors pas avec lui ! C'était juste un client.

— Tu savais ce qu'il faisait ?

— Au début, non. Oh, écoutez, j'ai baisé avec lui une ou deux fois. Il a un bel appart, c'est comme ça que j'ai compris qu'il habitait pas avec les petits jeunes. Quand j'ai su, pour l'autre, j'étais effondrée. Il venait souvent prendre un Coca.

— Et la fille qui habitait avec lui ?

— Oui, parfois.

— Comment elle s'appelait ?

— Je ne...

— Comment elle s'appelait, bordel ?

Je l'empoignai de nouveau à la gorge.

— Emma, je crois que c'était.

Je la lâchai et reculai. Elle porta les mains à son cou et le frotta en respirant profondément. Elle avait peur. Mais pas de moi.

— Espèce de salaud, dit-elle d'une petite voix remplie de haine.

Je la plantai là et retournai vers la gare.

J'allai voir Ken Clay, qui fit exprès de ne pas me parler du tapis, et passai un peu de temps avec l'infographiste. Je lui donnai le signalement d'Emma et, après qu'il eut appuyé sur quelques touches, apparut à l'écran quelque chose qui ressemblait au visage entrevu dans l'entrebâillement de la porte du 23, Elm Drive. C'est stupéfiant la mémoire que l'esprit a des visages, si on l'aide un peu. Clay décida de faire passer immédiatement le dessin et le nom aux policiers en tenue. On trouverait Emma sous peu. Je ne lui demandai pas d'exemplaire : j'avais assez donné de ce côté-là.

Clay ne m'en voulait plus, maintenant que je lui fournissais des renseignements.

— Et la serveuse ? demanda-t-il.

— Allez l'arrêter. Elle finira peut-être par vous dire qui est ce salaud. Mais je crois pas qu'elle le sache.

— Rollo non plus. On l'a coffré pour trafic de drogue, passé son domicile au peigne fin et trouvé les trucs habituels. (D'après la lueur dans son regard, « trouvé » n'était peut-être pas le mot qu'il fallait.) On lui a proposé de passer l'éponge s'il nous donnait le type de la photo et ça se voyait qu'il aurait bien voulu. Soit il a peur, soit il ne le connaît pas.

— Le tueur a dit qu'il le connaissait. Ou du moins qu'il savait qui c'était.

— Tout le monde connaît Rollo. C'est un flambeur, il en fait des caisses. L'autre, en revanche, c'est plutôt un discret.

— Oui, mais s'il connaît Rollo, ils sont peut-être dans la même branche.

— Peut-être.

Je laissai Clay y réfléchir et retournai à ma voiture. J'étais content d'avoir pensé à la fille qui cohabitait avec Dominic. Emma. Peut-être savait-elle quelque chose. Mais je laisserais aux flics le soin de s'en occuper. A priori, il ne leur faudrait pas bien longtemps. Allait-elle leur parler, ou se fermerait-elle comme Rollo ? Je me rappelai son visage maladif et ses yeux vides.

J'étais épuisé. L'envie m'effleura de passer chez Nicky prendre une bière, mais je renonçai et rentrai chez moi, dans mon appartement réaménagé avec son futon tout neuf.

22

Les jours suivants, je m'intéressai aux noms figurant dans l'agenda de Lloyd. Je lui demandai des précisions et vérifiai : il n'avait pas menti. C'étaient des députés, des collègues de la firme de lobbying et de Carlson Holdings, ainsi que deux vieux amis et son frère. Harvey était Harvey Lawrence, l'unique associé de Lloyd chez Buckner Group. Je l'appelai en me faisant passer pour un investisseur potentiel. Il sembla ravi de m'avoir au bout du fil et ne me demanda même pas comment je connaissais son nom. Je pris rendez-vous avec lui pour dans deux jours, afin de consulter entre-temps le comptable de Charlotte Morgan.

Mais je n'eus l'occasion de voir ni l'un ni l'autre.

Je voulais parler aux autres amis de Dominic, les tapins qui travaillaient dans le même coin. L'un d'eux avait forcément dû le voir partir ce soir-là avec l'homme à la casquette. Andy m'appela : la police avait retrouvé Emma, qui n'avait pas vu Dominic depuis la veille de sa mort. Je voulais voir le gosse qui était avec Dominic la nuit où je m'étais bagarré avec Rollo. J'étais à peu près sûr qu'il me reconnaîtrait. Cette fois, je me postai dans un pub de Pentonville Road, un peu plus loin, mais assez proche pour que je voie, sans sortir mon zoom et en faire des tonnes, s'il y avait quelqu'un qui traînait en face. Le pub, sombre et enfumé, puait la pisse. Sur un petit podium se produisaient à la chaîne des strip-teaseuses amateurs qui avaient l'air de se faire suer. La clientèle était exclusivement masculine, et personne ne leur prêtait la moindre attention.

L'autre côté de la rue resta totalement désert le premier jour : les autres avaient appris le sort de Dominic et avaient probablement trouvé un autre coin. Mais ils reviendraient. Sachant qu'ils perdraient leurs clients habituels, leurs macs les forceraient à y retourner. Il était possible aussi que la police ait fait circuler des photos de Dominic et leur ait fait peur. Là encore, ils reviendraient, mais dans un peu plus longtemps. Les tapins junkies craignaient plus la police qu'un serial killer. Je restai toute la journée et une bonne partie de la soirée dans le pub.

Le matin du deuxième jour, deux jeunes mecs se pointèrent. À mon grand plaisir. Je n'avais pas envie de battre le pavé dans tout Dalston jusqu'à Stoke Newington pour trouver leur nouveau territoire. J'attendis dans le pub. Quand les effectifs atteignirent quatre vers midi, je fis un petit tour de leur côté pour voir si je trouvais le copain de Dominic. Pas de veine. Je renonçai à leur poser la question. Ils risquaient de parler et tout le monde décamperait. Je retournai au pub.

Vers la fin de l'après-midi, il me sembla que ma proie était arrivée. Je pris mon sac et sortis. Je passai devant l'épicerie pakistanaise puis devant la gare de Thameslink vers le kebab fermé où les gamins attendaient le client. Ils étaient trois, en jeans moulants et bombers. Comme n'importe quels ados qui traînent en crânant, chewing-gum et clope au bec. Les rares passants les remarquaient à peine. Une jeune fille les dévisagea. Une vieille dame fit la grimace en en voyant un cracher par terre sans faire attention à elle, la forçant à faire un écart.

Arrivé à quelques mètres, je vis que mon gars n'était pas là. Déçu, je décidai tout de même de parler aux autres, sans les effrayer. J'abordai le premier, assez fort pour que les autres entendent.

— Salut, les mecs, dis-je. Je veux pas vous faire peur, je suis pas un flic, ni rien. Je voulais juste savoir si l'un de vous connaissait Mikey. Il bossait dans ce coin.

Tous trois semblaient soupçonneux, mais pas trop inquiets ou méfiants.

— Non, mec, dit le plus proche. Jamais connu. Mais j'en ai entendu parler. Tu es pas flic, c'est sûr ?

— Certain.

— Tu es quoi, alors ?

Je n'eus pas l'occasion de lui répondre. Je faisais face à King's Cross et j'allais parler quand un autre ado apparut au coin de la rue et se dirigea vers nous. C'était un Noir dans les quatorze ans, avec une doudoune orange vif et une casquette bleue portée à l'envers. Ses quelques bleus au visage se voyaient un peu moins à cause de la couleur de sa peau. Il marchait les mains dans les poches, l'air renfrogné et soucieux et l'un des mecs auxquels je parlais leva la tête : ils se connaissaient. Il hocha légèrement la tête et le jeune Noir en fit autant. Je crus qu'il allait dire quelque chose, les saluer. Mais non. Il ralentit brusquement et s'immobilisa.

En me voyant.

S'il s'y était attendu, s'il avait eu une seconde pour se ressaisir, il aurait peut-être bluffé en saluant ses copains avant de poursuivre son chemin. Mais sa surprise fut immédiate et son regard le trahit. Il avait peur que je sois venu pour le voir, lui. Il aurait pu la jouer dégagé, sauf que j'avais vu sa surprise. Je le fixai dans les yeux en essayant de le reconnaître. Je sentais que je n'étais pas loin de le remettre, ce n'était qu'une question de secondes.

Et je saurais.

Le garçon fit volte-face.

— Excuse-moi, dis-je. (Il se retourna à peine sans s'arrêter.) Excuse-moi, répétai-je.

Il décampa.

Je ne sais pas comment il ne se fit pas renverser par un taxi qui démarrait au feu rouge pour gagner Angel. Sans prêter attention au vacarme de klaxons, je me lançai à sa poursuite, yeux rivés sur le blouson orange qui tressautait parmi les voyageurs devant King's Cross. Il courait vers la gare et j'avais peine à le suivre, une vingtaine de mètres derrière lui, tandis qu'il dépassait comme une flèche vendeurs de journaux, clochards, passagers attendant pour le bus et les taxis. Je courais toujours, embarrassé par mon gros sac qui me cognait la hanche tous les deux pas. Je le perdis alors qu'il remontait Pancras Road.

Mais pourquoi il me fuyait ? J'avais vu son visage inquiet à la salle de sport, juste avant qu'il ne monte sur le ring. Cramponné à son blouson. Et avant, juste quand je sortais de la salle de musculation. Et puis il était venu me voir, ce devait être lui qu'Alberto avait vu dans le café. Pourquoi... Je repensai aux bleus sur son visage. Sal n'aurait jamais laissé ça se produire dans sa salle. Hors de question. Où était-ce arrivé, alors ? Pourquoi une telle terreur en me voyant ? Le fait était là. Il était parti en courant. En me voyant.

Je le retrouvai dès que j'eus tourné le coin de la rue. Il s'engouffra dans une ruelle derrière la gare. Je m'élançai dans une autre, arrivai au bout avant lui et le vis prendre à gauche sans cesser de courir. Je le suivis, tandis que mes côtes à peine remises commençaient à se plaindre. De la boxe ? C'est le marathon, qu'il aurait dû faire.

Il tourna encore à droite et je compris où il cherchait à se réfugier. Là encore, je pris la ruelle avant lui et m'arrêtai juste au bout. Appuyé au mur, je jetai un coup d'œil au coin et aperçus une tache orange devant moi. Je reculai et j'entendis les pas s'arrêter. Reprendre, plus rapides, et s'arrêter à nouveau brusquement.

Une main sur les côtes, j'essayais de respirer doucement. Chaque inspiration me rappelait les coups que j'avais reçus à York Way. Hors d'haleine, je jetai de nouveau un regard. Le gosse avait disparu. Je remontai la rue à petite allure jusqu'à un mur surmonté de grilles. Le gamin était toujours aussi invisible. Je grimpai sur le mur et jetai un coup d'œil par-dessus.

Le domaine, grand comme deux terrains de football, appartenait à British Rail. J'avais lu quelque part qu'il avait été offert aux entreprises désireuses d'investir dans les chemins de fer lors de la privatisation. Central, il était idéal pour de luxueux immeubles de bureaux ou des résidences. Mais rien n'était encore construit. C'était une friche jonchée de restes de feux de camp de gamins ou de sans-abri, pour s'amuser ou se réchauffer. Je vis des chariots de supermarché et un ballon crevé, des bouts de vieille moquette et un ensemble de salon dépenaillé.

Et aussi un gamin en doudoune orange qui filait en courant. Plus lentement, à présent, regardant de droite et de gauche comme s'il me cherchait. Je sautai au bas du mur.

Au bout de quelques secondes, je remontai, jetai un coup d'œil et le vis se diriger, l'œil aux aguets, vers une vieille caravane délabrée, située à une centaine de mètres de là et posée sur six piles de parpaings. Une fois là, il frappa et ouvrit la porte. Je me baissai de nouveau, me doutant qu'il allait jeter un dernier coup d'œil avant de monter. Je me redressai au moment où il refermait la porte. Je visai la caravane en zoomant avec mon Nikon, tentant de voir à travers les fenêtres en plastique tachées : des rideaux marron les masquaient. Impossible de distinguer le moindre mouvement derrière.

Je fis le point sur la porte et fus surpris de la voir se rouvrir quelques minutes plus tard, et deux mains pousser dehors le gamin qui tomba sur le ciment. La porte se referma, le gosse se releva. Il saignait du nez. Il repartit en clopinant, se frottant sur le genou, une main sous son nez pour retenir le sang qu'il essuya sur la manche de son blouson.

Il s'éloigna vers un bâtiment en ruines protégé par des grillages. De là, il devait pouvoir regagner la rue. C'était peut-être même l'endroit où il dormait. Je rangeai mon appareil sans quitter des yeux la caravane, au cas où quelqu'un en sortirait.

Maintenant, je comprenais. La salle de sport. Il n'avait pas peur de monter sur le ring. Ce n'était pas pour ça qu'il avait semblé hésiter en me voyant. Il avait l'air de se battre assez souvent et de ne pas s'en tirer trop bien, d'ailleurs. Non. C'est de moi qu'il avait peur. De la photo qu'il m'avait vu montrer à Sal et qui était dans la salle de musculation sur une table. Il était terrorisé parce qu'il connaissait l'homme sur la photo et qu'il savait ce qui risquait de lui arriver s'il me disait qui il était. Finalement, ce qui le terrifiait le plus, c'est qu'il voulait vraiment me le dire et en avait l'intention. Aucun problème, s'il n'avait pas été possible de faire le lien entre nous, mais en me voyant parler à ses copains, il avait compris qu'il allait au-devant des ennuis. S'ils savaient qu'il me cherchait pour me dire qui était l'homme de la photo, ils le dénonceraient et le voueraient à une mort certaine.

Mais maintenant, il me l'avait dit. Je savais qui était là-dedans.

Je courus vers la caravane en essayant de rester dans un angle mort par rapport à la fenêtre. Appeler Ken Clay ? Non, je voulais me le garder. Les rideaux ne bougeaient pas. Arrivé au coin de la caravane, je réfléchis. À l'intérieur résonnait un gros radiocassette. C'était une bonne chose qu'il y ait du bruit : cela distrayait son attention. J'attendis encore un peu. Le DJ annonça le prochain morceau : un hit de house-jungle qui promettait de battre tous les records du Top 10 de dimanche. Je n'avais pas d'opinion sur la question, mais j'étais sûr d'une chose : ça allait faire du bruit. Je déposai mon sac par terre.

Plié en deux, je fis le tour de la caravane pour gagner la porte. Le gosse avait frappé et ouvert aussitôt. Elle n'était donc pas fermée à clé. Et maintenant ? J'allais bientôt le savoir. J'appuyai sur la clenche.

Je montai. Il était sur ma gauche, vautré sur la couchette. Soutenu par des coussins, en train de poser une bière sur une table à côté d'une bouteille de vodka bon marché à moitié vide. Au pied du lit, plus près de moi que de lui, reposait un fusil à canon scié, probablement celui qu'il m'avait braqué sur le crâne quelques jours plus tôt. L'espace d'un éclair, avant que tout se déchaîne, nos regards se croisèrent.

Il ne portait pas sa casquette de base-ball, et c'est alors que je me rendis compte qu'elle avait constitué un déguisement parfait. Voilà pourquoi personne ne l'avait reconnu sur la photo que je faisais circuler. Pourquoi il pouvait connaître Rollo mais pas l'inverse. Il était dégarni, avec de longues mèches noires et grasses pendouillant sur les côtés jusqu'aux épaules. Une cicatrice courait du milieu de son crâne jusqu'à la moitié gauche du front et dominait tout son visage. Comme une marque au fer rouge, ancienne, mais toujours violacée, impossible à manquer, un trait caractéristique du personnage. Opération, accident ou blessure – avec la casquette, il était méconnaissable. La casquette reposait d'ailleurs sur la couchette à côté de lui.

Il bondit sur le fusil, mais je fus plus rapide et le pointai sur lui. Il saisit le canon à deux mains et me repoussa. L'espace d'un instant, l'arme fut braquée droit sur sa poitrine, mais je n'appuyai pas sur la détente. Dans son élan, il s'était retrouvé debout sur la couchette et me fit encore reculer en la quittant d'un bond. Je me cognai contre un truc dur et le coup partit, crevant le toit et faisant dégringoler une pluie de débris. Je tirai de nouveau, volontairement, cette fois, faisant voler en éclats une des fenêtres. Sachant l'arme vide, il la lâcha et voulut me décocher un direct du droit que je réussis à esquiver. Son poing se fracassa dans le contreplaqué. Je lui envoyai un coup de crosse en pleine tempe. Il se redressa, mais avant qu'il ait pu frapper, je lui enfonçai de toutes mes forces le canon du fusil en plein visage. Cela le fit reculer vers la couchette, il trébucha et tomba à la renverse.

Le visage dégoulinant de sang, il ne devait plus voir grand-chose. Il aurait dû comprendre qu'il avait son compte, mais il se jeta sur moi. Avant qu'il ait pu se remettre debout, je lui resservis un coup de crosse. Il recula encore en cherchant à saisir la plus proche des deux bouteilles. À mon soulagement, c'est sur la cannette de bière que ses doigts se refermèrent. Dans un dernier sursaut, il la lança de toutes ses forces et se précipita sur moi en poussant des cris de cochons qu'on égorge. Je fus inondé de bière, mais la bouteille me manqua. Je fis un pas de côté et il s'encastra dans la cloison qu'il avait défoncée d'un coup de poing. Je lui flanquai un nouveau coup de crosse. Il voulut se relever et je frappai de nouveau. Malgré tout, il restait un peu d'énergie en lui. C'était pire qu'abattre un arbre. Il fallut encore deux bons coups pour qu'il s'immobilise enfin et glisse le long de la paroi pour s'affaler sur le sol aussi délicatement qu'un ascenseur dans un quatre étoiles.

Les Spice Girls. C'était tout ce que j'entendais. Jamais je ne l'oublierai. J'avais cru que j'éprouverais un soulagement, voire de l'euphorie, en trouvant l'homme gisant assommé à mes pieds, mais brusquement, cela me paraissait quelconque. Il y avait autre chose, de plus important. Mon regard alla aux étagères au-dessus du lit. Mes pensées devançaient mes gestes. La bouteille. En s'emparant de la cannette de bière, il avait fait tomber la vodka. La bouteille était toujours là. Déjà, en voyant son geste, j'avais pensé à quelque chose, mais quoi ? Je fixai la bouteille. Une désagréable sensation me noua le ventre. Dans ma tête venait de ressurgir une image, que j'avais vue sans la remarquer. Une bouteille. Une main, une façon de tenir... La vodka oscillait légèrement, cherchant à se stabiliser. Calme, indifférente. Je la fixai.

Je vis un homme qui tenait une bouteille d'une manière qui avait éveillé mon attention mais que je n'avais pas su interpréter. Sa main sur la bouteille. Assuré, calme, souriant. Qui la touchait comme... comme s'il avait pour elle une sorte d'affection. Je vis un tesson s'enfoncer dans la gorge d'un jeune garçon. D'autres bouteilles. Les images devenaient plus nettes. Un garçon, un chauffeur routier. Horrifié, je venais de comprendre et il fallait que j'agisse sans perdre une seconde, avant que l'image ne se trouble. Je ne savais pas comment j'avais compris, mais j'étais *certain*. Je voyais tout. La manière de tenir sa bouteille en souriant. Cela m'avait frappé sur le moment, mais pas assez. Seulement, à présent, je savais – et en plus, toutes les incohérences du scénario de la mort d'Edward venaient brusquement de s'éclaircir. Pourquoi je n'avais pas été tué à York Way, pourquoi le tueur se fichait bien de la vidéo de surveillance, comment Dominic s'était retrouvé mêlé à tout cela. Tout venait de se mettre en place avec une facilité déconcertante. Je détournai brusquement les yeux de la bouteille et balayai la caravane du regard.

L'homme gisait sur le flanc, recroquevillé comme s'il dormait. Voilà pourquoi il ne m'avait pas tué : parce qu'il n'avait jamais tué personne, lui. Il avait forcément un portable, puisque c'était au moins un mac, n'est-ce pas ? Je mis les lieux sens dessus dessous pour le trouver enfin dans la poche d'un blouson de cuir. J'appelai Andy Gold. Injoignable. Je demandai Ken Clay et lui expliquai que j'étais dans une caravane sur les anciens terrains de British Rail, derrière King's Cross.

— Si vous voulez l'homme à la casquette, dis-je, rappliquez. Il est assommé, mais je ne sais pas pour combien de temps encore.

— Reste où tu es, dit Clay. Le laisse pas, bordel !

— Impossible. Dépêchez-vous. Rappliquez, c'est tout, répétai-je.

Je l'entendis protester, coupai et appelai le bipeur d'Andy Gold. Je dictai à l'opératrice le message à transmettre. Elle voulut que je répète.

— Putain, mais contentez-vous de lui transmettre !

Je jetai le téléphone sur la couchette, ramassai mon sac au passage et courus à ma voiture. Un visage se profilait devant moi, je lui fonçais dessus, les poings serrés. Je n'allais pas tarder à foutre un grand coup de poing dans ce sourire assuré qui flottait sur ses lèvres.

Je ne sentais plus la douleur dans mes côtes.

Je me garai en double file devant chez Andy Gold et sortis en trombe. Il descendait à peine de son Astra et me rejoignit, l'air interloqué.

— Tu as la vidéo ?

— Oui, chez moi. Je ne l'ai jamais rapportée, mais je t'ai déjà donné la photo.

— Viens, il faut que je la voie.

Je demandai à Andy de trouver la partie de la bande où il avait repéré Teddy et l'homme à la casquette.

— J'ai déjà vu et revu tout ça...

Je lui pris la télécommande et passai en vitesse rapide. Je parcourus la suite de la bande, puis je ralentis. Je ne voyais rien, peut-être à cause de la porte de la boutique qui se fermait. Je demandai à Andy de me donner l'autre bande, celle où on les voyait dans le hall, mais où Teddy masquait l'homme à la casquette. Je la passai au ralenti. Andy perplexe, ne comprenait pas très bien ce qu'il était censé chercher. À l'écran, la foule avançait comme une horde de zombies. Lentement. Très lentement. Je la parcourus du regard, pendant cinq minutes, et je faillis renoncer. Brusquement, ce n'était plus si évident. Peut-être m'étais-je trompé, peut-être que je venais de laisser le vrai coupable assommé dans une caravane derrière King's Cross. Andy commença à s'agacer. Il me répéta que cette cassette n'avait rien donné, qu'on ne le voyait pas assez. Et pourquoi voulais-je regarder *après* le passage de Teddy et de l'homme à la casquette ? C'était vraiment une perte de temps pour la police.

C'est alors que je le vis.

J'appuyai sur pause et une centaine de personnes s'immobilisèrent. Je regardai le visage qui venait d'entrer dans le cadre. Pas de casquette. Bien qu'un peu sombre, l'image était nette. Je venais de l'épingler, tout comme il avait épinglé au moins trois autres personnes. La pause instable le faisait trembloter à l'écran comme une mouche prisonnière d'une toile d'araignée.

Je posai l'index sur l'écran. Il fallut à Andy une seconde pour le reconnaître et une de plus pour comprendre. Le bec cloué, il s'approcha du minuscule visage tremblotant tout en haut à gauche de l'écran. Je le voyais se creuser la tête pour trouver une raison, une objection. Une seconde passa. Puis Andy quitta l'écran des yeux et fixa pensivement le vide.

Brusquement, il se leva pour décrocher le téléphone.

Il y avait plus de monde que la dernière fois à l'aéroport, mais ce n'était pas non plus la foule. Je restai au milieu des quelques tables occupées du Pavilion Bar à regarder la haute silhouette mince qui coupait des rondelles de citron au bar. Alex Mitchell dut sentir mon regard sur lui, car il se retourna. Le sourire qu'il esquissa s'évanouit en voyant mon visage fermé. Il blêmit. Presque aussitôt, il glissa le long du comptoir pour s'enfuir, mais s'arrêta devant Andy Gold qui lui barrait le chemin. Il battit en retraite vers l'autre bout, et tomba sur un flic de l'aéroport armé d'un fusil automatique braqué sur lui. C'est alors qu'il vit derrière moi les six autres policiers briefés par Andy Gold, qui cernaient le bar.

Alex Mitchell aurait dû se rendre. Il brandit son couteau et se précipita sur le premier flic. La balle l'atteignit en plein milieu du front.

QUATRIÈME PARTIE

23

Le fumoir du Portman Club était aussi désert. Mais le but de ma visite était bien différent : l'homme assis en face de moi n'était plus membre du *shadow cabinet* de l'opposition et n'allait même plus rester très longtemps député. Sir Peter Morgan venait d'annoncer son intention de retirer sa candidature aux prochaines élections, décision accueillie avec beaucoup de compréhension et de respect par les journalistes et ses collègues. Le plus choquant était encore la retenue de la presse qui relatait cette nouvelle.

J'avais proposé à Sir Peter Morgan de le retrouver dans un café ou mon bureau, mais il avait insisté pour le Portman Club, et comme c'était lui qui me payait, il avait le droit de décider. Malgré la tentation de la crème brûlée, j'avais décliné le déjeuner, préférant éviter une heure de bavardages avant d'arriver à l'essentiel.

Sir Peter Morgan voulait que je lui raconte tout. Il savait, comme tout le monde, évidemment, que le meurtrier de son frère avait été abattu par la police. Il connaissait son nom, mais c'était tout. Cela ne faisait que deux jours qu'Alex Mitchell avait été confondu à Heathrow et la police n'avait pas encore révélé d'autres détails sur lui et les crimes qu'il avait commis. Pas même à Sir Peter.

Une autre jeune fille nous apporta du café avec autant

de diligence et de courtoisie que sa collègue nous en avait témoigné la première fois. Nous étions assis dans les mêmes fauteuils, de la rue montait la même rumeur de circulation et dans la pièce résonnait le même tic-tac de la pendule que je remarquai cette fois à peine entré.

Sir Peter paraissait vieilli, presque fragile. Cependant, il semblait relativement détendu, mais je ne pouvais pas savoir si la légère raideur de sa posture était due aux circonstances ou s'il s'asseyait toujours ainsi. Il faut dire que je ne l'avais jamais rencontré dans une situation dite normale. D'emblée, Sir Peter sortit de sa poche intérieure un chéquier. Puis il prit un stylo plume et remplit le chèque avant de le détacher et de le poser sur la table, à l'envers. Je ne pouvais voir le montant, mais je ne m'en inquiétais guère. Je n'y touchai donc pas.

Nous bûmes quelques gorgées de café. Le député décida enfin de rompre le pesant silence.

— Avant que vous ne commenciez, dit-il, je tiens à vous remercier.

— Ce n'est pas nécessaire.

— Je sais. Mais... j'y tiens. (Il prit une profonde inspiration et posa sa tasse.) Alors, c'était donc le barman l'assassin.

— Oui. Alex Mitchell.

— Originaire d'Australie, il me semble.

— De Manly, je crois. Un petit district de la côte, audessus de Sydney.

— Je ne suis jamais allé là-bas. Trop loin. Et vous ?

— Il se trouve que oui. Avec mon frère, il y a quelques années.

— Oh, j'ignorais que vous aviez un frère, vous aussi.

— Eh oui.

— Donc, ce Mitchell est venu travailler en Angleterre et a commencé à s'en prendre à des innocents.

— En fait, non, il n'a pas commencé ici.

Je lui tendis le document que m'avait donné Andy Gold le matin même. Un fax d'un inspecteur de la police de

Sydney, donnant six noms, deux marqués d'un point d'interrogation et quatre d'une croix.

— Ces hommes ont été tués en Australie entre quatre et sept ans plus tôt. La plupart étaient homosexuels et tous, sauf deux, ont été tués après avoir couché avec un individu qu'ils venaient de rencontrer.

— Et c'est le même homme qui les a tous tués ?

Abasourdi, Morgan se cramponnait à ses lunettes en lisant le fax.

— Je ne sais pas. La police continue son enquête. Tous ont été tués avec un couteau ou un tesson de bouteille et Alex Mitchell résidait en Australie à l'époque. Tous les meurtres ont eu lieu dans un rayon de cent cinquante kilomètres de son lieu de travail. Ce doit être l'auteur d'une partie d'entre eux.

— Mon Dieu, mais comment a-t-on fait le lien ?

— Je me suis rappelé ces affaires, car j'étais là-bas durant cette période. Je m'en suis même souvenu il y a deux semaines quand j'ai interrogé Alex Mitchell à l'aéroport. Je l'ai mentionné à Andy Gold avant-hier. Les journaux de Sydney ne parlaient que de ça et même quand je suis en vacances, c'est le genre de chose que je remarque.

— *Déformation professionnelle**.

— Quoi ?

— C'est ce que disent les Français quand on est incapable d'oublier son travail en vacances. Vous devez en être atteint.

— Sans doute.

Sir Peter me regarda en pinçant les lèvres.

— Comment avez-vous su ?

— Ça m'est venu comme ça. J'ai brusquement eu la certitude que c'était lui.

— Et c'est tout ?

— Non. Une fois que je m'en suis rendu compte, quand j'ai fait le rapprochement avec le métier de barman

---

* En français dans le texte original.

et la façon dont il maniait les bouteilles, je suis allé chez Gold revoir les vidéos de l'aéroport. La police avait seulement analysé les passages avant et après l'arrivée d'Edward au bar. C'était normal, étant donné qu'ils avaient un suspect plus qu'évident.

— Mais vous, vous avez regardé plus loin.

— Oui.

— Et c'était Mitchell que vous cherchiez.

— Exactement. Je me suis rappelé qu'il m'avait déclaré que le barman de nuit venait d'arriver, et donc que son service était terminé. Et je l'ai trouvé en train de suivre Edward. Il n'était que quelques minutes plus loin. Pas besoin de le coller, puisqu'il savait où allait Edward.

— Au parking ?

— Oui. Il y a une zone à part pour le personnel de l'aéroport. Il a peut-être entendu Edward parler de sa voiture ou deviné qu'il en avait une. Dans un cas comme dans l'autre, il savait.

— Mais que s'est-il passé ? Je veux dire, Edward lui avait donné rendez-vous ?

— Non, je ne pense pas. Il l'a suivi et lui a demandé de le déposer en ville. Il a peut-être prétendu que sa voiture était en panne, par exemple. Pourquoi Edward se serait-il méfié ? Il l'avait vu au bar, l'homme était aimable, ce n'était pas un grand détour. Edward étant gentil, il a accepté de l'emmener.

— Et ensuite...

Morgan laissa sa phrase en suspens. Je le scrutai : il voulait que j'aille jusqu'au bout.

— Eh bien, Mitchell a dû juger que votre frère était gay, l'ayant vu parler avec un homme et partir avec lui. Apparemment, certains gays, membres du personnel aérien, fréquentaient son bar. Peut-être a-t-il pensé pouvoir tuer les deux. Cette nouveauté était trop excitante pour laisser passer l'occasion. Mais l'autre homme étant parti, il a demandé à Edward de le conduire et au lieu de le déposer chez lui, Edward l'a ramené à son appartement.

— Et...

— Ensuite, ils ont pris un bain ensemble, il y a eu rapport sexuel, et...

— Non, coupa le député. Pas Edward ! Je ne peux pas le croire. C'est impossible. Il n'était pas gay. Absolument pas.

— Mr Morgan, dis-je en me penchant en avant et en baissant la voix. Il n'avait pas besoin de l'être. Vous, par exemple. Vous l'êtes. Pourtant, vous êtes marié.

— Oui, mais c'est différent. Je ne l'ai su qu'après un long moment.

— Mais si vous l'aviez su, vous n'auriez jamais envisagé de coucher avec une femme ? Vous n'auriez pas eu la curiosité de savoir quel effet cela fait ?

— Je ne sais pas, hésita le député. Non. Enfin, oui, peut-être. Je vois ce que vous voulez dire.

— Pas besoin d'être certain d'être gay ni de vraiment le penser pour se poser des questions. Edward s'en est posé. Et je suppose que Mitchell l'a dragué dans la voiture. Sa femme était en voyage, le couple battait de l'aile. Edward a eu envie d'essayer. Vous-même m'avez déclaré qu'il était très ouvert, et puis, aucun risque que cela se sache. Il a donc tenté le coup et n'a pas eu de chance. Du tout. Tout comme les autres victimes de Mitchell.

— Mon Dieu, dit Sir Peter. C'est tellement... Mon Dieu.

Je le laissai se faire à cette idée. Il n'y avait pas le moindre doute. La police avait trouvé dans l'appartement d'Alex Mitchell quelque chose qui ne pouvait venir que de chez Edward. Mais j'attendis pour en parler. Je vis sa perplexité.

— Mais comment peut-on accomplir un acte aussi horrible ? me demanda-t-il comme si je le savais, moi. Enfin, c'est inouï.

— Nul ne peut le dire. Il y aura sûrement des avocats pour trouver des raisons et un pisse-copie psychiatre raté pour sortir un bouquin mettant tout ça sur le compte de son enfance. Mais personne ne le saura vraiment jamais. Lui-même ne le savait sûrement pas, sinon, peut-être n'en aurait-il pas éprouvé le besoin. Mais selon moi, ce n'est qu'une question de pouvoir.

— De pouvoir ? Dans quel sens ?

— Le plus général qui soit. Il sentait qu'il n'avait aucun pouvoir dans sa vie. Peut-être avait-il une éducation très stricte lui faisait haïr le pouvoir qu'exerçaient sur lui ses penchants sexuels. Il tentait de reprendre ce pouvoir en assassinant des homosexuels, ces hommes qu'il voyait parfois et vers lesquels il se sentait attiré malgré lui. Et cela lui donnait encore davantage de pouvoir car, dès qu'il a commencé à tuer, il a senti celui qu'il avait sur une police incapable de l'attraper. Il se croyait fort, important.

Sir Peter opina.

— Et le gamin retrouvé chez vous ? Une autre manifestation de cette soif de pouvoir ?

— Probablement. Mitchell n'avait aucune prise sur moi. Cela a dû le mettre en rage. Durant notre rencontre à l'aéroport, j'ai dû lui donner l'impression de dominer la situation, de ne pas être fasciné par ses actes. En réalité, je me disais que je perdais mon temps et que je suivais la routine d'une enquête. J'étais blasé, parce que j'y voyais une manière facile de payer mes factures. Il a voulu m'impliquer dans ses actes.

— Et il vous a vu parler au jeune homme ?

— Oui. Il me filait. Comme je lui avais donné ma carte avec mon adresse professionnelle, il m'a guetté là-bas, suivi jusque chez moi, puis à King's Cross, où il m'a vu parler à Dominic Lewes. Je m'étais senti épié, mais j'avais pensé que ce n'était que des gosses voulant fracturer la voiture pour piquer l'autoradio. En fait, non. J'avais essayé de joindre Mitchell à l'aéroport une ou deux fois, mais il n'y était pas. Il était en train de me suivre. J'avais même commis l'erreur de m'inquiéter pour lui, de penser que c'était le seul témoin oculaire potentiel que le tueur aurait voulu éliminer.

Quelques jours plus tard, après avoir tué Dominic, il a attendu en bas de chez moi que je sorte. Il avait peut-être trouvé une ruse pour m'y obliger, mais il n'a pas eu besoin. Par chance pour lui, quelqu'un d'autre m'a tiré du lit et je suis parti à un rendez-vous improbable à York Way, lui laissant le temps de déposer le cadavre chez moi pour faire croire à ma culpabilité. J'habite une impasse très calme, et personne ne risquait de le surprendre. Ensuite, m'ayant vu rentrer, il a appelé la police en prétendant avoir aperçu un homme armé d'un couteau agir de façon suspecte, et les flics m'ont trouvé chez moi.

Sir Peter se radossa. Au fond de la pièce, une porte s'ouvrit, un homme entra et se posta à côté, attendant tranquillement, les mains croisées devant lui. Sir Peter laissa échapper un long soupir.

— C'était ma faute, dit-il. (Le ton grave était empreint de profonds regrets impuissants.) Je n'aurais jamais dû parler à Edward. Jamais. De ma vie. Je lui ai mis l'idée en tête. Sans quoi il ne serait pas allé avec cet homme. Il m'avait dit ne jamais y avoir pensé. C'était ma faute.

— Non. Il n'est pas allé avec un homme parce que vous lui en avez donné l'idée. Ça ne s'est tout simplement pas passé comme ça. N'imaginez pas qu'il n'avait jamais entendu parler de relations homosexuelles. Ce n'est pas à cause de cela qu'il a été tué.

Je lui déclarais cela parce que j'en étais convaincu. Je n'essayais pas de le réconforter. Il n'objecta pas.

— Si vous le dites, sourit-il. Cela ne change pas grand-chose, n'est-ce pas ?

— Non.

— C'est terminé. C'est du passé.

Il changea de position et ramassa le chèque, sans doute

pour me le tendre. Mais sa main resta en suspens quand je lui dis :

— Non, Sir Peter, ce n'est pas terminé. Pas tout à fait, j'en ai bien peur.

La serveuse revint avec sa cafetière. Pendant qu'elle servait, Sir Peter ne me quitta pas des yeux. Quand elle fut partie, je sortis de ma poche de veste une photo que je lui tendis. Il n'eut pas à mettre ses lunettes pour voir ce qu'elle représentait. Il blêmit.

— La police l'a trouvée dans l'appartement d'Alex Mitchell. Il l'avait volée à Edward. Il y en a d'autres, mais la police a pris celle-ci. Cela vous donne une idée de l'ambiance générale.

Morgan, totalement immobile, était incapable de détacher les yeux de la photo.

— J'ai commis quelques erreurs, repris-je. Je me suis monté la tête contre Graham Lloyd. Vous aviez raison, au fait : c'est une ordure, mais il n'était guère probable qu'il soit impliqué. Seulement, c'est très peu de temps après que je l'ai interrogé que j'ai été tabassé par l'homme repéré sur la vidéo de surveillance. J'étais sûr que Lloyd le payait, mais pour quoi ? Sûrement pas comme serial killer, mais il aurait pu l'engager pour tuer Edward. Il avait un mobile. Pourtant, il n'était pas assez bête pour lancer le même homme sur moi quand il avait su que je m'intéressais à lui. La logique voulait qu'il se fasse discret et brouille les pistes.

Morgan ne bougeait toujours pas et me fixait, la photo toujours à la main.

— Je le savais, continuais-je, et j'avais déjà éliminé Lloyd, mais quand j'ai trouvé le cadavre de Dominic Lewes chez moi, cela m'a littéralement bouleversé. J'ai su alors que c'était la même personne qui avait tué tous ces hommes, conclusion de la police depuis le début. Mais j'essayais de me convaincre du contraire, d'impliquer

Lloyd, d'une part parce que je ne l'aimais pas, mais surtout parce que je n'arrivais pas à concevoir les choses autrement. Voyez-vous, cela ne me semblait pas logique que l'homme à la casquette apparaisse sur la vidéo de surveillance de l'aéroport. Sauf si c'était lui le tueur, mais l'assassin était jusque-là très prudent, méticuleux et maître de ses actes. Mitchell n'avait pris de risques qu'en de très rares occasions, comme le meurtre d'Edward. Rétrospectivement, ce n'était pas vraiment un risque, car il savait que s'il tuait Edward, tout le monde penserait que le coupable était l'homme à la casquette, vu en train de prendre un verre avec lui. Et il a vu juste : nous l'avons tous cru. Étant probablement le seul à savoir que ce n'était pas lui, vous m'avez engagé. Nous avions un tueur très prudent, et puis ce type filmé, qui me tabassait sans m'achever, me laissait entendre sa voix, me disait qu'il avait des relations. Tout ça était tellement peu logique que je me suis focalisé sur Lloyd en espérant trouver en lui la réponse.

Sir Peter ne disait rien. Ce n'était pas la peine que je continue. Il connaissait la suite. Mais il m'avait demandé de venir tout lui raconter, et c'est précisément ce que j'allais faire.

— J'ai commis une autre erreur, continuai-je. Petite, mais importante. J'ai omis de vérifier quelque chose. Dans sa déposition à la police, le copilote d'Edward avait dit que votre frère lui avait demandé de prendre un verre avec lui à l'arrivée, mais ce n'était pas vrai. Oui, cela leur arrivait parfois, mais Chalkley avait décliné ce soir-là sans même qu'on le lui propose. Il s'en est souvenu quand je l'ai rappelé ce matin. Il m'a dit qu'il n'avait pas cherché à dissimuler quoi que ce soit.

— C'est important ?

— Plus maintenant. Mais au départ, cela laissait croire qu'Edward voulait que Chalkley l'accompagne, alors que c'était précisément le contraire. Cela aurait été beaucoup plus simple pour moi si Chalkley avait effectivement voulu prendre ce verre, parce qu'il se serait rappelé qu'Edward l'avait envoyé balader.

— Qu'est-ce que cela aurait prouvé ?

— Excusez-moi, Sir Peter, mais pas grand-chose. Disons que c'est encore de la déformation professionnelle. Simplement qu'Edward allait retrouver quelqu'un. Il avait rendez-vous avec l'homme à la casquette. Celui qui m'a tiré du lit et flanqué une dérouillée. Un mac, un petit délinquant, un maître chanteur. L'homme qui a pris la photo que vous fixez.

Mais Sir Peter Morgan ne la regardait plus. Elle lui échappa des mains et tomba sur la table juste à côté du chèque. Morgan se cacha le visage dans les mains et se mit à sangloter sans un bruit.

— Vous disiez que c'était votre faute, continuai-je, pas très sûr qu'il m'entende. Et c'est vrai. Pas parce que vous lui avez expliqué ce que c'était de coucher avec un homme, non. Mais c'est votre faute si Edward s'est rendu à ce bar.

— Je suis désolé, tellement désolé. (Je ne répondis pas. Ce n'était pas à moi qu'il s'adressait.) J'ai dit à Teddy que je voulais y aller. Je n'aurais jamais dû lui en parler, jamais. Si j'y étais allé moi-même, c'est moi que le barman aurait tué. Je l'aurais ramené chez moi. Ou ailleurs. C'est moi qui serais mort, pas Edward.

Secoué par les sanglots, Sir Peter ne put continuer. Je baissai les yeux vers la photo. Elle était en couleurs, prise de derrière un rideau, ce qui expliquait les contours flous. Le reste de l'image était cependant assez net. On y voyait l'intérieur d'une petite pièce. Avec un radiocassette, identique à celui de la caravane. Sans doute servait-il à couvrir le déclic de l'appareil qui photographiait la scène. On y voyait aussi un jeune garçon penché sur une table, nu, en chaussettes. Celui de la salle de sports de Sal, qui s'était enfui en me voyant. Son visage exprimait bien plus que la douleur immédiate qu'il éprouvait. Derrière lui se dressait un homme de haute taille, plutôt mince, blanc, également nu. On reconnaissait très distinctement Peter Morgan et ce qu'il faisait était très clair.

Morgan était plié en deux. Par-dessus le dossier du fauteuil, je vis Andy Gold s'impatienter. Je terminai rapidement mon histoire.

— Le gamin est courageux, dis-je. Il va témoigner contre vous et l'homme qui le forçait à se prostituer. Il vous hait pour ce que vous lui avez fait subir. Il vous a reconnu un jour à la télévision comme l'un de ses clients réguliers. Il l'a dit à son mac, un certain Smile, pour lui faire plaisir. Voyez-vous, Smile fréquentait la mère du gosse. Il la tabassait et ne lui avait promis d'épargner sa petite fille que si le garçon travaillait pour lui. Le gamin acceptait d'en passer par les quatre volontés de Smile, pensant sauver ainsi sa petite sœur. Cela n'a malheureusement pas suffi. Apparemment, Smile réservait la petite pour ses distractions personnelles.

Smile, ravi d'apprendre que vous étiez un homme politique en vue, a organisé cette petite séance, puis il a tenté de vous soutirer de l'argent. Paniqué, vous en avez parlé à votre frère, qui a accepté de vous aider. Soit il a tenu à le faire, comme vous le dites, soit vous l'avez supplié d'aller à ce rendez-vous à votre place. Je vais choisir votre version des faits. Edward était un type bien : je pense qu'il tenait à vous aider.

Morgan hochait la tête. Les larmes avaient cessé, mais ses épaules continuaient leurs soubresauts.

— L'argent était dans le coffre de sa Rover, et après avoir retrouvé Smile au bar et s'être assuré de son identité, il est descendu dans le parking avec lui. Mitchell prétendait qu'ils avaient traîné une demi-heure avant de partir, mais c'était du flan : il voulait faire croire qu'Edward n'avait jamais vu de sa vie l'homme à la casquette et l'avait levé dans le bar. Ainsi, Smile paraissait d'autant plus suspect, le tueur ne connaissant aucune de ses victimes. Déclarer à la police que les deux hommes avaient discuté un moment rendait l'épisode de la drague plus plausible qu'un simple rendez-vous de deux minutes.

À la voiture, Edward a payé Smile en échange des photos et négatifs, qui ont été retrouvés chez Mitchell. Des copies ont été découvertes dans sa caravane. Il n'allait pas se contenter d'un seul versement : les maîtres chanteurs n'en restent jamais là. Il serait revenu à la charge et vous auriez dû recommencer. Cependant, tout s'est bien passé. Un fois payé, Smile est parti. Et Mitchell est entré en scène. Il est parti avec Edward, sachant très bien que le type qu'il avait vu avec votre frère serait le principal suspect. Et c'est ce qui s'est passé. Smile a vu la photo que je faisais circuler et a compris pour quelle raison il était recherché. Sachant qu'il risquait de se faire coffrer pour meurtre si je le trouvais, il a tenté de me faire renoncer.

Morgan restait immobile, le visage caché dans les mains.

— Vous n'avez pas à culpabiliser pour ce qui est arrivé à votre frère. Pas pour cela, en fait. Mais vous devriez vous sentir coupable, dis-je après un instant.

Andy Gold, impatient, s'approcha, suivi de deux policiers en tenue qui attendaient dans le couloir. Sans me lever, j'ôtai le micro que je portais sous ma veste et le lui tendis. Gold avait déjà les photos, mais il voulait les aveux de Morgan si le gosse se rétractait. Je savais que ce n'était pas nécessaire, car Morgan avouerait sans doute tout de lui-même, mais je pouvais bien lui faire cette fleur. Andy récita ses droits au député. L'un des policiers le menotta et le fit lever. Morgan ne me regarda pas. Les yeux fermés, il marmonna quelque chose. Je crois qu'il répétait continuellement le mot « désolé », mais le mouvement des lèvres était si imperceptible que je n'en fus pas sûr.

Alors que les deux policiers l'emmenaient, Andy me demanda si je venais.

— Non, répondis-je. Pas tout de suite.

Andy haussa les épaules et rejoignit les deux policiers.

Je me rassis et contemplai l'élégant mobilier en cuir. Des rayons de soleil découpaient l'air chargé de poussière et fumée. Le tic-tac de la pendule continuait de résonner. Je pris ma tasse avant que le café ne soit froid.

J'avais décidé d'attendre dix minutes avant de m'éclipser. Je n'avais aucune envie de voir Sir Peter emmené par la police devant les austères portraits de ses prédécesseurs et sous les regards horrifiés des autres membres. C'est pourquoi je n'avais pas voulu le retrouver ici. J'éprouvais une curieuse lourdeur, bien différente de ce que je ressentais lorsque j'aidais à coffrer des gens qui s'en prenaient à plus faibles qu'eux. Un étrange regret. Mais pourquoi ?

Parce qu'il savait depuis le début, lorsqu'il m'avait engagé, tout ce qui lui arriverait si j'élucidais l'affaire. Je n'étais d'ailleurs pas sûr qu'il puisse le supporter. Il savait qui était l'homme à la casquette et que je devinerais tout si je le retrouvais. Sans doute avait-il déjà annoncé qu'il se retirait afin de causer le moins de scandale possible. Comme un samouraï qui met de l'ordre dans ses affaires avant de plonger son sabre dans son ventre. Je me rappelai son insistance pour que j'accepte cette affaire. Étrange, comme s'il avait voulu cesser cette vie, mais avait eu besoin de moi pour le faire, incapable de retourner tout seul le sabre contre lui. Oh, oui, j'éprouvais une certaine pitié pour Sir Peter Morgan. Je ne lui trouvais aucune excuse pour ce qu'il avait fait subir à ce jeune garçon, mais il savait que ses actes étaient révoltants et qu'il serait obligé de payer. Sans quoi, personne n'aurait jamais rien su. Il se moquait éperdument des conséquences et voulait à tout prix coincer l'assassin d'un frère qu'il aimait. Pour lui, justice devait être faite.

Cela, je pouvais le comprendre. J'étais passé par là.

24

Je quittai le Portman Club, le chèque de Morgan en poche. Je n'avais eu aucun scrupule à le prendre : j'avais rempli ma mission et finalement, je lui rendais un service bien plus important que je ne l'avais cru. Je l'avais aidé à expier. Je méritais cet argent. Je le déposai à la banque : désormais, je pouvais m'offrir deux semaines de vacances.

Durant ces deux semaines, j'évitai d'acheter un journal et éteignis la radio à l'heure des informations. Il n'était question que d'une affaire que je connaissais trop bien, et, même si la presse avait eu tous les faits en main, ce dont je doutais, ce ne serait jamais plus que cela : une simple histoire. Les mots, mesurés ou d'un sensationnalisme indécent, ne sont rien de plus. Les photos n'ajoutent pas grand-chose, car ce sont elles aussi des fictions. J'avais envisagé tellement de scénarios sur les circonstances de la mort d'Edward Morgan et son frère que je n'avais pas confiance dans la version finale, celle que le monde entier essayait d'échafauder en ce moment. Je ne lus pas les journaux, tout comme je ne serais jamais allé assister à une exécution publique. Je connaissais désormais l'enchaînement des événements sans qu'on me les raconte à nouveau, et, de toute façon, qu'apprenait-on sur ce qui se passait vraiment dans l'âme des gens ? Ce n'étaient que spéculations plus ou moins teintées d'un plaisir cruel. Je n'avais pas besoin de cela.

Le temps était froid et clair. Je me promenais dans le parc, laissais mes côtes froissées se remettre et voyais progressivement réapparaître mon visage dans le miroir. Je prenais quelques verres avec Nicky, mais je ne restais jamais tard. Je me rendais à la salle en passant devant les gamins toujours postés au coin de leur rue comme des carpes qui se remettent à guetter l'appât quelques secondes après que l'une d'elles a été capturée. À la gym, j'y allais doucement, chargeant peu et faisant pas mal de cardio. Chaque fois, je voyais le gosse, qui ne remarquait jamais ma présence et ne parlait à personne. Il ne s'intéressait qu'à son entraînement, que ce soit aux biceps ou à la corde. Sal trouvait qu'il se débrouillait bien. Il était concentré, disait-elle. Il s'impliquait. En voyant son visage fermé et ses paupières plissées quand il se déchaînait sur le sac, je comprenais sur quoi il se concentrait.

La poussière s'accumulant sur mon répondeur, je finis par le rebrancher. Sharon m'appela une ou deux fois, mais, comme je ne savais que lui dire, je ne décrochai pas. Charlotte Morgan me téléphona : elle n'allait pas divulguer sa liaison aux journaux maintenant qu'elle savait que Lloyd n'avait rien à voir avec le meurtre. Je m'en étais douté et autant j'avais envie de voir sa carrière en prendre un coup dans l'aile, autant cette décision me soulagea. Elle me confia qu'elle avait cependant décidé d'investir dans le vignoble dont lui avait parlé Lloyd, mais en prenant comme associé son comptable, qui pensait l'opération sensée, maintenant qu'elle n'était plus liée à des motifs louches. Lloyd, qui n'était lui-même pas loin de conclure l'affaire, avait failli faire une crise cardiaque en découvrant qu'il avait été coiffé au poteau par son ancienne maîtresse. La vengeance, apparemment, est un plat qui se mange accompagné d'un ou deux verres de vin de table anglais.

Un matin, je rassemblai assez de courage pour appeler la mère de Dominic Lewes et prendre rendez-vous avec elle à Grismby le lendemain. J'y montai en voiture et nous prîmes un café dans un Little Chef en banlieue. Elle ne voulut pas entendre mes excuses pour le rôle que j'avais joué dans la mort de son fils, même si elle en connaissait à présent tous les détails.

— Ce n'est pas vous qui l'avez conduit à se haïr au point de vendre son corps pour de la drogue, dit-elle. Je connais le vrai coupable.

Je lui racontai mes rencontres avec son fils et l'horaire de chemins de fer trouvé dans sa chambre. Cela ne parvint pas à percer le voile de chagrin dans lequel elle s'était enveloppée.

— Il reste une chose, malgré tout, dit-elle alors que nous nous apprêtions à partir. Une chose à laquelle j'aime croire. La police m'a dit que cette bête était vouée à recommencer, que l'intervalle entre les meurtres avait été plus long. J'aime penser au jeune homme qu'il n'a pas tué en me prenant mon Dominic. J'aime à me dire que c'est un jeune homme normal qui a une raison de vivre. Je me l'imagine parfois en train de rire avec ses copains ou de tenir la main de quelqu'un qu'il aime. C'est un gentil garçon qui a une vie heureuse. Il ne connaît pas l'existence qu'a eue Dominic. Quand je l'imagine, parfois je suis contente que ce soit arrivé à Dominic plutôt qu'à lui. Il rentre chez lui, retrouve ses parents le week-end. Il est heureux. Dominic ne l'a jamais été.

Je n'appelais toujours pas Sharon, ne sachant toujours pas quoi lui dire. Chaque fois que je pensais à elle, d'insupportables images me venaient à l'esprit et je les balayais aussitôt. Au bout d'une semaine, elles étaient toujours là et je les faisais disparaître en allant faire un jogging ou en les noyant dans le whiskey irlandais. Un soir, j'eus un coup de fil de Trish, la fille que j'avais connue chez Nicky. Est-ce que je voulais dîner avec elle ? Pensant que cela me changerait les idées, j'acceptai et nous allâmes dans un nouveau restaurant de Liverpool Road. Trish était une femme vive et séduisante et nous nous entendions bien. Sa conversation était très intéressante, détail qui m'avait échappé lors de notre première rencontre.

Nous bavardâmes de tout et de rien, puis de la famille. Je me surpris à lui parler de la mienne, de Luke et de ce qui lui était arrivé. Je crois que j'étais un peu ivre et je finis par lui parler aussi de Sharon et de notre nuit ensemble. Des remords qui me tenaillaient et de toutes ces pensées qui m'assaillaient en permanence. Trish hocha pensivement la tête.

— J'avais senti qu'il y avait quelqu'un d'autre, dit-elle. Quand nous avons couché ensemble, tu avais la tête ailleurs. (Je voulus protester, mais elle secoua la tête en riant.) Ça ne fait rien, je m'en fiche. J'ai bien vu que tu n'avais pas très envie, mais que tu ne trouvais pas d'excuse polie.

Elle me demanda ce que je comptais faire. Je n'en savais rien. Après une longue conversation, quand nous quittâmes le restaurant et que je la raccompagnai à sa voiture, elle me regarda en souriant. Elle monta, mais, avant de démarrer, elle baissa sa vitre.

— Je crois que tu sais ce que tu dois faire, dit-elle.

Et brusquement, je compris.

Cette nuit-là, je lus enfin les poèmes de Luke. J'avais tardé, ne supportant pas l'idée de savoir qu'ils renfermaient les pensées de mon frère. Surtout après ce qui s'était passé entre sa fiancée et moi. Ni même avant. Quelque part, j'étais conscient que mes sentiments pour elle étaient déplacés, j'étais effrayé de la réaction de mon frère s'il l'apprenait. Aussi évitais-je de penser à lui en essayant de l'envisager comme un morceau de chair inerte, objet de pitié et de remords, à qui l'on rend visite et que l'on sanctifie. Je m'étais montré bien plus lâche que Sharon. Je parlais de matchs de football et de sports d'hiver pour ne pas affronter la vérité. Elle avait pris conscience de ses sentiments et décidé d'avoir le courage de vivre avec, d'admettre ce que nous savions tous les deux : nous étions devenus très proches. Je ne pouvais le reconnaître, car il m'aurait aussi fallu admettre que Luke était irrémédiablement perdu, que mon frère n'était plus vivant que de nom. Je ne pourrais aimer Sharon que si j'acceptais ce qu'elle avait déjà compris et que je refusais de voir en face : Luke était mort.

Le matin, je me rendis à l'hôpital. Je restai toute la journée au chevet de Luke, à lui confier tout ce que j'éprouvais pour lui et pour Sharon. Je lui tenais la main, pressant ses doigts pâles sur mon front, répandant mes larmes sur ses paumes. Cela ne m'était jamais arrivé. Je lui déclarai que j'étais navré de son accident. Je le lui avais déjà dit, mais à présent j'avais conscience de la vie qu'avait eue Luke avant son agression. Il avait renoncé à sa vie pour que je continue la mienne. Je lui tins la main et le suppliai de me donner un signe, un mot qui prouverait qu'il comprenait ce que j'allais faire. Je sus enfin que, même si j'avais la chance de connaître dans ma vie un bonheur plus grand que je ne l'aurais cru depuis cette fatale nuit quatre ans plus tôt sur Westway, il faudrait que je me passe pour toujours de quelque chose. Je pouvais supplier jusqu'à en perdre le souffle mon frère de m'accorder sa bénédiction, il ne pourrait jamais me répondre et me la donner. Ni maintenant, ni jamais.

Finalement, j'embrassai ses lèvres froides et sèches et lui dis adieu, puis je pris congé d'Hazel qui me sourit affectueusement. Me sentant étrangement transporté, je lui rendis son sourire. Puis je rentrai à Londres, en gardant durant tout le trajet ce sourire qui s'épanouissait en moi comme une orchidée géante. Un reste de culpabilité tenta de la flétrir, mais la fleur triompha. Je roulais vite, stupéfait et un peu gêné de ce que j'éprouvais, jusqu'à l'immeuble de Sharon. Dans la nuit tombée, je vis de la lumière derrière ses rideaux.

Je ne l'avais pas prévenue de ma visite. J'attendis cinq minutes dans la voiture, savourant le moment à venir, la certitude presque physique de bientôt la retrouver. Son visage se dressait devant mes yeux, mais je ne pouvais rien y faire à présent, même si je le voulais. L'orchidée, énorme, menaçait de me faire exploser la poitrine. Que faisait Sharon en cet instant ? Lisait-elle *Marie-Claire,* ou un dossier juridique ? Ou bien était-elle avec un autre homme, l'amant dont je soupçonnais l'existence ? Je m'en moquais. J'allais monter, quoi qu'il arrive.

C'était aussi simple que ça.

Quand je posai la main sur la poignée, un poème me vint à l'esprit. L'un des poèmes de Luke. Il parlait de Sharon. Disait qu'il se sentait incapable d'écrire sur elle, parce qu'elle faisait de lui un enfant et noyait toute sa raison dans un torrent de sentiments qu'il ne pouvait exprimer sans craindre de paraître ridicule. Mais aussi, qu'il ne pouvait s'empêcher d'écrire sur elle, même s'il savait que cela semblait idiot. C'était l'un de mes préférés, à cause de sa fraîcheur et de sa sincérité. Je me rappelais la fin :

Elle est suave comme un vœu
Et douce comme une prière
Quand le soleil joue dans ses cheveux clairs

Quand la lune vit son visage
Elle décida de se cacher

Et je l'aime plus encore
Qu'un voilier aime la mer.

Et ce n'était pas moi qui allais le contredire.

Composition et mise en page

NORD COMPO
multimédia

Impression réalisée sur CAMERON par

BUSSIÈRE CAMEDAN IMPRIMERIES

GROUPE CPI

à Saint-Amand-Montrond (Cher)
pour le compte des Éditions Flammarion
en janvier 2003

N° d'édition : FF837701. — N° d'impression : 030480/1.
Dépôt légal : février 2003.

Imprimé en France